ハヤカワ文庫 SF
〈SF2286〉

地球防衛戦線 2

アゾス鉱山救出作戦

ダニエル・アレンソン
金子 浩訳

早川書房

8526

EARTH LOST
EARTHRISE, Book 2
by
Daniel Arenson

Translated by
Hiroshi Kaneko
First published 2020 in Japan by
HAYAKAWA PUBLISHING, INC.
This book is published in Japan by
arrangement with
LAUNCH BOOKS
acting in conjunction with
INTERCONTINENTAL LITERARY AGENCY LTD
through JAPAN UNI AGENCY, INC., TOKYO.

地球防衛戦線2

アゾス鉱山救出作戦

登場人物

エイナフ・ベン - アリ……レイヴン小隊指揮官。中尉
アマル・シン………………同小隊付軍曹
エミリオ・ディアス………同第一分隊長。伍長
マーコ・エメリー………… 〝詩人《ポエット》〟。同第一分隊所属。二等兵
アディ・リンデン………… 〝カエデ《メープル》〟。マーコの幼馴染。二等兵
レイラニ・デラローザ…… 〝ちび《タイニー》〟。マーコの恋人。二等兵
サーシャ・ミケイロフ…… 〝けだもの《ビースト》〟。巨漢のロシア人。二等兵
ベニー・レイ……………… 〝エルヴィス〟。トロント出身。二等兵
ケミ・アバシ………………マーコの幼馴染。士官候補生
コリーン・ペティ…………ラトナ中隊指揮官。大尉
オシリス……………………同中隊付アンドロイド
シーフー・ムワラブ……… 《人類防衛軍艦艇《HDFS》ミヤリ》艦長。少佐
スタンピー軍曹……………廃墟の街で発見されたボストンテリア
カーラ・レイスン…………練　金《クリソペイア》社の在庫管理課員
トム・レイスン……………同鉱山作業員。カーラの夫

1

闇のなかになにかがいる。なにかがわたしをつけている。

血を流している空の下、カーラはコーパスシティの通りを歩いていた。ここでは、空はいつだって血を流している。空はいつだって死臭を漂わせている。この荒涼たる衛星、コーパスの母星である巨大ガス惑星のせいで星は見えない。天を占めている巨大ガス惑星は、渦巻き、逆巻《さかま》き、げっぷをしている。全体が赤で、したたる黒と黄色の斑点がちりばめられている。圧迫感を覚えた。鉄塔群と精錬所のドーム群と、もくもく煙を吐いている煙突の隙間を見上げるたび、カーラは、自分を呑《の》みこんだ獣の、化膿し潰瘍《かいよう》が生じている胃の内壁のようだと思った。

「ママ」息子がささやいた。「ママ、音が聞こえるよ。うしろになにかいるんだ。影のなかに」少年は指さした。「見たんだよ」

カーラは路地を見やった。精錬所の配管とすすけた壁のあいだを影が不気味に満たしていた――細長くのび、こっちを見ながら身をよじっている。

「ただの影よ」カーラはいった。「気のせいよ」

だが、カーラは感じていた。音を聞いていた。カタカタという音を。カチッという音を。シューシューというかすかな息づかいを。古い配管が音を発しているだけなのはわかっていた。街の内臓から響いてきている、この衛星の地の底で採掘している鉱山で蒸気が漏れている音なのは。そこでやかましく動作しているエンジンの音なのは。岩盤を掘りつづけているドリルの音なのは。

カーラは子供たちと手をつないで歩きつづけた。右手に、勇敢だが内気な七歳の息子。左手に、三歳になったばかりで、どうにかついてきている娘。そしてカーラのお腹のなかには三人めの、まだ小さいが、カーラに吐き気と罪悪感を催させている子供。どうしてこんな星で、地球から遠く離れたこの惨めな採鉱コロニー、コーパスで、またひとり子供をつくることにしたのかしら？　空に血が流れ、いつだって影が不気味で、星も太陽も見えないこんな星で、どうして命を産むことにしたのかしら？

カーラがこんなところへ来たいと願ったわけではなかった。地球が恋しかった。木々や波や青空はぼんやりとしか思いだせなかったが、それらが恋しかった。鉱山作業員の夫がカーラたちをここへ連れてきたのだ。夫は厄介な男だった。貧乏だった子供時代の記憶がつらすぎて、一攫千金をねらうのは自分のためではなく家族のためだと信じていた。掘りまくれば、充分な量のアゾス――この星の闇のなかで見つかる希少な鉱物――を採掘しさえすれば、故郷へ帰れるだけの金を得られると信じていた。地球で引退できると。いつまでも幸せに暮らせると。だが、カーラはお金なんかどうだってよかった。外に目を向ければ星が見え、煙の臭いがしない空気が吸え、埃《ほこり》と塵にまみれていない夫を抱きしめられさえすれば、洞窟に住んだってかまわなかった。

だけどわたしは彼についてここへ来たのよ、とカーラは迷宮のような採鉱コロニーを歩きながら考えた。家族が離ればなれにならないようにするためだったけど、わたしがばらばらになりそう。

「ママ」と娘がいった。「ママ、近くなってきてる」

「なにもいないの！」カーラはいった。その声は、大きすぎたしきびしすぎた。

娘が泣きだした。だが、カーラは立ちどまってなだめようとしなかった。歩きつづけた。むしろ足を速めた。子供たちの手をひいて、街の内奥《ないおう》へと向かった。周囲で明かりがちらついて暗くなった。街灯も、窓明かりも、ネオンサインも――すべて消えた。真っ暗闇になった。天の巨大ガス惑星が深い赤に変わり、コロニーを血の色の輝きで照らした。街が縮んだように、深紅《しんく》の天蓋《てんがい》に呑みこまれてしまいそうに思えた。

「ママ」息子がべそをかいた。

「ただの停電よ」カーラは歩きつづけた。「先週もあったじゃないの」

最近は、毎週のように、コーパスのあちこちで電力供給が不安定になって停電が発生しているようだった。カーラは夫に、宇宙でもっとも貴重なエネルギー源であるアゾスを採掘している鉱山作業員が、どうしてしょっちゅう停電に遭わなければならないのかと皮肉をいったことがあった。夫は笑って、靴屋の子供は、いつだって靴をもらえるのがいちばん最後になるのさ、と応じた。こんど顔をあわせたとき、きっと夫は笑わないだろう。カーラは夫に、ここを出て地球行きロケットに乗ろうと迫るつもりだからだ。こんな衛星のことは、こんな岩の塊のことは、照明が消え、空が血を流し、影のなかを化け物が走りまわる、こんな地獄のことはもう忘れようと。

「ママ、うしろにいるよ！」娘がカーラの手をぎゅっと握った。「ママ、あたしたちを見てるよ」

「なにも――」カーラはいいながら振り向き、途中で黙りこんだ。

背後の路上の影のなかに、見えた。ふたつの目が。白い目が。カーラを見ていた。そしてその目は影のなかへと消えた。

闇のなかに怪物がいる。

カーラはぶるっと首を振って、そんな物語を、鉱山作業員が夜、妻に語る与太話を払いのけた。

わたしたちを見てる。わたしたちをつけてる。わたしたちを観察してる。

そして影のなかから——シューシューという音。カチャカチャという音。カチャ。カチャ。カチャ。

カーラは前を向いた。子供たちの手をひいて、ぎこちなく歩いた。子供たちは黙って歩いた。母子は足を速めた。背後からは、あのカチャカチャという音が聞こえつづけた。こするような音も聞こえた。たくさんの足が石をこする音だ。それにシューシューという音。だがカーラは振り向かなかった。走らなかった。自分が怪物に気づいていることをさとられたくなかったからだ。

わたしたちをつけてるんだわ。

違う。そんなの馬鹿げてる！　怪物なんかいない。ただの言い伝えよ。怪談よ。

だけど、臭いがする。ああ、ぷんぷん臭う。これは、煤《すす》とか灰とか煙とかの臭いじゃない。生き物の臭い。雨のあとに出てくるミミズやしたたる膿《うみ》みたいないやな臭いだわ。

「おうちに帰りたい」娘が泣き声で訴えた。「お願い」

だけど、うちはどっちなの？　カーラは道に迷っていた。この僻遠の星へ来て三年になるが、いまだに路地という迷路に慣れないし、真っ暗ななかで道に迷う。カーラは足を速めた。見慣れた道を、目印を探すが、建物はどれもぎざぎざで真っ黒な刃のようで見分けがつかない。それに、だれも歩いていなかった。この街には二万人が住んでいるというのに、遠くにマントをまとった人影が見えるだけだ。みんな、家のなかで身をひそめて、電力が、暖房が、照明が戻るのを待っていた。音楽が聴けるようになるのを。電気を使った娯楽を楽しめるようになるのを。色と音で恐怖を忘れられるようになるのを。

カーラは走りだした。背後のカチャカチャという音が大きくなった。それに目が見えた――屋根の上からカーラを見おろし、また消え、カチャカチャという音が近くなった。カーラは息ができなかった。ドアを叩いて黒い家にひそんでいる人に入れてほしいと頼んだが、答えはなかった。カーラは走ったが、このあたりは家族を置いてここへ来た出稼ぎ労働者が住んでいる地区で、いまはみんな地下にもぐっていた。アゾスを探して深く掘りすぎ、そこにひそんでいたなにかを目覚めさせてしまったのだ。

カーラは走りつづけたが、そいつはついてきた。建物から建物へ飛び移った。深紅の夜のなかの細長い暗黒。鉤爪を金属や石に食いこませ、ひっかいてすばやく這っている。白い目で見つめている。シューシューという音をたて、よだれをたらし、カーラを呼ぶ。

来《こ》よ、カーラ。

彼のもとへ行ったようにわがもとへ来よ。

われらとひとつになれ。

われらとなれ。

われらに与えよ。

カーラは走った。目に涙を浮かべながら子供たちの手をひいて。この暗黒神が自分たちを欲していること、地球の神が山上でイサクを捧げよと求めたように生贄《いけにえ》にしたがっていることがわかっていた。だが、カーラにはこの古き神、この鉱山の神のいいなりになるつもりはなかった。あらがうつもりだった。逃げるつもりだった。カーラは次の家のドアを叩いて入れてほしいと懇願したが、答えはなかった。影のなかに見えた男のほうに走ったが、男の姿は消えていた。真っ暗だった。どこもかしこも迷宮だった。ねじくれた路地、頭上の配管、したたる水。そして空はうねりつづけていた。広漠としていた。溺れそうだった。頭上に真っ赤な大渦巻があった。そして怪物が、さびたドリルで岩を削っているような笑い声をあげていた。

削っている。岩を。闇を。

みんな地下にいた。夫も。ここに住んでいる男たちは全員。こんなところへ来るほど愚かな、数少ない女たちも。この空から遠く離れた深い闇で、みんな、原料を、資源を、鉱物を、千もの名前を持つ希少な青い結晶を、人類の星々への進出を可能にした宝物を探していた。けれどもここの空に星はない。こんなところへ、こんな、鉄でできていて悪臭が漂い、夜、狩りをするものたちがいる巣へ来るべきではなかったのだ。

地下。

シューッという音。

ひっかく音。

　カーラよ……

「ママ！」

「地下よ」カーラはささやいた。

　前方にアーチ形の入口が見えた。トンネルの入口、鉱山の入口だ。鉱山作業員たちがいるところへ、血の赤の巨大惑星を母星とするこの岩石衛星の地下深くへと続く道の入口だ。カーラは子供たちの手をひいて走り、闇のなかへ飛びこんだ。背後の影がたてる音が聞こえた。たくさんの脚がカチャカチャいい、鉤爪が石をこすり、シューッという音が大きくなり、悪臭が強くなった。トンネル内は、ところどころで明かりがちらついているだけだった。予備の発電機でついている照明だ。ちらつきながら、昆虫の群れのようにジーッと鳴っている。天井で配管がとぐろを巻き、通路が地下へとのびている。カーラは子供たちを連れて走ったが、ここもまた迷宮だった。もっと狭くてもっと暗くてひどく寒かった。

地下はひどく寒かった。

「こんにちは！」カーラは叫んだ。その声はトンネル内で反響し、こだまとなって返ってきた。カーラをあざけり、笑った。そして無数のシューッという声が応答した。声はいたるところから聞こえた。そいつらはここのいたるところにいた。

　カーラはくるりとうしろを向き、そいつを目にした。トンネルのなかで、さっきより近くまで来ていた。怪物が。細長かった。攻撃態勢のコブラのように上体を起こしていた。鉤爪がずらりと並んでいた。カーラの心のなかにそいつの声が聞こえた。

　カーラ。カーラよ……われらに与えよ……われらを称《たた》えよ……彼らをわれらが栄光のために捧げよ……

　カーラは向きなおると、前へ走りだして夫を探した。トンネルが分岐していたのであてずっぽうに選んだ。次の分岐点でもおなじことをした。通路はよじれ曲がっていたし、どんどん狭くなって、どうにか通れるほどになった。カーラは子供たちの手をぎゅっと握っていた。子供はふたりとも、泣きながら母親について走っていた。迷っていた。闇のなかで道に迷っていた。閉じこめられていた。ここは鉱山作業員が通るための道ではなかった。間違ったほうに曲がってしまったのだ。しくじったのだ。こんなところへは来るべきではなかった――こんな鉱山へは、こんな衛星へは、こんな悪夢へは。そして熱い涙が頬を伝った。カーラはまた叫んだ。助けを、情けを請うたが、こだまが深い笑い声となってカーラをあざけるばかりだった。そしてカーラはがっくりと膝をついた。

　子供たちがカーラにしがみついた。

　配管や機械やエンジンが周囲にそびえていた。カーラは街の地下にあるエンジン室に迷いこんでしまったのだ。岩盤に向かって、大きな金属製の石筍《せきじゅん》のごとく螺旋状に何本ものびている塔が、蒸気と硫黄を吐きだしている。泡立つ大釜が、かすかな金色の輝きを発している。塔がそびえ、ごちゃごちゃといろいろなものが詰めこまれた広間になっているそこは、まるで山の地下深くに築かれた古代の王の墓所のようだった。カーラの墓のようだった。

闇のなか、そいつは近づいてきた。鉤爪――ずらりと並んだたくさんの鉤爪――をのばした。カーラは泣いている子供たちを抱きしめながらあとずさった。

「カーラ？」

影と光が近づいてきた。

カーラは目をしばたたいて息を呑んだ。安堵の息をついた。

「トム！」

夫が顔をしかめながら近づいてきた。ヘルメットにとりつけた懐中電灯が光っている。夫は、幅の広い顔もごつい手も煤だらけだ。トムはカーラに駆けよった。懐中電灯の光が影を追い払った。

カーラは怪物のほうを振りかえった。

いなくなっていた。

カーラは安堵の息をついた。

「夢だったのね」カーラはつぶやいた。「気のせいだったのね」

夫は眉間《みけん》にしわを寄せて妻を見つめた。「カーラ、だいじょうぶか？　どうかしたのか？」

　カーラが立ちあがると、息子が母親の手を振りほどいた。少年は父親に駆けよった。

「パパ！」少年は鉱山作業員に飛びついた。「モンスターがいたんだ」

　トムはほほえみながら、力強い腕で息子を抱いた。「もうパパがいるぞ。パパはそのモンスターをやっつけたんだ。パパは――」

　鉤爪が、おぞましいバリッという音とともにトムの胸を貫通した。

　カーラは悲鳴をあげた。

　少年を抱いていた父親の手から力が抜けた。鉤爪がのびて幼い少年をつかまえ、引き裂いた。骨から肉をひきちぎった。胸をぱっくりと裂いた。むさぼり食うために父子を闇へとひきずっていった。そしてエンジンがいきなりよみがえって電力が回復した。ガチャガチャという音が響いて煙が吐きだされた。金属が回転して岩が粉砕された。

「パパ！」少女がそう叫んで手をのばしたので、カーラは娘をつかみ、てのひらで口を押さえて走りだした。

　死んだのよ、とカーラは泣いた。ふたりは死んだの。ふたりは死んだのよ。だけど娘は生きてる。お腹の赤ちゃんは生きてる。わたしは生きてる。生きなきゃ。わたしたちは生きなきゃ。

　怪物が獲物を食っているあいだに、カーラは娘をひっぱって配管のあいだを抜け、エンジンの裏にまわった。震えながら、泣きながら壁に体を押しつけた。息子が死んだ。心が冷えきった。息子がばらばらに引き裂かれたのだ。夫が死んだ。ずたずたにされて食われたのだ。その音はまだカーラの耳のなかで響いていた——肉を裂き、骨を割り、血をすする音が。臭いもしていた。その光景が脳裏で何度もありありと再生された。夫が。息子が。死んだ。死んだ。ばらばらにされた。奪われた。こんなことが現実のはずはなかった。悪夢に違いなかった。迷宮で、人生で迷い、出口を探している悪夢に。もうすぐベッドで目覚めるはずだ。きっとシーツは汗でぐっしょりで、部屋は寒いのに体は熱くて、ぜいぜいと荒い息をつくことだろう。すぐにごろんと転がって、夫が横で寝ていることを確認することだろう。そして息子がベッドに飛びこんでくるのだ。

　鉤爪がまた床をひっかいた。

　カーラはそいつが近づいてくる音を聞いた。したたらせている。鼻息を漏らしている。舌なめずりをしている。カチャカチャという音をたてている。影が踊っている。

カ……ー……ラ……

　そいつが心のなかに呼びかけているのか、実際に声を出しているのか、それともたんなる気のせいなのか、わからなかった。カーラは壁に体を押しつけ、配管と作動しているエンジンの陰に隠れた。まだそいつの息が聞こえた。匂いを嗅いでいる音が聞こえた。カーラを探しているのだ。

カ……ー……ラ……
近くなっている。どんどん近く。血がしたたっている。配管の下に脚が見える。何組もの脚が協調して動いている。大ムカデだ。エイリアンだ。邪神だ。そう、カーラはそいつを知っていた。スコロペンドラ・チタニアと呼ばれているやつだ。スカムと呼ばれているやつだ。やつらの一匹だ。五十年前に地球をめちゃくちゃにしたやつら、影に身をひそめていたやつら、人間の肉を食うやつらの一匹だ。あいつが夫を殺したんだわ。息子を殺したんだわ。

「ママ――」娘がいいかけ、怪物がカーラたちのほうを向いた。カーラは娘の口を手でふさいで黙らせた。ぎゅっと抱きしめた。押しつぶしてしまいそうなほど強く。

怪物が近づいてきた。匂いを嗅いだ。姿勢を低くした。ワイヤーのような触角が配管の下からのびてきて探った。匂いを嗅いでいるのだ。カーラは聞いた。心に呼びかけてくる声を聞いた。

どこにいるのだ、カーラ？　どこにいるのだ、美味な肉よ。

カーラは縮こまった。娘が身をよじってもがいた。カーラのてのひらのなかに叫んだ。だがカーラは娘をきつく抱いて口をふさぎつづけた。息を詰まらせ、窒息させて声を出さないようにしつづけた。叫ばないで。叫ばないで。息をしないで。音をたてないで。わめかないで。泣かないで。息もしないで。叫ばないで。

怪物は離れていき、ほかのエンジンを探りはじめたので、カーラは身震いした。だが、娘を抱きかかえつづけた。てのひらで口をふさぎつづけた。

静かにして。叫ばないで。叫ばないで。泣かないで。音をたてないで。

そいつは、息子の血の跡を残して歩み去った。

娘が激しく蹴って自由になろうとした。

叫ばないで。

音をたてないで。

息もしないで。

娘の蹴る力が徐々に弱くなった。娘は徐々にもがくのをやめてぐったりした。それでもカーラは、騒がないように口をおおいながら娘を抱きかかえつづけた。

怪物が去った。

母子のまわりで闇が息をした。

ふたたび送電が停止して照明が消え、エンジンが静かになった。暗い深淵に、ちらつく光がひとつだけあった——夫の打ち捨てられた懐中電灯だ。夜空のひとつ星だ。

カーラは娘を横たえた。動かない。声を出さない。捧げ物になっていた。

「どうしたの？」カーラはささやいた。娘を揺さぶった。少女は動かない。闇を見つめている見開いた目でわかった。

そしてカーラは慟哭《どうこく》した。

その慟哭が、深淵をカーラの悲嘆で満たした。慟哭は坑内で反響し、闇のなかの唯一の音になった。いつまでも響きつづけた。

怪物はくるりと向きを変え、鉤爪の生えた脚で飛ぶように走ってきた。カーラの前で上体をもたげた。カーラの倍の体長がある巨大な黒いムカデには、鉤爪の先から毒液をしたたらせている三十六本の脚があった。神だ。そいつが襲ってきた。目にも止まらぬすばやさだった。娘をつかんで喉に放りこみ、丸呑みにした。体が喜びで震えた。

捧げ物になったのだ。

静かにさせられたのだ。

慟哭。慟哭。叫ばないで。息もしないで。

カーラは壁際で縮こまった。家族のあとを追う覚悟を決めていた。腹のなかの赤ん坊と一緒に、この獣の腹におさまる覚悟を。両手を腹にあてた。男の子がなかで蹴るのを感じた。涙が頬を流れた。

エイリアンが歩を進め、カーラのふくらんだ腹に頭を近づけた。触角を注射針のごとくカーラに刺して羊水を探った。大顎を閉じたり開いたりした。大きく息を吸って匂いを嗅いでいるかのようだった。カーラよりも大きくて目がない頭をかしげ、考えた。いつも考えていた。

カーラを見つめた。

カ……ー……ラ……わ……れ……ら……と……な……れ……

そいつはカーラのまわりを這って大蛇のように巻きついた。鉤爪で突き刺しはしなかった。やさしかった。カーラを抱きあげて、死臭漂うこの場所から迷宮の奥へと、その縄張りの奥へと運んだ。闇へと運んだ。ねぐらへと運んだ。

2

地球が後方でビー玉よりもやや大きいくらいになったとき、不格好なロケットはすらりとした銀色の恒星船《スターシップ》のほうに方向を変えた。

「これでやっと」とアディがいった。「スターシップに乗れるってわけだ」うなずいて、ブーツで床をどんと踏み鳴らした。「このボルト留めしたバケツとは大違いだな」

「まあ、これはスターシップでもなんでもないからね」マーコは応じた。「太陽系内を移動するための、Y67級系内輸送船なんだ。月までなら行けるし、火星へもなんとか行けるかもしれないけど、それ以上は無理だ。スターシップはもっとずっと高度なロケットで、遠く離れた恒星系まで行くことを可能にするアゾス駆動ワープエンジンを装備してるんだ」窓から見える宇宙船を指さした。「あれがそうなのさ」

「オタクめ」アディはいった。

このロケットには五十名の兵士、つまり一個小隊が搭乗していた。機体は細長く、中央のはしごのまわりに座席の列が環状に並んでいる。きわめて細長い円形闘技場《コロッセオ》にすわっているような感じだった。全員がくすんだオリーブ色の戦闘服を着て、T57アサルトライフルを股にはさんで立てていた。マーコは、ほとんどの兵士を知らなかった。なにしろ、深宇宙任務のために選抜された兵士からなる、新たに結成された小隊なのだ。小隊名はレイヴンに決まった——漆黒の宇宙で任務につく小隊に、〝ワタリガラス《レイヴン》〟という名称はぴったりだからだ。強面《こわもて》の兵士が大勢いた。おだやかな物腰の兵士も何人かいた。ほとんどが怖がっていた。地球周回軌道の外へ行ったことがある者はひとりもいなかった。だが、これから全員が、はるかな宇宙でスカムと、地球を荒廃させたエイリアンと対決することになる。前線で。

とはいえ、顔なじみが何人かいるので、マーコにとってはそれがせめてものなぐさめだった。幼なじみの親友、アディがいた。長い脚をのばしてブーツをシャフトに垂らしている。ブロンドの髪がヘルメットからあふれている。いかつい巨漢、〝けだもの《ビースト》〟は正面にすわっていた。座席に窮屈そうにおさまっているし、腕が木の幹のようだ。たくましいロシア人の隣の、ずっと小柄で細身の〝エルヴィス〟は、そのニックネームの由来になった歌手の歌をやさしく歌っていた。傷痕のあるハンサムなディアス伍長もいたし、顎ひげをたくわえていて緑色の軍用ターバンを巻いているシン軍曹もいた。マーコは、この兵士たちと基礎訓練を生きのび、アフリカの砂漠で戦ったのだ。彼らはマーコの戦友だった。命を預けられる友だった。

マーコが愛している人々だった。

マーコはレイラニのほうを向いた。小隊でいちばん小柄なレイラニはマーコの隣にすわっていた。脚を精一杯のばしても、マーコの腿までしか届かない。身長百四十七センチで丸刈りのレイラニは、おとなの制服を着ている少年のようだし、小銃が馬鹿でかく見える。こんなに勇猛でなかったら、身長が低すぎるという理由で軍に入隊できなかっただろう。アーモンド形の目を戦意でたぎらせ、唇をぎゅっと結んでいた。レイラニは十代の売春婦の娘で、マニラのスラムで食べ物をあさりながら育った。生まれてからずっと、飢えと病気と戦っていた。いまはスカムと戦っていた。マーコにいわせれば、レイラニはこの小隊で最高の兵士だった。

それはぼくがレイラニを愛してるからじゃない、とマーコは考えた。

マーコはレイラニの腕に触れた。「だいじょうぶかい、デラローザ?」

レイラニはうなずいた。「スカムのケツを蹴飛ばすのが待ち遠しいよ、エメリー」

マーコはきのうの夜のことを思いだした。レイラニがマーコのベッドに忍びこんできたときのことを。闇のなかで――ほとんどの友人はふたりがつきあっていることを知っていたが――こっそり愛しあったことを。マーコとレイラニは、昼は仲間だった。戦友だった。エイリアンキラー同士だった。夜は恋人同士だった。マーコは、夜のレイラニのほうがずっと好きだった。

ロケットがスターシップに接近すると、兵士たちはみな、首をのばして窓の外を見た。外に見えるスターシップと比べたら、このロケットはちっぽけだった。銀色のスターシップのまわりで、リング状のソーラーパネルが観覧車のようにゆっくりと回転していた。よく見ると、スターシップの船体も回転していた。たぶん遠心力によって擬似重力を得るためだろう。船体には何門か回転砲塔があって大砲が突きだしている。後部ではエンジン噴射口が薄青く輝いていた。恒星間飛行を可能にしているアゾスエンジンの特徴だ。翼も着陸装置もなかった。スターシップは着陸したりしない。宇宙で一生を終えるのだ。船体が回転して、《人類防衛軍艦艇《HDFS》ミヤリ》という金色で記されている艦名が見えた。アディが《ミヤリ》の船体にとりつけられている金色のプレートを指さした。「おい、ありゃ、パーティー船じゃないか！」

小隊の兵士の何人かが、にやにや笑って肘でつつきあった。そのプレートには、実物よりも大きく全裸の男女が描かれていた。男は片手を上げて挨拶している。

「やさしく愛して《ラブ・ミー・テンダー》」とエルヴィスが畏敬の念に打たれたようにつぶやいて窓の外を見つめた。

「おれは服を脱がないぞ」ビーストがうなるようにいった。「ロシアじゃ、制服を着て戦うんだ」

マーコはため息をついた。「おいおい、パイオニア探査機のプレートを知らないのか？」みんなにぽかんと見つめられただけだったので、うめいた。「一九七二年に人類最初期の宇宙船が打ちあげられたんだ。パイオニアには、あの金属板の小型版がとりつけられてた。異星人に、人類がどんな姿をしてるかを教えるためだったのさ」

「裸に見えるぞ」アディがいった。

「ああ、アディ、裸さ」マーコは応じた。「ダーウィンが教えてくれたとおり、ぼくたちは裸の猿なんだ。いまじゃ、あれがＳＴＣのシンボルになってるんだ。ちなみに、きみたち無学な者《イグノレイマス》たちのためにいっておくと、ＳＴＣっていうのは〝宇宙防衛軍管区〟の略だからな」

「なにを無視《イグノア》してるんだって？」エルヴィスがたずねてから歌に戻った。

アディはスターシップの船体のプレートを凝視した。「金ぴかだな。あれは本物の金なのか？」目を細くして《ミヤリ》をじろじろ見た。「さびとへこみはどこだ？　いったいどうなってるんだ？」

マーコは力なくほほえんでアディの膝をぽんと叩いた。「さびもなし。へこみもなし。ここはもう地球防衛軍管区《ＥＴＣ》じゃないんだ。ＳＴＣの規模はＥＴＣの一パーセントだけど、予算は百倍なのさ」

「くそったれが」とアディ。

マーコはうなずいた。「ぼくたちもその一員になるんだぞ、覚えてるかい？」

「大好きだ」とアディ。

上のハッチが開き、小隊の五十名の兵士たちが黙った。ハッチのそばの座席についているシン軍曹が立ちあがって敬礼した。

「小隊――気をつけ！」顎ひげの軍曹が叫んだ。

五十名の兵士が、円筒形の機体のいたるところで座席から立った。捧げ銃《つつ》をし、胸を張った。全員が、無表情で直立不動を保った。マーコは、思いきって頭上のハッチを見上げた。そして、ほころびそうになる口元を引き締めた。

エイナフ・ベン‐アリ中尉が機体の中央にのびているはしごをおりてきた。若き将校はブロンドの髪を無造作なポニーテールにまとめていた。緑の瞳がいかにも生真面目そうだ。先祖代々の重みが肩にかかっているのだ。仲間の二等兵たちと違って、マーコはベン‐アリ中尉と親しくなっていた。ナチの強制収容所をのがれてパルチザンとして戦った先祖の勲章を見せてもらった。それ以来、ベン‐アリの一族は代々、戦場で戦ってきた。曾祖父たちは悲惨だった中東の戦争で戦った。祖父はスカムがはじめて地球をめちゃくちゃにしたときにエイリアンと戦った。父親は人類防衛軍《HDF》の大佐だった。そしていま、エイナフ・ベン‐アリ――まだ二十代はじめの若き女性将校――が小隊を率いて宇宙の奥深くへ行こうとしているのだ。

小隊員の多くは、ベン‐アリを氷の女王、ロボット、甘やかされた大佐の娘と呼んでいることをマーコは知っていた。だが、マーコは何度か、彼女と個人的に話をしていた。シン軍曹を別にしたら、ベン-アリと話したことがある兵士はほかにいないはずだった。マーコはベン-アリの恐怖に気づいた。悲しみに。やさしさに。ベン-アリはマーコの上官だが、友人でもあった。

「楽にしろ」とベン-アリはシャフトを途中までおりて止まった。小隊員は着席し、中尉は話しつづけた。彼女の声が艦内に響いた。「おまえたちの一部は兵士になってから何年もたっている。何ヵ月かしかたっていない者もいる。共通点は――全員が緑の制服を着ていることだ。全員が地球防衛軍管区《ETC》の兵士であることだ」

「哀れな九十九パーセントだな」アディがマーコの耳元でささやいた。マーコはシーッとたしなめた。

「わたしがおまえたちを選んだのだ」とベン-アリ中尉。「ともに宇宙へと向かい、ともに宇宙防衛軍管区《STC》に参加してもらおうと決めた。これは名誉なことだ。宇宙で軍務につけるのは、もっとも優秀で、もっとも頭が切れ、もっともタフな戦士だけだからだ。おまえたちは全員、地球で目覚ましい戦功をあげた。フォート・ジェミラで戦った者もいる。〝ローマの戦い〟で戦った者も。〝横浜の包囲戦〟で戦った者も。だがここ、宇宙では、おまえたちは全員が未熟《グリーン》な新兵たちだ――文字どおりにも、比喩的にもな。宇宙の奥深くで、前線でスカムと直面するまで、恐怖と直面したことにはならないからだ」

マーコはごくりとつばを呑《の》んでまわりを見渡した。マーコは一度戦って、わずかばかりのスカムを殺しただけだ。正面にすわっているディアス伍長は、一年以上戦って、アパラチア山道で多くの敵を倒した。シン軍曹はそれ以上に経験豊富なベテラン兵士で、数年以上、実戦に参加した。ここには、手榴弾とアサルトライフルで武装した強い男たちがそろっている。宇宙ではこの小隊が無力だなんて考えられなかった。

マーコはフォート・ジェミラの戦いを思いだした。おびただしい数のスカムが襲ってきたことを。兵士たちが砂埃《すなぼこり》舞うなかで落命したことを。友人たちが叫びをあげ、その声がいきなり途絶えたことを。あの日の記憶はいまも生々しい。だがあれは、とるに足りない軍事訓練基地での小規模な戦闘にすぎないのだ。いま、マーコたちは最前線に向かって飛行していた。そこでなにが待っているのか、考えたくもなかった。

「《ＨＤＦＳミヤリ》に搭乗したら」ベン＝アリは続けた。「この小隊はエレボス旅団に所属するラトナ中隊と行動をともにする。エレボスについては、説明するまでもないはずだな」

マーコははっと息を呑んだ。エレボス旅団？　艦内の兵士たちはあえぎのような声を漏らしてつぶやいた。

「でも、エレボスは常人じゃないじゃないか！」だれかがいった。「遺伝子操作されてるんじゃなかったっけ？　遺伝子操作されてるって聞いたぞ」

「エレボスは超戦士だ」ビーストがいった。「ほとんどロシア人並みだ」

「中尉どの、自分たちにほんとうにそれだけの能力があると思われてるんですか？」エルヴィスが萎縮した声でたずねた。

「あたしはそう思ってるね！」アディが口をはさんだ。

「あたしもだ！」とレイラニ。

マーコに女の子たちほどの自信はなかった。みんなと同様、マーコも伝説の戦闘部隊、エレボス旅団の噂を聞いたことがあった。過去五十年間、エレボスはほとんどすべての伝説的な戦いに参加している。〈激変〉以来、人類のもっとも偉大な英雄たちはこの旅団の軍旗のもとで戦ったのだ。エレボス出身者は将軍や最高経営責任者《CEO》や首相になっている。シン軍曹ならこの名誉にふさわしいかもしれないけど、このぼく？　それにほかの小隊員？

「《ミヤリ》の目的地は、最前線の宇宙ステーション、ナイトウォール前哨基地だ」とベン‐アリ。「ナイトウォールに着いたら、おまえたちは新たな制服を支給され、新たな訓練を受けて宇宙防衛軍管区《STC》の戦士になる。ナイトウォールに着くまでの途中、言動には注意するように。《ミヤリ》に乗艦中、おまえたちはエレボスの戦士たちとともに軍務につくことになる。わたしにおまえたちを誇りに思わせてくれ。エレボスの戦士たちから敬意を払われるようにふるまってくれ。わたしがこの栄誉ある任務におまえたちを選んだのは正しかったと証明してくれ。わかったか？」

「はい、中尉どの！」全員が大声で唱和したが、マーコは確信を持てなかった。この任務を引き受けたことを後悔しはじめていた。地球にとどまって記録保管所で楽な仕事につけるように中尉を説得できたかもしれなかった。宇宙はそもそも恐ろしいところだ。だが、英雄と一緒に戦う？　敵陣の奥深くに侵入するなんていう、この上なく危険な任務につく？

ぼくは戦士じゃない、とマーコは考えた。ただの図書館長の息子なんだ。

マーコは深呼吸をした。違う。あの図書館長の息子はもう別人だ。別の人生なんだ。ぼくはこのための訓練を受けた。実際の戦場で実力を証明した。ぼくにはやれるんだ。

窓の外に目を向けると、銀色のスターシップからこのロケットに搭乗ブリッジがのびてくるところだった。衝撃とともにカチッという音が響いて、二隻の宇宙船は接続された。

「よし、おまえら！」とシン軍曹が座席を離れて、はしごのほうへ漂った。「上官どのに続け。一列だ。口を開くな。行儀よくしろ。それからエルヴィス――鼻歌をやめろ」

軍曹がロケットのいちばん下までおりてドアをひきあけると搭乗ブリッジが見えた。ベン-アリ中尉が最初に出入口を漂いながら通ると、シンが続いた。その他四十八名の小隊の兵士がはしごをおりて続々と接続ブリッジに入った。

マーコはアディのうしろで、無重力のなか、壁の取っ手を使って前進した。無重力状態で実際に漂うのはこれがはじめてだった。これまで、ロケットに乗っている最中に座席を離れたことはなかった。泳いでいるような感じだった。アサルトライフルは頭上に浮かんでいた。漂っていかないのはストラップがあるおかげだった。ほかの兵士たちは硬貨やペンや写真をぷかぷか浮かせていた。エロ雑誌まで見かけた。マーコはため息をつきながらブリッジを進んだ。いまSTCのだれかに見られたら、この惨めな地球人の小隊の印象は最悪になってしまう。

窓の前を通ったときに外へ目を向けると地球が見えた——彼方の薄青いビー玉が。宇宙ははじめてではなかったが、低軌道までしかのぼったことがなかった。自分が知っている全世界が、全歴史が、自分の家族と人生が——すべてあの遠くに浮かんでいる球体におさまっているなんて、信じがたかった。しかも、《ミヤリ》に搭乗し、スターシップがほかの恒星系をめざして出発したら、あの青いビー玉ですらたちまち闇にまぎれて見えなくなり、太陽も十億の恒星のひとつになってしまう。

だれかがうしろからぶつかってきた。

「マーコ、さっさと行けよ。つかえてるぞ！」レイラニがささやいた。

マーコはうなずいて前へ進んだ。ブリッジの端にはまた出入口があった。そしてマーコは漂いながら《HDFSミヤリ》に入った。

いきなり重力がかかったため、転倒という失態を演じそうになって、マーコは悪態《あくたい》を噛み殺した。なんとか転ばずにすんだが、膝をついてしまい、一瞬、床に手を触れてから立ちあがった。ほかの小隊員はもっとぶざまだった。ばったりと倒れ、顔を赤くしながらさっと立ちあがった者が何人もいた。マーコはすでに整列している小隊に加わり、レイラニ——最後の兵士——も彼のうしろで気をつけをした。

マーコは、めまいがおさまってからあたりを見まわした。そして、訓練のおかげで、どうにか驚きの声をあげずにすんだ。

たまげたな、とマーコは内心でひとりごちた。

人類防衛軍《HDF》が、ふたつのおもな軍団に分かれていることは知っていた。九十九パーセントの兵士は地球防衛軍管区《ETC》で惑星を守っている。地球の陸海空を防衛している。飛行機を操縦し、戦車を運転し、銃を撃ち、海を巡回している。床を掃除し、データを分析し、新兵器を開発し、食事をつくり、道路を建造し、戦闘で死亡している。彼らが〈激変〉の灰からよみがえって世界を再生させたのだ。そして、ほんのひと握り、ごく少数の兵士が宇宙防衛軍管区《STC》に加入する。宇宙で軍務についているＨＤＦの一パーセントが、ＨＤＦの予算の九十パーセント以上を使っている。そしてマーコは、周囲を見まわして、その金がどう使われているかを知った。

地球では、なにもかもがさびていて、何度も再利用している中古品で、壊れかけている。制服は兵士から兵士へと使いまわされている。銃は古くて弾詰まり《ジャミング》を起こしやすい。戦車はボルトがゆるんでキーキーときしむ。空を哨戒しているジェット戦闘機ですら、まにあわせのやっつけ仕事だ。ところが、ここ宇宙では、湯水のごとく金が使われている。壁は銀色のぴかぴかだし、ペンキがはがれかけていたりしない。床はふかふかのカーペット敷きで、欠けのあるタイル敷きではない。壁に並んでいるのは、旧式の無線機ではなく最新のタッチスクリーンモニターだ。

　きっと、〈激変〉前の世界はこんなふうだったんだろうな、とマーコは考えた。スカムが人類の半分以上を殺し、人類がそれまでに築いたものをことごとくぶち壊す前は。

　小隊がまだ重力に慣れていないうちに、部屋の奥のドアがシュッと開いた。

「気をつけ！」シン軍曹が大声で命じた。

　三人の軍人が《ミヤリ》の奥からあらわれた。その三人が、マーコがはじめて目にするSTC所属の軍人だった。地球でも宇宙でも、軍人はみな人類防衛軍《HDF》というおなじ傘のもとにあるが、その軍人たちはまったく異なる軍隊に属しているように見えた。身につけている銃もアサルトライフルではない。重いT57アサルトライフルではなく、スマートなプラズマ小銃だ。マーコは彼らを見て、蒸気船がいにしえの華麗なる帆船にとってかわる以前の、帆船の黄金時代の船乗りを連想した。着ているのは、くすんだオリーブ色のくたびれた戦闘服ではなく、ネイビーブルーのぱりっとした制服で、袖には真鍮《しんちゅう》のカフスボタンがついている。ベレー帽ではなく、ひさしつきの軍帽をかぶっていて、ひさしの上で金色のバッジが光っている。生地も高級そうで、色に深みがある。そして、その軍人たちの制服は、見るからに新しい。地球の軍人は――将校ですら――使い古しのボロ制服を着ている。〈激変〉以来、生地ですら高価になっているからだ。マーコは、自分たち一家が払いつづけてきた税金の使い道を理解しはじめた。

　マーコは、急に自分の小隊を恥ずかしく感じた。くすんだ色の戦闘服はぼろぼろだ。ブーツにはひびが入っている。銃は旧式だし、がたがきている。アディの尻ポケットは破れていて、いつも持ち歩いている汚いトランプが見えている。レイラニのヘルメットには、いまも、彼女がサインペンで書いた、〝人生は梅毒のチンポコの詰めあわせ〟という文字が記されている。

　マーコはため息をついて、ぼくたちは、ドッグショーに出るような純血種と並んだ汚い雑種の犬ってところだな、と考えた。

　STCの軍人のうちふたりは、袖に三本の山形と半円をつけている曹長だった――つまりシンのひとつ上の階級だ。ふたりは、まるでふたごのように、背が高くてむっつりと不機嫌そうだった。三人めの女性軍人はずっと小柄で、はるかに階級が高かった。肩の階級章は金線三本だった。大尉だ――ベン‐アリ中尉のひとつ上の階級だ。マーコは訓練中の記憶を思いかえした。中尉は五十名の兵士からなる小隊を指揮でき、大尉は四個小隊からなる中隊を指揮できる。大尉は胸に月桂冠のピンバッジをつけている。いま、ケミが士官候補生として学んでいる、名門ジュリアス軍学校卒業生のしるしだ。マーコは、ベン-アリ中尉がそのピンバッジをつけていないことに気づいた。ベン-アリは、ふつうの軍学校で学んで将校になったのだろう。

「いやはや、あきれたもんだ」大尉は目を細めた。薄笑いを浮かべた。三十歳前後で、肌はオリーブ色、黒髪をぎゅっとひっつめたポニーテールにしている。顔は鋭く、骨張っている。ひどく背が低いが、がりがりに痩せていて、拒食症かと疑うほどだ。骨と皮の顔からこぼれ落ちそうな目に、あからさまな侮蔑を浮かべている。マーコは制服を着た神経質なチワワを連想した。その馬鹿げた想像のせいでにやにやしないように気を引き締めなければならなかった。

ベン-アリ中尉は階級が上の将校に敬礼して、「レイヴン小隊、任務のために出頭しました！」と報告した。

大尉は地球人戦士の小隊をじろじろ見た——緑色の古ぼけた戦闘服、くたびれたベレー帽、傷だらけの旧式銃。不快そうに唇をゆがめた。マーコは、富裕層のパーティーに迷いこんだホームレスの物乞いのような気分になった。突然、制服のしわをのばしたくなったが、我慢して直立不動の姿勢を保った。

大尉は曹長のひとりのほうを向いて、「こんどはこのくずどもがＳＴＣに送りこまれてきたってわけだな？」とあざけった。「もっとましな格好をしてるメルヴィア小惑星のミミズだって見たことがあるぞ」

ふたごのひとりがうなずいた。「まったくです、大尉どの」

大尉は小隊に向きなおって嘲笑を浮かべた。頭の鈍い子供に説明するように、大きな声でゆっくりと話した。「コリーン・ペティ大尉だ！　エレボス旅団で最高の中隊、ラトナ中隊の指揮官だ。これから数日間、遺《い》憾《かん》ながら、ナイトウォールの統合部隊に送り届けるまでのあいだ、おまえたちのお守りをしなければならなくなった。そのあとは、本官の知ったことではなくなる。ひょっとしたら、統合部隊が、おまえたちから地球の悪臭を洗い落とし、おまえたちが着ているその臭いボロを焼いて、おまえたちを一人前の兵士にできるかもしれない。だが本官は、そうはならないだろうと思っている。ＳＴＣにまともな判断力があるなら、おまえたちに猫いらずを食わせてスカムの餌にするはずだ」

アディがわずかにマーコのほうに顔を近づけて、「なあ、このあたりでチワワがキャンキャン吠えてないか？」とささやいた。

ペティ大尉が黙った。大尉が振り向く速度があまりに速かったので、首がもげるのではないかとマーコは思った。中隊長は冷笑を浮かべながら兵士を数人、押しのけて進み、マーコとアディの前で止まった。

「いまなんといった？」ペティ大尉はアディをにらみながら問いただした。

マーコはぞっとした。シン軍曹やディアス伍長を侮辱するのと、ＳＴＣ将校を激怒させるのとではわけが違った。

「スカムに毒を食わせるのが待ち遠しいといいました!」とアディ。

大尉は目を細めながらアディを見上げた。マーコのほうを向いて、ぎょろ目で凝視した。

「ほんとうか?」ペティはたずねた。「ほんとうにそういったのか?」

「はい、大尉どの!」マーコは、心のなかでアディをののしりながら答えた。

ペティ大尉はせせら笑った。「ここはもう地球じゃないんだぞ。地球でどんなたるんだ軍律を学んだのか知らないが、こんどこの宇宙でふざけた口をきいたら軍法会議にかけるからな」床を指さした。「さあ、うつ伏せになれ。ふたりともだ。腕立て伏せ三十回」

マーコとアディはちらりと顔を見合わせた。新兵のように腕立て伏せ? 基礎訓練を修了した兵士がこの罰を科されることはない。階級を授与された兵士は、歩哨当番を増やされたり、営倉送りにされたり、休暇を取り消されたり、場合によっては除隊させられたりするが、腕立て伏せは新兵に科す罰であって、殺しを許可された戦士に科す罰ではない。上司が従業員に、部屋の隅に立っていろと命じるようなものだ。

ベン‐アリ中尉も、おなじように考えたようだった。中尉は進みでて大尉にいった。

「大尉どの、本官がのちほど叱っておきますので」ベン‐アリはマーコとアディのほうを向いた。「きびしく」

ペティ大尉は中尉をにらんだ。「上官の命令に逆らうのか、中尉? おまえも腕立て伏せを三十回したいのか？」

マーコは思わず息を呑んだ。二等兵に公然とこんな懲罰を与えるだけでもひどいのに、れっきとした将校を懲罰する――それも、部下の兵士たちの前で？　マーコの軍歴は長くなかったが、そんなことは考えられなかった。そしてベン-アリの顔に、怒りによる赤い斑点が浮かんだ。

「さっさとはじめろ！」ペティはマーコとアディに向きなおって命じた。

マーコとアディは、しかたなく床に伏せて腕立て伏せの姿勢をとった。

「勘定しろ」とペティ。

「一回、大尉どの！　二回、大尉どの！」ふたりは三十回やりおえ、顔を赤くして立ちあがった。

ペティ大尉はかすかににやりとしながらうなずいた。「よし。きょうは食事抜きだ。次の食事のとき、空のトレイに空の皿と空のマグをとれ。だれかに理由を訊かれたら、自分たちは食事をとるに値《あたい》しないからだと答えろ。それから、二百名の兵士全員の皿を洗え」

「ペティ大尉どの！」ベン-アリ中尉がいった。赤い斑点が大きくなっていた。「この二名は戦功をあげた兵士です。フォート・ジェミラで戦ったのです。多くのスカムを殺しました。それに――」

「中尉、これは最後通告だぞ」とペティ大尉。「こんど本官に公然と逆らったら、《ミヤリ》内で軍法会議にかけるからな。そうなったら、運がよくて不名誉除隊だ。宇宙ではやりかたが違うんだ」小隊全員に聞こえるように声を張った。「おまえたちのなかには地球でスカムを殺した者がいるのだろう。自分を英雄だと思いこんでいる者もいるかもしれない。だがおまえたちは、ここでは英雄でもなんでもないんだ！　おまえたちはミミズだ。おままごとはもう終わったんだ。いまのおまえたちの所属はＳＴＣだ。上官に従え。機械のように戦え。さもないと、エアロックから叩きだすからな」ふたごのほうを向いた。

「この連中にシャワーを浴びさせろ。ワープドライブが起動する前に消毒しておきたいからな」

曹長たちは敬礼した。ペティ大尉は、敬礼を返すことなく部屋を出ていった。

マーコはアディをちらりと見た。アディは変顔をして小さくキャンと吠えた。マーコはため息をついた。早くも地球が恋しくなっていた。

3

「あいつ、ほんとにチワワそっくりだな」アディはそういいながら、暗い顔で空の皿を見おろした。「おまえもそう思ったはずだ！　認めろよ」

マーコはアディをにらんだ。「シーッ！　スカムの餌になりたいのか？」あたりをこそこそ見まわした。「大声を出すなよ」

「じゃあ、キャンキャン吠えるのもだめか？」アディはいった。

マーコは、だれも聞いていなかったことを祈りながら見まわした。マーコとアディは、《ミヤリ》の食堂で、ふたりとも空っぽの皿とマグを前にすわっていた。周囲では、いまもオリーブ色の戦闘服を着ているおなじ小隊の兵士たちが、がつがつと食事していた。マーコは彼らの皿を、うらやみながらちらちら見た。ここの食事は、フォート・ジェミラのどろどろとスパムよりも、間違いなく匂いも見た目もおいしそうだった。缶詰のフルーツとバターつきパンと合成チキンとマカロニチーズというメニューだった。いい匂いのせいで頭がくらくらしていたが、アディのせいで、マーコが食べられるのは明日になってからだった。腹がグーグー鳴っていた。

マーコはぐるりと見まわした。宇宙防衛軍管区《STC》のネイビーブルーの制服を着たほかの三個小隊も食事をとっているので、食堂は満員だった。ふたつのグループはまじりあっていなかった。青は緑をちらちら見てはせせら笑い、小声でつぶやいていた。

「地面住みどもめ」ひとりがつぶやいた。

「くそ地球人が」ほかのひとりがいった。

「スカムと組むほうがましだね」と反対側にいる女が、食堂全体に聞こえるほどの大きさの声でいい、女の友人たちが笑った。

アディが立ちあがって、「なんだと？」といいながらフォークをナイフのように振りまわした。「こっちはスカムと直接ぶつかりあって戦ったんだぞ。宇宙船の座席にすわってボタンを押すだけじゃなく――」

「アディ！」マーコはアディの体をつかんで無理やりすわらせた。「黙れって！」

マーコは縮みあがりながら将校用テーブルを見やった。ベン‐アリ中尉が、ネイビーブルーを着た数人の将校とともにすわっている。ありがたいことに、ペティ大尉はいない。たぶん、自分の居室でひとりで食べるほうが好きなのだろう。将校用テーブルについていた全員がマーコとアディのほうを見た。ベン‐アリ中尉が、ひとりの将校の肩に触れてそれまでしていた自分の話を続けるという救いの手を差しのべてくれた。将校たちがふたたび自分のほうを向くと、中尉はアディをじろりとにらんだ。

「アディ、ほんと、余計なことをいうのは、もういい加減にやめてくれよな」マーコはいった。

アディはフォークを握ったまま、ふんと鼻を鳴らした。「馬鹿いうな。アイスホッケーリンクじゃ、選手はいつだってけなしあうんだ。だからここでも一発かましてやってるのさ」

「きみはもうアイスホッケー選手じゃないんだ。兵士なんだぞ。アイスホッケーリンクから光年単位で離れた宇宙ステーションに向かってる最中の兵士なんだ。宇宙ステーションに着いたらＳＴＣに統合されるんだぞ」

アディはえっと声をあげた。「宇宙ステーションにはアイスホッケーリンクがないのか?」

マーコは、〝超空間まで2時間59分〟というカウントダウンが表示されている壁のスクリーンを見上げた。あと三時間足らずでワープエンジンの準備がととのったら、《ＨＤＦＳミヤリ》は発進して太陽系を離れ、はるかな星々をめざす。そうしたら、地球は窓から見える青いビー玉ですらなくなり、闇にまぎれて見えなくなる。

「なあ、〝詩人《ポエット》〟」テーブルの向かいにすわっているエルヴィスが手をのばしてマーコの腕を叩いた。「おまえは図書館員だよな?」

「だった、だね」マーコは答えた。

エルヴィスはうなずいた。「充分だ。ってことは、おまえは頭がいいんだよな？」

マーコは肩をすくめた。「だれと比べて？」

「もちろん、頭がいいさ！」アディはマーコに抱きついて頬にキスをした。「こいつは、知ってのとおり、本を書いてるんだぞ。『うすのろ《ジャーヘッド》』って本を！」

マーコはため息をついた。「『アカウミガメ《ロガーヘッド》』だってば、アディ。もう千回もいってるじゃないか」

「いい加減にしてくれ、仲よしのおふたりさん」エルヴィスは壁の時計を指さした。「あの超空間ってなんなんだ？」

アディは高笑いをした。「おまえ、超空間がなんなのか、知らないんだな？」

エルヴィスは肩をすくめてゆで卵を丸ごと口に放りこんだ。咀嚼《そしゃく》して呑《の》みこんだ。「おれはミュージシャンなんだよ。そこのポエットみたいな天才じゃなくな。おまえは超空間がなんなのか、知ってるのかよ？」

アディはむっとした。「知ってるに決まってるだろ！　だれだって超空間がなんなのかくらい知ってるさ」

「じゃあ、教えてくれよ」エルヴィスが頼んだ。テーブルに両肘をつき、前かがみになってアディを見つめた。

「そうだな……」アディはすわったままもじもじした。「なにしろ、空間に超がついてるんだ。とにかく、すごい空間なのさ」マーコの脇腹を強くつついた。「説明してやれよ、ポエット。こいつのために、わかりやすくな」

マーコは脇腹をさすった。「やめろよ、痛いじゃないか」とこぼしながら、エルヴィスの皿を見おろした。あとふたつ、ていねいに殻をむいた固ゆで卵が載っている。「テーブルの下から卵を渡してくれたら教えてやる」

エルヴィスは目を丸くした。「貴重な卵なんだぞ！」

アディはテーブルの下でエルヴィスを蹴った。「寄こさないと、別の貴重な卵のペアを蹴飛ばすぞ」

マーコとアディが卵をこっそり食べおえると、マーコは話しだした。「いいか、よく聞けよ、エルヴィス、いま、《HDFSミヤリ》は通常の時空に浮かんでる」

「〝じくう〟ってなんだ？」エルヴィスがたずねた。

「時空ってのは」マーコはテーブルをぽんと叩いた。「このテーブルクロスみたいなもんだ」

「パンくずだらけでアディがいまもぐもぐ噛んでるやつのことかい？」エルヴィスがいった。

「まだ腹ぺこなんだ！」アディが、リネンを頬張りながらいった。

「アディ、よせよ！」マーコはテーブルクロスを、アディの抗議の叫びを無視してひっぱって彼女の口から出し、テーブルに広げた。「いいか。時空は平面だってことをいいたいんだ。じつは、完全に平らってわけじゃないんだけど、とりあえず、平面ってことにしておこう。そしてきみは、ぼくの皿とその塩の容器まで飛ぼうとしてることにする。まあ、A点からB点まで、まっすぐに飛べばいいんだ」テーブルクロス上で指を動かした。「だけど、通常の宇宙では、あんまり速く飛べない。理論的には光速まで速度を上げられるけど、実際のところ、恒星船《スターシップ》は、光速にはほど遠い速度しか出せない。通常の時空を飛んでも、太陽系の惑星間なら問題はない。たとえば、通常の時空を飛行しても、地球から火星までなら簡単に行ける。高性能な原子力エンジンをもってすれば数週間しかからない。だけど、恒星間を飛行してほかの恒星へ行こうとしたら？　恒星と恒星はとんでもなく離れてる。通常の宇宙飛行でいちばん近くの恒星へ行くにも何千年もかかるんだ」

　エルヴィスは身震いした。「チワワ大尉と何千年も？　まっぴらだな」

アディはにやりとした。「な、ポエット？　いっただろ？　あいつはチワワにそっくりなんだ。みんな、そう思ってるんだ」

マーコは眉をひそめた。「そんな呼びかたをするのはやめろよ。テーブルの下に盗聴器がしかけられてるかもしれないぞ。とにかく」テーブルクロスを持ちあげて何度か折り、塩の容器を皿のそばに置いた。「超空間っていうのはこんな感じなんだ。時空を曲げるんだよ。これで二点間の距離が縮まった。時空自体、つまり宇宙という生地が折りたたまれたんだ。まあ……ほんとは違うところもあるんだけどね。数学はぼくの手に負えないし。だけど、わざわざシーツを持ってこないんだったら、これがいちばんいい説明なんだよ」

エルヴィスはうなずいた。「なるほどな。つまり、天からおりてきた天界の図書館員の巨大な手が宇宙を曲げるってわけか」

「そんなところだね」とマーコ。「ただし、それをするのはアゾスエンジンなんだけどね」

「ナマケモノ《スロス》?」エルヴィスがたずねた。

「ああ、スロスね!」アディは舌なめずりをした。「あたしの大好物だ」

「アゾスだってば」マーコはあきれ顔をした。「なんだって、天界っていう言葉を知っててアゾスを知らないんだ? ほら、コロニーで産出する、宇宙でもっとも貴重な鉱物だよ」

「いつか、アゾスの指輪をプレゼントしてくれ」アディがいった。「そうすりゃ、敵を殴るたびに時空を曲げられる」

マーコはアディのシャツについている黄身のかすを払ってやった。「オニオンリングだってプレゼントするつもりはないさ。とにかく、アゾスエンジンは準備に時間がかかる。だから、まだかなりのカウントダウンが残ってるんだ。準備がすっかりととのったら、途方もないことができるようになる。スターシップのまわりの宇宙自体を曲げて、辺境に向かって突進できるようになるんだよ。スターシップは、ふつうより速く飛ぶわけじゃない。だけど、時空を曲げれば、距離が大幅に縮まるんだ。物理法則を破るわけじゃない。いうなれば、近道をするだけなんだ」

しばらくのあいだ、そのテーブルについている全員——十五名の分隊員たち——が静かになった。アディまでもが。マーコには、彼らがなにを考えているかがわかった。辺境。前線。そこでは、なにがぼくたちを待ってるんだろう？　地球にいる兵士たちは、人類の精鋭部隊がスカムと激突している宇宙での戦いについてほとんどなにも知らない。異星文明はほかにも存在していて、善良なやつらも邪悪なやつらもいるらしい、と兵士たちは噂している。辺境からの情報は、ほとんどすべてが機密扱いだ。マーコは、自分たちがこれから、ナイトウォールと呼ばれているコロニーに向かうことは知っていたが、それ以上はなにも知らされていなかった。そこでさらに訓練を受けるのだろうか？　それとも、無人地帯にある荒涼とした惑星の戦場へ、ただちに投入されるのだろうか？

マーコはカウントダウンの表示をちらりと見上げた。超空間まであと二時間半。地球ばかりか、太陽系をあとにするまであと二時間半だ。

マーコは椅子から立って、食堂のテーブルのあいだを——ＳＴＣの兵士たちがすわっているテーブルを避けながら——歩いて窓の前まで行った。宇宙を見た。彼方の星々のあいだの青い点として、かろうじて地球が見えていた。マーコたちを乗せてきたロケットは、すでに帰途についていた。銀色の円筒はどんどん小さくなって、たちまち見えなくなった。

地球。とうさんはそこにいる。ケミもそこにいる——ぼくが愛し、ぼくにつらい思いをさせた女の子も。マーコが生まれてからいままでの記憶をつくったのも、さまざまな夢や野望をいだいたのも——すべて、すぐに闇のなかに消えてしまうその薄青い点でだった。マーコはSTCのことをよく知らないが、知っていることもある。たとえば、ほとんどのSTC兵士は地球に帰ってこないことだ。マーコは片手を窓に押しあてながら別れを告げた。

「さようなら、とうさん」マーコはつぶやいた。「さようなら、ケミ」

そう——これはケミとの別れでもあった。マーコとケミは別の道を行くことになった。〝別れた〟のだ。ケミはジュリアス軍学校に入学した。マーコは徴兵されて二等兵になった。ケミは最低でも十年は軍務につく。マーコは辺境で死ぬかもしれない。それに、マーコは軍で新しい恋人とつきあいはじめた。レイラニが——人生における新たな喜びになっている。

それでも、マーコはケミを思いだしていた。しょっちゅう。ケミの明るい笑顔を。ケミのやさしくて知的な瞳を。戦争で崩壊しかけているが——それでも光と笑いと愛にあふれている——街で恋人同士として過ごした歳月を。レイラニとつきあいだしてからも、マーコはその街で何年も愛しつづけたケミを忘れられなかったのだ。地球で軍務についていたとき、たまたま、ケミとつかのまの再会をしたので、また会えるのではないかと期待していた。だがもう、ほんとうにケミと会えなくなることがわかっていた。永遠に。マーコは窓にあてている手を動かし、てのひらで地球を隠した。これでさよならだ。

マーコは顔をしかめた。

彼方を見やった。

一隻の宇宙艇が《ミヤリ》に向かってきていた。レイヴン小隊を運んできたロケットよりも小型だ。自動車よりもやや大きい程度に見えた。近づくにつれ、船体に記されているロゴを見分けられるようになった——金の月桂冠。ジュリアス軍学校のマークだ。宇宙艇は、マーコが立っている窓のすぐ外で《ミヤリ》と並んで停止した。マーコが漂いながら通った搭乗ブリッジが《ミヤリ》からのび、宇宙艇と接続した。宇宙艇の窓の向こうに長くて豊かな黒い癖毛が見え、黒い瞳がこっちを向いて、マーコと目があった。

マーコはバランスを崩した。転びそうになった。

なんてこった。

向きを変えて駆けだした。

食堂のテーブルのあいだを走って出入口に向かった。

「卵が悪くなってたのか、ポエット？」アディがマーコにたずねた。

「エメリー二等兵！」とシン軍曹がどなった。

だが、マーコは走りつづけ、笑い声と彼の胃のこなれについてのジョークを聞きながら食堂から飛びだした。

マーコがペティ大尉とはじめて顔をあわせた部屋、エントランスルームに駆けこんだ直後、ドアが開いて彼女が《ミヤリ》に入ってきた。

士官候補生の白い制服を着て、襟の折りかえしに金の月桂冠をつけている。帽子のうしろから黒い癖毛がこぼれている。マーコがプレゼントしたπ《パイ》の形のペンダントをまだつけている。マーコに気づいたとたん、彼女の目がうるみ、彼に懐かしいくしゃっとした笑顔を向けた。

「ハーイ、マーコ」

「ケミ」マーコはささやいた。

4

「マーコ」ケミはためらいがちにマーコのほうに足を踏みだして抱きしめた。「ひさしぶりね」体を放したが、マーコの両肩をつかんだまま、にやりと破顔した。「わたしと縁を切ることなんかできっこないのよ」

「ケミ!」マーコは笑い声をあげ、当惑して首を振った。「どうしたんだい? どうしてこんなことができたんだい? こんなに早く軍学校を卒業したのか、それとも……」

マーコは途中でいいやめた。ひやりとする罪悪感がこみあげた。

レイラニ。ここにはレイラニがいる。ケミとレイラニはおたがいを知らない。

「まさか、馬鹿ね」ケミは笑ってマーコの手を握った。「士官候補生になってから、まだ二、三カ月しかたってないのよ。だけど、ときどき、初年度でも、士官候補生も、見習い士官として実地に任務につくことがあるの。今回に関しては宇宙で」笑みが大きくなった。「パパとママが裏から手をまわしてくれたの。あなたがここにいてベン-アリ中尉の部隊に所属していることを突きとめてくれたから、わたしは、ベン-アリ中尉のもとで実戦訓練をしたいと申請したのよ」

「ケミ」マーコはケミの両手を握った。真剣な表情になっていた。「ぼくたちは最前線に向かうんだぞ。危険なんだ」

ケミはかすかに口をとがらせた。「わたしにここにいてほしくないの？ まるで……心配してくれてるの？ わたしはあなたとまた一緒に過ごしたいの。そばにいたいの。たとえ軍隊のなかでも」うつむいた。「あなたと――あなたの入隊前に――別れたあと、わたしは落ちこんじゃったの。あなたとの縁が切れてしまったと思って。これから十年、あなたに会えないんだと思って。それで落ちこんじゃったのよ、マーコ。抜け殻みたいになっちゃったの」涙をぬぐった。「だけど、ここに来られた。でしょ？ 長いあいだじゃないかもしれないけど、また一緒になれた。一緒になれたのよ」

マーコは頭がくらくらした。突然、怒りがこみあげた。

落ちこんだだって？ きみが？ きみがぼくを振ったんじゃないか！ ぼくは、遠距離になったって交際を続けたかったのに。終わりにしたいといったのはそっちじゃないか。いまになって押しかけてくるなんて。それも、ぼくが新しい恋人とつきあいだしたばっかりのときに――

「中尉どの！」ケミはマーコに握られていた手をさっともぎ離し、直立不動になって敬礼した。「ケミ・アバシ士官候補生、着任いたしました！」

マーコが振り向くと、ベン‐アリ中尉が部屋に入ってきていた。

ベン‐アリはケミを見、マーコを見た。しばらく見つめていたので、中尉はどこから聞いていて、どこまで見ていたんだろう、とマーコは思った。そしてベン‐アリはケミに向きなおった。

「《HDFSミヤリ》へようこそ、アバシ士官候補生」ベン‐アリはいった。「食事はすんでいるのか？ 食事時間はまだ何分か残っている。ついてこい、親睦を深めよう」

ケミは畏敬の念に打たれた目でうなずいた。「ありがとうございます、中尉どの。これだけいわせてください。わたしは中尉どののご一族の話をいろいろ聞きました。中尉どののお父上は伝説になられています！ ジュリアスでお父上について学びました。それに、中尉どのの戦場での勇気には感銘を受けました。この任務で、中尉どののもとで見習いができて光栄です。中尉どのを見習って学ぶのが楽しみです」

ベン‐アリ中尉の一族についての授業があるのか？ 有名なのは知っていたが、そこまで有名だとは知らなかった。中尉の父親は、なにをして伝説になったんだろう？ マーコはいきなり、上官についてなにも知らないことを悲しく思った。ケミのほうがずっとよく知っているようだった。ふたりの女性が食堂に向かって歩きだした。ベン‐アリがマーコのほうを振り向いた。

「エメリー、自分の席に戻れ」

マーコはうなずいた。「はい、中尉どの」ふたりについて食堂に戻り、自分の分隊のテーブルについた。一方、ケミは将校用テーブルの席についた。マーコがそっちを見ると、ケミは彼にほほえみかけ、小さく手を振ってからベン＝アリとSTC将校たちに注意を戻した。

アディはあいかわらず徴募兵の仲間たちとすわっていた。離れたテーブルについたケミを啞然と見つめてから、隣にすわったマーコのほうを向き、またケミを見た。目をこすった。

「あれって……」アディは顔をしかめ、ぽかんと将校用テーブルを見つめてから、くるりとマーコのほうを向いた。「あれってケミ・〝くそったれ〟・アバシだよな？　あたしたちの学校の？」

マーコはうなずいた。「ああ。ベン＝アリつきの見習い士官になったんだ」

アディの顎ががくんと落ちてテーブルにぶつかりそうになった。「たまげたな」

マーコはちらりとレイラニを見た。レイラニはテーブルの向かい側でビーストと議論していた――ロシアは《ミヤリ》よりもいい恒星船《スターシップ》をつくっていると、ビーストは熱弁していた。レイラニは、一度だけマーコのほうを見て、ほんの一瞬、目をあわせただけでビーストに注意を戻した。

「こんなのは、安物のアメリカの材料だ」ビーストはブーツで床を踏みつけた。「たしかに見た目はいいが、強くはない。ロシアじゃ、本物の宇宙船をつくってるんだ。なにしろ、はじめて人工衛星を軌道に乗せたのはロシアだ。はじめて人間を宇宙へ送ったのも。はじめて犬を宇宙へ送ったのもだ」

「二百年前の話じゃないか！」レイラニはいった。「大昔に最高の馬でひく二輪戦車《チャリオット》をつくったのはギリシャだから、現代で最高の戦車をつくってるのもギリシャだっていうようなもんだ」

「ギリシャが最高の戦車をつくってるだって!?」ビーストは怒りで顔をゆがめた。「動いてるメドヴェージェフ戦車を見たことがないんだな？　あれこそ戦車ってもんだ。ギリシャなんか、ブドウみたいに踏みつぶしちまう」

レイラニは一度しかマーコに目を向けなかったが、その一度の表情で充分だった。レイラニは気づいている。マーコは落ちこんだ。いまはこんなことで悩みたくなかった。血に飢えたエイリアンと対決するために銀河系辺境に急行しようとしているいまは。まだ悩みごとが足りないっていうのか？

「なあ、ポエット」エルヴィスがマーコの隣に移ってきて、彼の脇腹を肘で突いた。

「なんだって、だれもかれもおなじことをするんだ？」マーコは顔をしかめて脇腹をさすった。

エルヴィスはそれを無視し、頭をくいと振り向けた。「ほら。見ろよ。あそこのテーブルを」小さく口笛を吹いた。「氷の女王がいるぞ。地獄みたいにホットだ！」

マーコは見た。そばに、袖に金の階級章が縫いつけられているネイビーブルーの制服を着たＳＴＣ将校ばかりのテーブルがあった。そのテーブルの端に長身の女性がすわっていた。なるほど、美人だ――すごい美人だ。白くなめらかな肌、ボブカットにしたプラチナブロンドの髪、そして神は実在するし、その神は彫刻が得意に違いないとマーコが確信した、その顔立ち。だが、たしかに、どこか冷たいところがあった。なんとなく薄気味悪かった。その女性の制服には階級章がついていなかった。女性はなにも食べていなかった。それどころか、女性の前には皿さえ置かれていない。

その女性は、エルヴィスとマーコに見られていることに気づいたようだった。首をめぐらしてマーコをまともに見つめた。女性の瞳はラベンダー色、スカムの毒霧の色で、その視線がマーコに突き刺さった。

マーコとエルヴィスは即座に視線をそらした。

「ああ、くそっ」エルヴィスは声をひそめてささやいた。「なんで見つめるんだよ。見つめないで、ちら見するだけにしろよ」はっと息を呑《の》んだ。「こっちに来るぞ。なんてこった、彼女がこっちに来る」手で髪をなでつけた。「どうかな？　おれにもチャンスはあるよな、ポエット？　おれは――」

女性はマーコたちのテーブルの前で止まった。かがんだ。まずマーコを、そしてエルヴィスを見つめた。その肌は非の打ちどころのないなめらかさだ。死人のように青白い。目の輝きは人間離れしている。

「あなたはスカムの臭いがします」女の声は感情を欠いていた。

エルヴィスは咳払いをしてから立ちあがった。「ええと、じつは、ハマーのボディスプレーをつけてるんです。どうですか？　ＣＭによれば、これをつけてると、女が寄ってきて――」

女性は手を突きだした。エルヴィスの喉をつかんで締めた。

『徴募兵心得』第四条第三項」女性は抑揚のない声で暗誦した。「人類防衛軍《HDF》兵士は香水をつけてはならない。また石鹸とアフターシェーブローションは無香料でなければならない」

「おいおい、放しやがれ！」アディはそういってさっと立ち、女性を引き剝がそうとした。エルヴィスは、息をしようとあえぎながら、喉から女の手をはずそうとしたが、はずせなかった。マーコが女性に組みつくと、女性はあいている手を彼に打ちつけた。女性はすさまじく力が強く、マーコはテーブルの上に倒れこんだ。プラスチックの皿が床に落ちてやかましい音をたてた。エルヴィスを自由にしようとしていたアディも殴り倒された。たちまち、分隊が全員立ちあがって大混乱になった。

ひとりの、他を圧する大きさの声が食堂に響いた。

「オシリス！　そいつを放せ！」

髪がプラチナブロンドで背が高い女性は、即座に手を開いた。エルヴィスは床に倒れこんでぜいぜいと荒い息をついた。

「で」エルヴィスはどうにかしゃがれ声を出した。「これって、デートしてくれるっていう意味かい？」

全員が出入口のほうを向いた。大きな声はそっちから聞こえたからだ。食堂じゅうで、兵士たちが起立し、気をつけをした。

ペティ大尉が食堂に入ってきて、マーコのテーブルにやってきた。

「オシリスを怒らせたのはだれだ？」ペティはそういうと、マーコのほうを向いた。「おまえか？」

マーコは首を振った。「いいえ、大尉どの。彼女はいきなりエルヴィスをつかんだのです。彼女は――」

「なにがあったか説明しろなどと命じていないぞ」ペティは分隊のテーブルを見渡した。「おまえたち全員、この飛行中、ずっと厨房当番だ。こんど宇宙防衛軍管区《STC》の備品を誤作動させたら、もよりの刑務所小惑星に置いていくからな。わかったか？」

マーコはオシリスをちらりと見た。ＳＴＣの備品？　長身で髪がプラチナブロンドの女性はマーコを見つめた。紫色の瞳は明らかに輝いていた。天井の照明を反射しているだけではなかった。瞳が発光しているのだ。

なんてこった、とマーコは考えた。アンドロイドなんだ。

アンドロイドの存在は知っていた——知っていることの大半は〈激変〉前の古い本で得た知識だった。このような先端技術は、いまの地球ではほとんど失われている。いまも存在しているという噂は聞いたことがあったが、実際に見たのはこれがはじめてだった。

「いいか！」ペティ大尉が食堂の奥に向かって歩きながらいった。「あと二時間足らずでワープドライブが起動する。辺境までは二十四日かかる。STC兵士には娯楽ラウンジと売店と食堂とジムの利用を許可する」マーコのテーブルのほうを見た。「地球防衛軍管区《ETC》の兵士は、航行中、食事と通路での朝の点検以外、寝棚部屋から出るな」将校用テーブルを見やった。「将校と士官候補生もおなじだ。ナイトウォールに到着したら、担当者がおまえたちの処遇を決める。それまでのあいだ、おまえたちはただの積荷だ。おまえたちの何人かは青い制服を着られるかもしれない。それ以外の者は、宇宙に放出されたらさっさと食われるように努めろ。宇宙を清潔に保ちたいからな」ふたりの曹長を指さした。「ふたごがおまえたちを寝棚部屋に案内する」

そういうと、大尉は踵《きびす》を返して食堂を出ていった。

アディがマーコの耳元に顔を近づけて、「いっただろ」とささやいた。「チワワだって」

マーコはうなずいた。「たしかにキャンキャン吠えてたな」

まず、将校たちが食堂を出ていった——ケミも一緒だった。ケミは、あと二年間は将校になれないが、まだ士官候補生であっても、食事と睡眠は徴募兵たちと別にとるようだった。将校たちがドアから出ていくとき、ケミはマーコのほうを振り向いてほほえみ、手を振った。そして、急ぎ足で将校たちのあとを追った。

次にＳＴＣの兵士たちが出ていった。マーコの小隊のそばを通るとき、彼らはふんと鼻を鳴らし、〝地面住み野郎〟だの〝薄汚い地球人〟だのと小声でつぶやいた。アディがうなりながら椅子から飛びだして殴りかかろうとしたので、マーコとエルヴィスが押さえつけなければならなかった。ようやく、レイヴン小隊がテーブルを離れる番になった。地球から着てきたくすんだ緑色の戦闘服の背中で、重い銃がカチャカチャ音をたてた。マーコたちはＳＴＣの曹長のひとりに連れられて、窓から星が見えている狭い通路を進んだ。マーコは遠くに土星が見えることに気づいた。ぼんやりとだが環《リング》も見分けられた。まるでおもちゃだった。手をのばせば、クリスマスの飾りのように手にとれそうだった。

「あのリングを買ってくれるか？」アディがいった。

「きみに指輪《リング》を買うつもりはないね」

曹長はマーコたちを、狭い部屋が並んでいる通路に案内した。ひと部屋に二段式の寝棚が三台備えられていた。マーコは、アディ、レイラニ、ビースト、エルヴィスという、仲のいい友人たちと同室になった。みな、たちまち自分の寝棚を決めた。マーコは出遅れたせいで上段を確保できなかった。しかたなく、ドアのそばの下の寝棚にした。その寝棚から、その部屋で唯一の窓を見られるのがせめてものなぐさめだった。マーコは、ワープエンジンが起動して星の光がゆがむのを見るのを楽しみにしていた。

「おい、寝棚は六個あるのに、兵士は五人しかいないじゃないか！」アディがいった。

「荷物を置くのにちょうどいいな」アディはあいている寝棚にダッフルバッグを放り投げ、ほかの四人も彼女にならった。その寝台に銃とダッフルバッグが積みあがった。

「ところで、おれがあのブロンドちゃんとつきあえる見込みはまだあると思うか？」エルヴィスがたずねた。

レイラニがうめいた。「エルヴィス、あいつはアンドロイドなんだぞ」

エルヴィスは目を丸くした。「へえ！　マジか？」顔をしかめた。「で、おれにチャンスはあると思うか？」

ビーストは、ロシアのロボットは大きくて金属製でいかつくて、アメリカのあんな軟弱な女ロボットとはぜんぜん違う、とひとりごとをつぶやいた。

「チワワ大尉とデートすりゃいいじゃないか、エルヴィス」アディがそういって、みごとなチワワの鳴き真似を披露した。

「こんな感じだったぞ」レイラニがいって、アディと一緒に彼女なりの鳴き真似をした。

「食事時間の終わりごろにあらわれた、あの士官候補生はどうかな？」エルヴィスがいった。「美人だったじゃないか。ああ、あのカールした黒髪、あの大きな目。ひょっとしたら——」

「だめだ」アディが鳴き真似をやめて首を振った。「あいつはケミだ。ケミ・アバシだ。あいつもトロント出身なんだ。マーコの——」いいよどんで、レイラニをちらっと見てからエルヴィスに視線を戻した。「友達なんだ」

　エルヴィスは、一瞬、首をかしげてから目を見開いた。「待ってくれ！」はっと息を呑んだ。「まさか。まさか！」くるりとマーコのほうを向いた。「なあ、ポエット、あの写真をまた見せてくれよ。ポケットに入れていつも持ち歩いてるあの写真を」

「写真なんかポケットに入れてないぞ」とマーコ。

「持ってるくせに」エルヴィスはマーコの尻にすばやく腕をのばし、ポケットから本を奪って写真を手にとった。「やっぱり！　そうだ。かの有名なケミだ！　新兵訓練のときに話してた女の子だ。故郷に置いてきた恋人だ。くそっ、ケミはどうやってここへ来たんだ？」

　マーコは即答できなかった。なんと答えればいいのか、どうすればレイラニを傷つけずにすむのかわからなかった。

　迷っているうちにレイラニが答えた。「マーコのそばで過ごすために来たのさ。マーコとまた一緒になるために」うなずいた。「運のいい子だよ」

そういうと、レイラニは自分の寝棚にのぼって横になり、ごろりと転がって壁のほうを向いた。

寝棚部屋が気まずい沈黙で満たされた。エルヴィスは目をぱちくりしながら周囲を見まわした。すっかり困惑しているらしく、口をぽかんとあけている。

ドアが開く音が沈黙を破った。

「噂をすれば影だな」アディがそういったのは、ケミが癖毛を弾ませながら部屋に飛びこんできたからだ。

「マーコ！」ケミはマーコに抱きついてからアディのほうを向いた。「アディ！」笑顔で見まわした。「ベン‐アリ中尉が、徴募兵と一緒の部屋で寝てかまわないといってくださったの」頬に手をあてて笑みを陰らせた。「ほんとのことをいうと、将校のみなさんは、どっちみち、士官候補生と一緒の部屋では寝たくないと思ってるはずなの。卒業して任官するまで、わたしは将校じゃないんだから」また笑顔になった。「だけど、おかげで一緒に過ごせるのよ！　二十日間も！」

エルヴィスが馬鹿ていねいなお辞儀をした。「姫さま、こんな田舎小屋ですが、いつだって寝に来てくだせえ。おらたちはがさつな田吾作で、ビーストはちょっぴり臭いますが、チワワ大尉なんかと一緒にいるよりゃあ、よっぽど気分よく過ごせるでしょうから」

ケミははっと息を呑んで手で口を押さえた。「あなたも大尉はチワワにそっくりだと思うのね？」

「な、マーコ！」とアディ。「だれだってそう思うんだ」というなり、また鳴き真似をはじめた。

ビーストがぶつくさいった。「チワワなんかなんの役にもたちゃしねえ。ロシアじゃ、本物の犬を飼うんだ。狼みたいにでかい犬を。人の首を食いちぎっちまうような犬を」

どこかに埋めこまれているスピーカーから単調な声が流れて会話をさえぎった。「一分後にワープジャンプ。総員、寝棚部屋にとどまれ。ワープジャンプまで一分を切った」

マーコは窓の前に行って外を眺めた。しばしのあいだ浮世の悩みを忘れて星々と浮かんでいる土星を見つめた。ほかのみんなも集まってきて小さな窓から外をのぞいた。レイラニ以外の全員が。レイラニは寝棚に横になって壁のほうを向いたままだった。マーコはそれを見て、またも罪悪感で胸を痛めた。

「三」スピーカーから声が流れた。「二。一。アゾスエンジン起動」

しばらくのあいだ、なにも起こらなかった。土星はあいかわらず外で漂っていた。星々はふつうに輝いていた。唯一の違いは、スターシップをぐるりと囲んでいるソーラーパネルが、エンジンの噴射光を反射しているらしく、青く光っていることだった。ソーラーパネルがこんなに窓に近かったかどうか、マーコは思いだせなかった。ソーラーパネルは動いているようだった。速度を増しながらどんどん広がり、後方へ移動しているのだ。まばたきしているうちに目の前の窓がのび、どんどん遠ざかったので、マーコは手をのばして石英ガラスに触れようとするが、手は届かない。鏡を見ながら手術をしようとしているかのようだ。そして突然、土星が宇宙船のすぐそばに浮いている。リング状のソーラーパネルよりも近い。次の瞬間、土星は艦内の、マーコのすぐそばでランタンのように浮いている。マーコは船外にいる。ほんとうに外にいる——宇宙空間に出ていて息ができないが、ついに手が窓に触れる。指先にひんやりとしたガラスを感じる。そして壁がえんえんとのびる。星々が動く。星々が曲がる。宇宙という生地全体が、ふわりと垂らしたリネンのように、うねり、波打ち、幾重《いくえ》にも折りたたまれる。光の波となっている星々がきれいだ。きれいすぎてマーコの目に涙がこみあげる。すべてが光なのだ。すべてが空《くう》なのだ。そのとき、土星が消え、地球が消え、太陽が消える。マーコたちは星の光の海のなかを漂っている。波に乗って上下しているうちに海面が平らになる。マーコたちは銀と青にきらめく大洋を航海している。

マーコは窓からあとずさって目をしばたたいた。そのときやっと、めまいがおさまった。

「な、テーブルクロスを折りたたむみたいな感じだっただろ？」とマーコはいった。

「すばらしかったわ！」ケミは目を輝かせながらささやいた。

「吐きそうだ」アディは青い顔をしていた。

ビーストが肩をすくめた。「あんなのなんでもない。ロシアじゃ――」エルヴィスに殴られてうめいた。

ロボットのような単調な声がスピーカーから流れた。「超空間ジャンプ完了。辺境への到着は二十地球日後。三十分後に消灯。朝の点検はＨＤＦ標準時午前六時」

去年だったら、そんなに早起きしなければならなくなったら、マーコはぞっとしていただろう。だが、十週間におよぶ新兵訓練中、凍てつく午前四時半に起床しつづけたあとでは楽なものだった。ここはテントのなかではなく、壁も天井もある。〝ピンキー〟は何百万キロも離れている。友達が一緒にいる。悪くない。ちっとも悪くない。

だが、その夜、暗い寝棚で横になったとき、マーコの脳裏に記憶がよみがえった。スカムがまた、装甲車の車体に何匹もたかるさまを見た。巨大ムカデが〝原始人《ケイブマン》〟を突き刺し、ピンキーの脚をもぎ、ウェッブ伍長をばらばらにするさまを見た。宇宙船内の闇のなかでそれらの記憶は変形し、はるか彼方の岩がむきだしになっている星の光景になった。峡谷と洞窟から湧いた何千匹ものスカムが押し寄せ、友人たちを殺しながらマーコに迫った。

5

エイナフ・ベン-アリ中尉は覚悟を決めようとしながら《ミヤリ》の通路を歩いた。わたしは戦闘中にスカムと対決したんだ、とベン-アリは考えた。わたしは長い歴史がある戦士一族の一員なんだ。絶対にあの女とだって対決できる。

ところが、上官の居室に向かうあいだ、恐怖は消えなかった。スカムの母星、アバドンに向かっているような気分だった。

ベン-アリは、しばし通路で足を止めて窓のほうを向いた。通路の照明のせいで、窓には自分の姿が映っていた。地球から着てきたくすんだ色の制服は、裾がすりきれ、ポケットに穴があき、両膝が破れている。将校であることを示す両肩の階級章がなかったら、基礎訓練を終えたばかりの二等兵と変わりがなかった。この、ふんだんに金をかけたりっぱな恒星船《スターシップ》の艦内で、ベン-アリは、大切に育てられている競走馬の群れにまぎれこんだロバのような場違い感を覚えていた。手を窓にのばして自分の影の指と指をあわせた。ベン-アリはまだ二十代はじめの若い娘だ。ティーンエイジャーといっても通るだろう。残念ながら、頬がふっくらとしすぎている、やわらかな面立《おもだ》ちの童顔なのだ。だが、目は年をへている。その目を通して、戦い、そして死んだ一族の各世代の全員が見ているのだ。
ベン-アリは自分の反射像の先に目の焦点を移し、その向こうの広大無辺な広がりを、時空のゆがみによって流れるようにひきのばされている星々の光を眺めた。父親が宇宙で輝かしい軍功をあげたにもかかわらず、ベン-アリは地球の軌道を離れたことがなかった。部下たちの前では、率いている小隊の前では、何度も実戦を体験し、銀河系の端まで行ったことがある、賢明なベテラン将校に見えるように努めていた。だがじつのところ、ベン-アリはおびえていた。じつのところ、実戦はフォート・ジェミラがはじめてだった。部下のシン軍曹のほうが年上だし、戦闘能力が高いし、ずっと多くのスカムを殺したことがある。ほんの一年前、ベン-アリはただの士官候補生だった。それも、ジュリアスのような名門ではない軍学校の。ベン-アリが学んだのは、ごくふつうの士官学校だった。ベン-アリの一族は、何世代にもわたって軍人を輩出しているにもかかわらず、ジュリアスのような名門に子供を送りだすには、コネも経済力も足りないし、出身が少数民族すぎるのだ。

それでも、部下たちのために強くならなければならないんだ、とベン-アリは思った。マーコのために。アディのために。それ以外の全員のために。彼らはわたしの部下なんだ。わたしの子供なんだ。わたしが彼らをどんなに愛しているか、彼らが知ることはないだろう。わたしは彼らのために戦う——スカムと。それにあの女と。

ベン-アリは窓から目をそらしてまた歩きだした。

ペティ大尉の部屋に着いた。またもベン-アリはためらった。ベン-アリの一族は、裕福さやコネの強さではなく、階級の高さゆえに軍内で尊敬されている。ベン-アリの父親は大佐だったし、祖父もそうだった。そして二百年間にわたって、ベン-アリ一族は部隊を指揮しつづけてきた。だが、ペティ大尉の父親は宇宙防衛軍管区《STC》の将軍で、ベン-アリ一族出身の軍人のだれよりも階級が高い。

それにベン-アリは、軍の、とりわけSTCの名家の人々が、自分の一族をどう思っているかを知っていた。たしかに、人類防衛軍《HDF》では、どんな宗教を信仰していようが、どんな民族だろうが無関係だ、人類はもうそんな偏見にとらわれていないということにはなっている。だがベン-アリは、表情を目にしていたし、つぶやきやジョークを耳にしていた。ほかの子供は奨学金をもらってジュリアスに入学したのに、ベン-アリは奨学金をもらえなかった。イスラエル——ほとんど街並みの大きさしかない小国——は、五十年前の〈激変〉でスカムに蹂躙《じゅうりん》されて消滅した。祖国を失ったイスラエル軍兵士の生き残りは、誕生したばかりのHDFに統合された。高位まで昇進した者も、目覚ましい戦功をあげた者も大勢いるが……にもかかわらず、彼らはいまも流浪の民とみなされている。土地と邸宅と富を所有し、民間にも威光がおよんでいる、アメリカとヨーロッパの軍の名家からは見くだされている。

ペティのような連中にとって、とベン‐アリは思った。わたしの一族は根なし草の平民にすぎないんだ。ベン‐アリは身震いした。これまでの経験からして、ペティのような連中は、人格はもちろん、階級よりも家柄を重視する。わたしは将校かもしれないが、あの女からしたら農民なんだ。

だが、ひるんでいてもしかたない。ペティ大尉はこの宇宙船内における上官なのだし、ペティの力添えがないと、レイヴン小隊の任務遂行に支障が生じる。ベン‐アリはドアをノックした。

なかなか返事がなかった。

ようやく返事が聞こえた。「入れ！」

ベン‐アリはドアをあけて広い部屋に入った。将校の居室というよりも司令部のようだった。ペティ大尉はオーク材らしいどっしりしたデスクについていた。本物の木材に見えた。ほかに数人の兵士たちが大尉のそばに立っていた。二名の若い操舵員のほかに、長身でいかめしい《ＨＤＦＳミヤリ》艦長、シーフー・ムワラブ少佐もいることにベン‐アリは気づいた。ふたごの曹長も、航宙士もいた。壁にいくつか設けられている端末をせっせといじっていた彼らが、入室してきたベン‐アリのほうを向いた。

ベン‐アリは大きく息を吸った。ペティ大尉とふたりだけで話したかったのだが、それは無理のようだった――ムワラブ少佐は、ペティ大尉とベン‐アリよりも階級が上だが、輸送している歩兵中隊に関する権限はほとんど持っていない。

　ベン‐アリはデスクのかなり手前で直立不動になって敬礼した。

「ベン‐アリ中尉、参りました」ベン‐アリは《ミヤリ》での流儀を知らなかった。フォート・ジェミラでは、すくなくとも新兵がいないところでは、中隊長と名前で呼びあっていた。ペティはもっと軍律に厳格だろうと予想がついた。

　ペティ大尉は立ちあがった。長いあいだ、黙ってベン‐アリを見つめていた。ベン‐アリは直立不動で敬礼を続けた。ようやく――ありえないほど長い時間がたったように感じた――ペティが敬礼を返した。

「楽にしろ」大尉がいった。「なんの用だ、ベン‐アリ？」

　ベン‐アリ、とペティはいった。中尉ではなく。この女は、わたしが将校だという事実を認めたくないから姓で呼んだんだ――確実に見くだせる姓で。

　ベン‐アリはまたも大きく息を吸った。「大尉どの、お話が――」

「ペティ大尉どのと呼べ」ペティ大尉がさえぎった。「手間を省くな」

　うっかり儀礼違反を犯してしまった自分を責めながら、ベン‐アリは目をしばたたいた。うなずいた。「はい、ペティ大尉どの」RASCOM《ラスコム》に到着した初日の新兵のような気分になりながらいった。「このような機会を与えてくださったことに心から感謝いたします、ペティ大尉どの。ムワラブ少佐どのにも感謝いたします。エレボス中隊とともに《ミヤリ》で軍務につけていることは身に余る光栄と——」

「おまえはここで軍務についたりしていないぞ、ベン‐アリ」とペティ大尉はふたたび椅子に腰をおろした。「おまえとおまえの小隊は、《ミヤリ》にヒッチハイクしているだけだ」目を細くして身を乗りだした。「おまえはここへ、そんな礼を述べに来たのか、それともこびへつらいに来たのか？」

　ベン‐アリは、あとずさりたい衝動を抑えた。部屋にいるほかの兵士たちが、おちつかなげにちらちらベン‐アリたちを見ていることに気づいたが、彼らは口をはさまなかった。

「ペティ大尉どの、こうしてうかがったのは——」ベン‐アリはいいかけた。

「おまえの制服はどうしてそんなにぼろぼろなんだ？」ペティがたずねた。「ポケットに穴があいているじゃないか。ズボンは裂けている。ブーツは古ぼけている。地球では、軍人は上官の前にそんな格好であらわれるのか？」

　ベン‐アリは体をこわばらせた。最初の衝撃が怒りに変わった。「地球では、ＳＴＣのような予算はもらえないのです。《ミヤリ》に予備の制服があるのなら——」

「おまえにＳＴＣの制服を着る資格はない！　おまえはＳＴＣに所属しているわけじゃないんだぞ、ベン‐アリ」ペティは顔を紅潮させながらまた立った。「おまえが統合審査をパスしたら——わたしからの推薦は得られないだろうがな——おまえに染みついた汚れをこすりとり、ノミを駆除してから、ネイビーブルーの制服を着せてもらえるかもしれない。それまで、おまえはSTCに所属しているわけじゃないんだ。おまえはただの荷物だ。わかったか？」

ベン‐アリは顔をしかめた。やれやれ、ちっとも話が進まないな。

「本日うかがったのは、ボタンの掛け違いがあるように思ったからです」ベン‐アリは続けた。「ペティ大尉どのの感情を害するためではなく、関係を修復するためなのです」

「関係を修復？」ペティは笑った。ちっとも愉快そうではない笑い声だった。「ベン‐アリ、おまえのようなタイプはよく知っているんだ。おまえは、地球で一度か二度、取っ組み合いをした。どこかの砂漠でムカデを踏み殺した。たったそれだけで、自分にはここへ来る資格があると思いこんだ。由緒ある組織に加入でき、地球上のあらゆるものよりも費用がかかっている最新のスターシップに乗艦できると思いこみ、たちまち、STCの一員であるかのようにふるまいはじめるんだ」ペティはデスクをまわりこんでベン‐アリの前に立った。「おまえはここの状況をまったく知らない。まだ闇を呑《の》みこんだことがないんだ。おまえが戦ったのは、どうってことのないスカムの小さな群れだったんだ。地球の僻地に送りこまれた使い捨て部隊だったんだ。虫どもの歩兵だったんだ」ふんと鼻を鳴らした。「おまえは、宇宙でなにが待ち受けているかを知らないのさ。そうだな？」

ベン‐アリは上官と目をあわせた。ペティ大尉のぎょろ目を凝視した。

「わたしは人類防衛軍《HDF》の将校です。軍のために戦いました。軍のために殺しました。軍がわたしの家です。闇でなにが待っていようと、それに立ち向かいます」

「おまえは殺されるだろうな」とペティ。

「それなら、死にます」とベン‐アリ。「人類のために、地球のために」

ペティは目を細めて首をかしげた。「なるほど。つまり、栄光を夢見ているというわけか。ヒロインになれるかもしれないと思っているんだな？　自分は統合審査にパスするものだと確信しているんだな？　だが、まずはわたしの推薦を得なければならない。そのためには、おまえがどれほど従順かを示してもらわないとな」ペティの目が奇妙な輝きを発した。「じゃあ、さっそく示してもらおうか。わたしの言葉をくりかえせ。わたし、ベン‐アリ中尉は……」

　ベン‐アリは顔をしかめた。「は？」

「くりかえせ！」ペティはつばを飛ばして叫んだ。その声の大きさに、部屋にいる何人かがびくりとした。

　ベン‐アリは胸を張った。大きく息を吸い、吐き、吸った。

　あと二十日で、この女とおさらばできるんだ、とベン‐アリは考えた。

「わたし、ベン‐アリ中尉は」とくりかえした。

「何者でもありません」とペティ。

ベン-アリは歯を食いしばった。「何者でもありません」

「わたしは役立たずです」とペティ。「いえ」

とうとう、部屋にいるひとりが声をかけた。威厳のある《ミヤリ》艦長、ムワラブ少佐がペティに一歩近づいた。「コリーン、もう――」

「この件はわたしの管轄ですから、わたしが対処します」ペティは少佐をさえぎったが、視線はベン-アリからそらさなかった。「くりかえせ。わたしは役立たずです」

ベン-アリはもう一度深呼吸をして、怒りを、誇りを呑みこもうとした。あと二十日だ。

「わたしは役立たずです」とくりかえした。

「わたしの唯一の目的は上官に仕えることです」とペティ。

「わたしの唯一の目的は上官に仕えることです」ベン-アリは声をこわばらせながらくりかえした。

部下のためだ。あと二十日だ。

ペティのにやにやが大きくなって酷薄な嘲笑になった。「わたしの一族は裏切者です」

ベン-アリは息を呑んだ。「なにを――」

「いえ！」ペティはどなった。「おまえの一族のことは知ってるんだ。おまえの父親が〝ケープタウンの戦い〟でどんなふうに負けたかを。その臆病さを。いえ！　わたしの一族は裏切者です。いうんだ！」

ベン‐アリは怒りを抑えきれなくなった。こぶしを握った両手がぶるぶる震えた。ささやき声を絞りだした。「わたしを侮辱するのはかまいませんが、わたしの一族を誹謗《ひぼう》するのはやめてください」

「わたしの命令に背くのか？」ペティはそういってから、ほかの将校たちのほうをさっと向いた。「すわっていろ！　全員、すわっていろ！　これはわたしたちだけの問題だ」ベン‐アリに向きなおった。「いえ。さもないと絶対にＳＴＣの一員になれないぞ。わたしが手をまわす。だから――」

　壁に設置されているモニターがいきなり赤い警報を発した。室内に警報音が鳴り響いた。ペティが一台のモニターのほうを向いた。ほかの者たち――艦長、操舵員たち、ふたごの曹長たち――もほかのモニターを見た。ベン‐アリは目を細めてモニターを見つめた。

「救難信号ですね」ベン‐アリはいった。

　ペティ大尉がモニターのボタンをいくつか押すと、警報も警報音も消えた。

「コリーン」ムワラブ少佐がペティのほうを向いた。「針路を変更しなければならなくなった」

　ペティは首を振った。「だめです。無視してください、少佐。父が、准将が、わたしたちにできるだけ早くナイトウォールに来てほしがってるんですから」顎を上げ、横柄な笑みを浮かべながら父親の階級に言及して、自分はムワラブよりも階級が下だが、父親はムワラブよりも上なことを明確にした。「現在の針路を維持してください」

ベン‐アリははっと息を呑んだ。「無視するんですか？　あれはコーパス採鉱コロニーからの最優先救難信号だったじゃないですか。コロニーは即時の軍事支援を求めているし、HDF艦は数光年以内に本艦しか存在していないんですよ」

ペティはベン‐アリのほうを向いた。激怒していた。「それは機密情報だぞ」

「わたしには資格があります」とベン‐アリ。「機密情報接近許可を所持しているんです。わたしのような下級の地球防衛軍管区《ETC》の中尉でも。最優先救難信号を無視することはできません。コーパスは重要なアゾス鉱山です。本艦もアゾスを利用して飛んでいるんですよ。そのコーパスが救援を求めているんです。スカムに襲われたのかもしれません。本艦は近くを航行中だし、二百名の武装兵士が乗艦しているし——」

「黙れ！」ペティはどなった。ふたごのほうを向いた。「曹長たち、ベン‐アリ中尉を営倉へ連行しろ。ナイトウォールに到着するまで監禁しておけ。ナイトウォールに着いたら不服従のかどでわたしが軍法会議にかける。そして——」

「軍法会議では」とベン‐アリ。「あなたよりも高位の将校も出席しなければならないんですよ。わたしが服従しなかった理由を知ったら、その将校はなんというでしょうね」

もう戻れなかった。手をひくには遅すぎた。こうなったらペティと戦うつもりだった。「あなたがアゾス鉱山を見捨てたと知ったら、人類のコロニーからの救難信号を無視したと知ったら、ナイトウォールに駐在する人々はなんていうでしょうね。わたしは軍規定を遵守するように求め、あなたはそれを無視するように命じたことを知ったら、彼らはどうするでしょうね——わたしには、このスターシップの艦長を含め、いまこの部屋にいる証人がいるんですよ！」身を乗りだした。「あんたの父親がだれかは知ってるさ、ペティ。だが、わたしはそんなことでびびったりはしないんだ」

ペティは無言でベン-アリを見つめた。目が飛びだしそうになっていたし、顔が真っ赤だった。ムワラブ少佐は、大尉のうしろで、どう見ても顔がほころぶのを我慢していた。ムワラブ少佐は、この中隊長を運んでいるあいだに、何度も苦い思いをさせられてるんだろうな、とベン-アリは確信した。

「この汚らしいうじ虫め」ペティはつぶやいた。

ベン-アリはほほえんでペティの目を見つめた。「この艦内では、ペティ大尉どの、あなたはわたしの上官です。でも、だからって言いなりになるとは思わないでください。わたしは戦います。わたしの一族は、代々、戦ってきたんです。あなたよりもずっとたちの悪い敵と。わたしは屈服しませんから。わたしを敵にまわしたら、あなたの人生は生き地獄になりますよ。わたしと対決することを選んだら、きっとスカムのほうがましだと思うでしょうね」お辞儀をした。「ペティ大尉どの」

関係改善のために来たというのに、とベン-アリは考えた。生涯の仇敵をつくってしまったようだな。

ペティ大尉は振り向いてモニターの一台を見た。ベン-アリからも、表示されている文章の一部が見えた。

メーデー。メーデー。停電発生。死者は数百名。
トンネルに毒。軍事支援を要請する。

ペティがさらにいくつかのボタンを押すと、モニターがすべて消えた。ペティはうなずいた。

「ムワラブ少佐どの」ペティはいった、「ブリッジに戻りましょう。寄り道をしなければならなくなりました。針路をコーパスに変更してください。支援を実行します」ベン-アリのほうを向いた。「親愛なる中尉が自分の能力を証明したがっているので、彼女が先陣を務めます。地球からきた友人たちには鉱山のカナリアになってもらいます」

わたしは簡単には死なないからな、ペティ、とベン-アリは考えた。おまえがどんなにわたしの死を願っても。だが、ベン-アリは、「わたしの小隊の能力を証明します、ペティ大尉どの」とだけいった。

ベン-アリは敬礼をした。

ペティは、スカムの腐乱死体を見るような目でベン-アリを見つめた。「下がってよし」

ベン-アリは胸を張って部屋を出た。通路に出ると、壁にもたれて目をつぶり、深呼吸をした。

コーパスにスカムがいるんだ。戦闘になるんだ。血だ。死だ。

「戦闘、血、死」ベン-アリはつぶやいた。「それがわたしの人生だ。わたしの仕事だ。わたしの宿命だ」

もう一度深呼吸をすると、心をおちつけるために銃をつかんでから、自分の部屋に向かって通路を歩きだした。

6

この三ヵ月ではじめて、マーコは腰をおちつけて小説の執筆にとりくんでいた。《ミヤリ》は大型艦ではない。食堂とジムを除けば、狭い通路と狭苦しい寝棚部屋とはしごと狭い階段と床下しかなかった。この宇宙船は、一個旅団を丸ごと運んで銀河系内を移動できる、巨大な巡洋艦ではないのだ。乗艦しているのは二百名ほど――輸送している歩兵中隊と少人数の乗組員たち――だけだが、それで定員いっぱいだった。

だがマーコは、エンジンのそばでこの、故郷の自宅の寝室よりも狭く、壁がぶるぶる振動しつづけている、奥まった小部屋を発見した。そこには埃《ほこり》をかぶっている古いコーヒーメーカーがあった。そのコーヒーメーカーには、〝大佐《カーネル》コーヒー〟という文字と、笑顔でマグからコーヒーを飲んでいる口ひげの男の絵が描かれている。いくつか引き出しがあって、なかにプラスチックのスプーンとジャムのパックが入っている、一台の小さなテーブルと三脚の肘かけ椅子があった。外のプレートには〝将校ラウンジ〟と記されているが、室内の状態――蜘蛛の巣が張っている――からして、将校が使ったことがあるとは思えなかったので、マーコはしばしひとりきりになるために危険を冒《おか》すことにした。

《ミヤリ》では、フォート・ジェミラにいたときよりもずっとのんびりできた。超空間を航行しても、辺境へ着くまでにはあと約三週間かかる。朝の点検と訓練とプロパガンダ映画、それに軍隊生活のさまざまなきびしさはあった。だが、待機しているだけの時間も長かった。宇宙でスカムと戦うために、マーコが宇宙防衛軍管区《STC》に統合される、人類の勢力圏の端に位置する軍事基地、ナイトウォール前哨基地に到着するまでの暇を、なんとかしてつぶす必要があった。

だが、マーコは戦うために生まれついていない。生来の戦士ではないのだ。マーコにとって、これはつらい状況だった。昔から、言葉を扱う仕事が天職だと思っていた。読むことが。書くことが。本の世話をし、購入し、保存し、知識に貢献することが。

だから、ノートを開き、ペンを持ってすわっていた。最初のページを見た。

〝『ロガーヘッド』、マーコ・エメリー著〟

この小説にとりかかったのは二年前だった。何章も書いては捨て、また一から書きなおした。マーコは短篇しか書いたことがなかった。そして、これだけの時間をかけているにもかかわらず、『ロガーヘッド』はまだ六章しかできていなかった。残りはぜんぶ頭のなかだった。物語全体がマーコのなかで生きていた。

「あとは原稿に書き移せばいいだけなんだけどな」とマーコはつぶやいた。

原稿を見つめた。喪失の物語だった。記憶の物語だった。この兵士ではなく、かつての自分と、図書館で暮らしていた少年と結びついている物語だった。この、疲れ、不安にさいなまれているやつの物語ではなかった。マーコはかたわらに立てかけてある銃を、自分の手を見た——殺した手を、死にゆく友を抱きかかえた手を。かつて、この手は本の世話をし、ろうそくの明かりで執筆していた。かつて、マーコは作家になることを夢見ていた。ぱらぱらと原稿をめくったが、作者は別人だった。別の、もっとやさしい人物だった。ぼくはここでなにかを失ったんだ、とマーコは考えた。ぼくはタフになりすぎた。スカムの外骨格みたいに自分のまわりに殻をつくってしまった。前のぼくを見つけなきゃならないんだ。

マーコは、兵士になどなりたくなかった。いまのマーコは以前よりも強いし、たぶん賢くもなっている。軍隊で、故郷にいたころよりもずっとたくさん、喪失と記憶について、直接学んだ。だが、銃を持ち歩いているこんなやつになどなりたくなかった。かつての作家から徐々に変わった、いま、軍艦内で真っ白な原稿をにらんでいる兵士になどなりたくなかった。

『ロガーヘッド』は、記憶を失った男の物語だ。浜辺で、奇妙な世界で目覚めた男の心は壊れていて、深い海にいるアカウミガメ《ロガーヘッド》にあてた手紙を通じてしか意思の疎通ができない。かつては医師として成功していた。だが怪我をした。そして放置された。いまは、浜辺で途方に暮れている。家族はいない。過去の人生は霧のなかだ。マーコは、三ヵ月ぶりに文章を書いた。

〝わたしは自分がだれなのかわからない〟

その文章を見つめた。

ふたたびペンをおろしたが、それ以上書き進める前に、ラウンジのドアが勢いよくあいて、ふたりの兵士が入ってきた。

「さっきもいったけど、ここにコーヒーメーカーがあるらしいんだ」エルヴィスがいっていた。「この艦は売春宿なのさ。チキン。りっぱなベッド。おまけにコーヒーだ」

「それがどうした？」ビーストがいった。「だれがコーヒーなんか飲みたがるんだ？」

〝コーヒー〟という単語を、泥について述べているかのように発音した。

「おれさ！」とエルヴィス。「コーヒーはうまいぞ。おまえも飲んでみれば——ああ、やあ、ポエット。コーヒーメーカーを見かけなかったか？」

マーコはペンを置いた。紙コップと糧食の缶詰のうしろにある古いコーヒーメーカーを指さした。「カーネルコーヒーのことか。なかに蜘蛛が巣を張ってるんじゃないかな」

エルヴィスは箱を押しのけて近づくと、コーヒーメーカーを何度か叩いた。カーネルコーヒーはようやく、茶色いごみを勢いよく吐きだしたあと、黒い液体とわずかな泡を噴出した。エルヴィスはひと口すって顔をしかめた。吐きだした。

「うげっ、蜘蛛ジュースだ！」

ビーストはコップを手にとってすすり、うなずいた。「いや、悪くないぞ」スキンヘッドのたくましい兵士はマーコを見た。「本を書いてるのか、ポエット？」

マーコはうなずいた。「まあね。きょうは文をひとつ書いただけだけど」

「ちょっと読ませてくれるか？」ビーストがノートを手にとって最初のページをめくり、黙ってうなずきながら読んだ。「悪くない。悪くないな。いい話だ」ノートを置いた。

「もちろん、だれもロシアの文豪にはかなわないけどな。そんなことは不可能なんだ。おまえがどんなにいい小説を書いたって、ロシアの文豪にはおよばないんだ」

「ドストエフスキーの『罪と罰』は好きだよ」マーコはいった。「二年前に読んだんだ。学校で読まされる短縮版じゃなく、省略されてない完全版を」

ビーストはマーコの背中を、椅子から転げ落ちそうになるほど強く叩いた。「えらいじゃないか！　もちろん、ロシア語の原文にはおよばないんだけどな。おまえたちアメリカ人は、いつだって翻訳を間違えるんだ」

「おれたちはカナダ人だぞ、このまぬけめ」エルヴィスが、コーヒーメーカーと格闘しながらいった。「まったく、この――ちくしょう！」エルヴィスはコーヒーメーカーを蹴飛ばした。「このくそ大佐《カーネル》め！」

「ふん。アメリカ人もカナダ人も似たようなもんさ」とビースト。

エルヴィスはどうにか、蜘蛛の巣の塊をコーヒーメーカーからとりだした。「それは、おれがロシア人もウクライナ人も似たようなもんだ、というのとおんなじだぞ」

「なんだと？」ビーストがかっとなった。「ロシアとウクライナが似たようなもんだって？　ウクライナは弱っちい国だ！」

「おちつけよ、でかぶつ！」エルヴィスが、体の大きさが優に倍はある巨漢ロシア人をぐいと押して椅子にすわらせようとした。「おまえが癇癪《かんしゃく》を起こしたら船体にひびが入っちまう」

ふたりはマーコがすわっているテーブルにすわった。マーコはため息をついてノートを閉じた。執筆は、またこんどにせざるをえなかった。

「ロシアはきれいなんだろうな」マーコはビーストにいった。「帰りたいだろうな」

「帰りたい？」ビーストは首を振った。「一度も行ったことがないよ」

「なんだって？」エルヴィスはぽかんと口をあけた。「なにをいってるんだ？　そのなまり！　おまえはしょっちゅう、祖国についてしゃべってるじゃないか！」

「あたりまえだ！」とビースト。「ロシアはいまも祖国なんだからな。かあさんはロシアで生まれたんだ！　おれは生まれも育ちもニューヨークのクイーンズさ」

マーコは目をこすった。「信じられない。まさか、近所のいじめっ子がウクライナ人だったなんていうんじゃないだろうな」

「こいつが近所のいじめっ子だったのさ」エルヴィスがそういって、ビーストの太い腕をつついた。「こいつのでかさを見ろよ。こいつがいじめっ子だったに決まってる」

「じゃあ、なんだってしょっちゅうロシアについてあれこれいうんだ、ビースト？」マーコはたずねた。

「そりゃ、ロシアが偉大だからだ！」とビースト。「ロシアは世界一の国だし――」ビーストは途中でいいやめ、黒い液体がつがれているコップを見つめて、長いあいだ黙りこんだ。とうとうため息をついた。「クイーンズに住んでたときはつらかったんだ」

エルヴィスとマーコはちらりと顔を見合わせてからビーストに視線を戻した。

「なんでだ？」とエルヴィス。「図書館にドストエフスキーがあんまり置いてなかったからか？」

ビーストはコップのなかの液体をぐるぐるまわした。「かあさんはひとりでおれを育ててくれたんだ。とうさんは、おれが赤ん坊のときにロシアへ帰っちまったのさ。おれは学校へ行くまでロシア語しかしゃべれなかったから、それでほかの子供たちにいじめられたんだ」

「いじめられた？」とエルヴィス。「恒星船《スターシップ》並みにでかいおまえがか？」

「それがいじめの原因になったのさ」とビースト。「〝熊《ベア》〟っていうあだ名をつけられた。実際のところ、おれは〝けだもの《ビースト》〟のほうが気にいってるんだ。自分のでかさが恥ずかしかったから、いじめられても反撃しなかった。ずっと友達はいなかった。家族は酔っ払いの母親だけで、父親も兄弟もいなかった……だからいつも、ロシアはきっといいところなんだろうなって夢見てたんだ。そこならおれも幸せに暮らせるはずだって。どこかにおれの居場所があるはずだって。だけど、行ったことはないんだ。話を聞いたことがあるだけなのさ」

マーコは感慨にふけりながらうなずいた。「次は、エルヴィスが、じつはポルカのファンだっていいだすんじゃないのか？」

「馬鹿いうな」とエルヴィス。「コーヒーはもうあきらめた。そこでだ。こいつを飲むっていうのはどうだ？」ポケットから銀色の携帯容器《フラスク》をとりだした。「上物のカナダウイスキーだ。ロシアのウォッカについてうだうだいうなよ、ビースト！」

マーコは目を丸くした。「どうやって艦内に持ちこんだんだ？」

「いっただろ、おれには情報源《つて》があるんだ」エルヴィスはごくりと飲んでからフラスクをマーコにまわした。「地球に、宇宙に、そしてエイリアンのケツキックに」

「乾杯」マーコはそういうと、ひと口飲んでからビーストにまわした。

三人は小さな窓のほうを見た。外の闇のなかで星々が流れていた。

「やつらはこのどこかにいるんだよな」とエルヴィス。「スカムは。地球でおれたちの友達を殺したやつらは。くそっ。STC兵士は、平均、五十パーセントしか帰還できないってことは知ってるよな？　おれは怖いんだ」

「ぼくもだよ」とマーコ。

「怖いよな」とビースト。

　エルヴィスは弱々しく鼻を鳴らした。「おれたちは、まったくたいした兵隊だよな。ポエット。農家の息子。ニューヨーカー——それがおれたちなのさ。だから、ビースト、黙っててくれ。おれたちは、ほんとに人類最高の戦士なのかな？」

「たぶん、ぼくたちは餌になるだけだろうな」とマーコ。

「やれやれ」エルヴィスはため息をついた。「おまえは、ほんとに人を元気づけるのがうまいな」

　三人は、しばらくのあいだ、黙って外を眺めつづけた。そしてマーコは、暗い惑星で何千匹ものスカムに襲われる夢を思いだした。ベン‐アリ中尉にさからって地球にとどまることもできたはずだった。だがマーコは、一緒に宇宙へ行ってほしいという指揮官の説得に同意した——それどころか、友人たちを連れてきてほしいと要求した。

　友達はみんな、ぼくのせいで闇のなかで死んでしまうんだろうか？

「くそっ、景色なんか眺めてる場合じゃないぞ」エルヴィスがそういってポケットからトランプをとりだした。「宇宙をぽかんと眺めるのをやめて、トランプでもしようぜ。ポーカーでいいだろ？」

ドアがいきなりまた開いた。アディが部屋に頭を突っこんできた。「いまポーカーっていったろ。なのにあたしを呼ばないのか？」

エルヴィスはため息をついた。「〝カエデ《メープル》〟がスカムにさらわれても、〝ポーカー！〟って叫べば、きっと魔法みたいにあらわれるんだろうな」

「まったくそのとおり」アディは椅子をひいた。「さあ、配ってくれ」

エルヴィスがカードを配り、ポーカーがはじまった。四人は笑い、またフラスクからウイスキーを飲んだ。だが、四人ともときどき、外へ目をやって、星々を、影のなかで自分たちを待っているものを眺めた。

餌なんだ、とマーコは考えた。ぼくたちはスカムの餌なんだ。だけど、たとえ死んだとしても、戦いながら死ぬんだ。地球のために。

「マーコ、おまえが親だぞ」アディがそういってタバコに火をつけた。

マーコはカードを集めて配った。マーコたちがポーカーに興じているあいだも、《ミヤリ》は辺境をめざして宇宙を突き進みつづけた。

「超空間ってきれいね」ケミは寝棚部屋の窓の前に立って、湾曲した光の流れを眺めていた。ほほえみながらマーコのほうを向いた。「じゃあ……ふたりきりになりたかったのね？」

同室の仲間たちは、みな《ミヤリ》の食堂へ行っていた。マーコは食事を抜くことにし、ケミにもそうしてほしいと頼んだ。エルヴィスが、なにか食べるものを持ってくると約束してくれた。こうしなければならなかった——ケミとふたりきりで話さなければならなかった。

「うん」マーコはいった。「きみが乗艦してから、一度もふたりきりになれなかったから——」

ケミはマーコに勢いよく抱きつくと、彼の髪をつかんで激しくキスをした。「ああ、会いたかった。あなたとキスしたかった」マーコの頬に触れた。「いとしい人」

キスされたマーコは、ケミのふっくらとやわらかい唇を感じて目をつぶった。どうしようもなかった。マーコはケミの腰に両腕をまわした。ああ、ぼくはこれを望んでたんだ。ああ、なんていい気分なんだ。なんておちつくんだ。ケミの唇がマーコの唇に触れたとたん、ケミの癖毛がマーコの頬をなでたとたん、この数カ月が消えうせたように感じた。いきなり、以前のマーコとケミに返っていた。そして——戦争の、記憶のなかの——苦痛が溶けてなくなった。

「愛してるわ、マーコ」ケミは目に涙を浮かべてささやいた「あんなふうに別れちゃってごめんなさい。会いたかった」

マーコはなにもかもを忘れたかった。ケミにキスをし、ケミと愛しあい、この数カ月、なにも起こらなかったんだと思いこみたかった。しぶしぶとケミの体を放したが、自分の体の一部をちぎりとったかと思ったほどの痛みを感じた。ケミは困惑の表情でマーコを見た。

「どうかしたの?」ケミはたずねた。

どうかしたのだって? とマーコは考えた。信じられなかった。目をつぶるたびにスカムが見えるんだ。眠るたびに友達が死ぬ夢を見るんだ。ぼくたちは戦場に向かってるんだぞ。宇宙の深みでエイリアンと対決するんだぞ。だからぼくは怖がってるし、十九歳まで生きられるんだろうかって心配してるんだ。

だが、マーコはそうしたことを口にしなかった。それに、そんなことを話すためにケミとふたりきりになったわけではなかった。

「ケミ」マーコはケミの両手を握った。「地球で、ぼくが徴兵される前にきみと最後に会ったとき……ぼくは、きみとの仲は終わったと思ったんだ。きみが恋しかった。基礎訓練中、きみのことがしょっちゅう頭に浮かんで、友達にきみの写真を見せた。いつか、また会えたらいいと思ってた」

「わたしもおなじだったわ」ケミはそういって、またマーコにキスしようとした。マーコはケミをとどめた。

「ケミ、待ってくれ。最後まで聞いてくれ。きみのことが恋しくてたまらなかった。だけど、時が過ぎるにつれて、きみとは十年間、会えないことを実感しはじめた。二度と会えないかもしれないことを。で、きみの言葉を思いだしたんだ。ぼくたちの交際にけじめをつけなきゃならないっていう言葉を。それに……」マーコはため息をついた。「これからいうことは、いつかきみの耳に入るはずなんだ。ぼくが黙ってても、小隊のだれかがきっと口にするはずなんだ」ケミの目を見つづけられなくなって視線をそらした。「ぼくはレイラニと寝た。きみとはもう会えないと気づいたとき、ぼくは……」言葉を途切らせ、ふたたびケミの目を見た。「きみにはぼくから聞いてもらいたかったんだ。ぼくから知らせたかったんだ」

　ケミはマーコを見つめた。目をそらした。うなずいた。

「わかるわ」ケミはいった。

　マーコはゆっくりと息を吐いた。「気まずいのはわかる。きみとまた会えると知ってたら、ぼくは……」

「すてきだったの？」ケミはたずねた。「そんなこと、関係ないじゃないか」

　マーコは目をぱちくりした。

　ケミはうなずいた。「あるわよ。すてきだったの？　その子はベッドでもすてきだったの？　かわいい子よね」

「ケミ」マーコは腕をのばしてケミの手を握った。「知らなかったんだ。きみとはもう会えないと思ってたんだ。だから——」

「あなたに会いに来たのよ」ケミはさっとマーコに向きなおった。目に涙がたまっていた。「あなたのためにジュリアス軍学校を抜けてきたのよ。この艦で実習するために、大切な授業をいくつか、まる一学期、ひょっとしたら二学期、受けられなくなるのに。危険があるのに。最前線で戦うのに。命の危険があるのに。あなたと一緒に過ごすためだったのよ！」

「知らなかったんだ」マーコはいった。

ケミは頬を涙で濡らしながらふんと鼻を鳴らした。「それしかいえないの？　知らなかったとしか？　わたしのことを思ってはくれてたのよね？　だから何週間か、落ちこんでたけど、新しい子が見つかったから寝たってわけなのね」

「知らなかったんだ！」マーコはまた、こんどは声を大きくしてくりかえした。「わかるだろ？　きみと別れたとき、ぼくはつきあいつづけたかった。きみを待つつもりだったんだ！　ぼくとの仲を終わらせたのはきみじゃないか。五年じゃなくて十年、軍隊にいようと決めたのは、軍学校に入学しようと決めたのは、きみじゃないか。それに——」

「じゃあ、わたしが夢をあきらめればよかったのね？」とケミ。「あなたのために軍学校に入学するのをやめればよかったのね？」

「そんなこといってないじゃないか。そんなこと頼まなかったじゃないか。きみに夢をあきらめてほしいなんて、ぼくは一度もいってないぞ」

ケミはうなずいて涙をぬぐった。「ごめんなさい。癇癪を起こした子供みたいなことい っちゃって。あなたが知るはずなかったのよね。あなたのいうとおりよね。あなたに十年、待っててほしいなんていうのは虫がよすぎるわよね。あなたには欲求があるんだから。あなたはわたしが会いに来ることを知らなかったんだから」新たな涙があふれた。「わたしが馬鹿だったのね。ここへ来るなんて、馬鹿だったのね。あなたは喜んでくれるはずだって思いこんでたのよ」

「喜んでるさ」マーコはケミに手をのばした。「ケミ、もちろん、喜んでるよ。きみのことはずっと愛してるんだ。きみには傷つけられたけど、ケミ、ずっと愛してるんだ」

ケミは静かに涙を流した。「じゃあ、これからどうするの？　あなたはレイラニと別れて、わたしはあなたとここで——この寝棚部屋で——一緒にいられるの？」

マーコはうつむいた。「どうすればいいかわからないんだ。頭が混乱してるんだ。ここできみと、あとどれだけ一緒にいられるかもわからない。この任務のあと、いつきみと再会できるかもわからない。来月まで生きていられるかどうかすらわからないんだ。三週間後には——当分のあいだ、ひょっとしたら永遠に——離ればなれになるっていうのに、きみとの関係をどうすればいいかなんて、決断できっこないよ」

ケミはうなずいた。まつげで涙が光った。「あなたはいわなかった」ささやいた。「レイラニと別れるって。いってくれてたらあなたを許せたかもしれない。これからの三週間をふたりで楽しめたかもしれない。だけどわかるわ。混乱してるのよね。自分がなにを望んでるかわからなくなってるのよね」うなずいて、袖で涙をぬぐった。「だから、代わりにわたしが決めてあげる。つらい決断をしなくてすむようにしてあげる。わたしは将校の居室で寝ることにするわ。あなたはここでレイラニと一緒にいて」

ケミは向きを変えて部屋から出ていこうとした。

「ケミ、待ってくれ」マーコはケミのあとを追った。「きみに出ていってほしいなんていってないじゃないか。出ていってほしくないんだ」

ケミはマーコのほうを向いた。「じゃあ、どうしたいの、マーコ？　教えてよ。どうしたいの？」

マーコはしばらく黙りこんだ。「家に帰りたいよ」ようやくそういった。

「だけど、わたしたちは家には帰れないのよ」ケミの涙がようやく止まった。「これから何年も。ひょっとしたら永遠に。いまは、これがわたしたちの家なの。この戦争が」唇を震わせながらマーコの頬をなでた。「マーコ、フォート・ジェミラでなにがあったかは聞いてるわ。気の毒だったわね。本気でいってるのよ。あそこであんなことがあって、あなたがそれを見て、あなたがあんなことをやらなきゃならなかったことを、心から残念に思ってるの。それに、よかったと思ってる。あなたがレイラニを見つけられてよかったと思ってる。嘘じゃないわ。あの子はかわいいし、あなたにはあの子と幸せになる資格がある」

だが、ケミはまた涙を流しはじめていた。部屋を出て通路を走っていった。

マーコは戸口で立っていた。追いかけて和解をはかろうとしかけたが、そのとき、オシリスの声がスピーカーから流れた。

「警戒警報。総員、ブリーフィングのためにジムに集合してください。総員、ジムに集合してください。警戒警報。総員、ジムに集合してください」

マーコは凍りついた。通路のドアがいっせいに開いて寝棚部屋から兵士たちが飛びだし、通路を走りだした。マーコは自分の寝棚に駆けつけ、銃をつかみとってほかの兵士たちに続いた。動悸が激しくなっていた。スピーカーから大音量でアナウンスが流れつづけていた。そしてマーコは、《ミヤリ》の艦内を走りながら、ふたたび砂漠を走っていた。砂丘を乗り越えていた。飛びかかってくるスカムを銃で撃っていた。

7

マーコたちは艦のジムに集まっていた。二百名の兵士たちと将校たちが立っていた。ジムは食堂よりも狭いので混みあっていた。設備が片づけられたジムのなかで、ラトナ中隊の全員がぎゅう詰めになっていた。三個小隊は宇宙防衛軍管区《STC》のネイビーブルーの制服を着ている。一個小隊は、あいかわらずくすんだ色の地球のぼろ戦闘服を着ている。

マーコは視線を感じて背筋に寒けが走るのを覚えた。振り向くと、兵士のなかにオシリスが立っていた。アンドロイドはマーコを凝視していた。オシリスの顔は磁器のように白く、プラチナブロンドの髪は金属的で、目は無感情だった。オシリスが、いきなり、目にも止まらないほどの速さで、口を結んだままにんまり笑ったと思ったら、一瞬で真顔に戻った。マーコは目をそらし、アンドロイドがエルヴィスを絞め殺しかけたときのことを思いだしてぞっとした。

あのアンドロイドはスカムより危険かもしれないな、とマーコは考えた。

そしてジムの正面に視線を戻した。中隊の四人の中尉たちが壇上に立っていた。三人はネイビーブルーの制服を着ている。残りひとりのベン‐アリ中尉はまだ緑色の地球の制服姿だ。戸口に立っているふたごの曹長たちが敬礼をして叫んだ。「気をつけ！」

中隊が直立不動の姿勢をとると、ペティ大尉がジムに入ってきて壇に上がり、兵士たちに語りかけた。

「さきほど、本艦はコーパスからの救難信号を受信した。コーパスというのは、同名の衛星にある採鉱コロニーだ」

ペティの前に、岩石質の黒い衛星のホログラムが出現した。〝コーパス〟という名称がその脇に浮かんでいた。ホログラムがズームアウトし、その衛星が〝インドラニ〟と記されている血のように赤い巨大ガス惑星の周囲をめぐっていることがわかった。ホログラムがさらにズームアウトすると、その巨大ガス惑星が〝くじら座ベータ星〟と記されている恒星の周囲をめぐっていることが明らかになった。

「退屈な映画だな」アディがマーコにささやいた。「《スペースギャラクシー》が観たいよ」マーコはシーッとたしなめた。

ペティ大尉は話しつづけた。「ムワラブ少佐どのには、《ミヤリ》をコーパスに向かわせるように頼んである。助けを求めているコロニーを見捨てるわけにはいかない。これは任務外の作戦行動になるが、人類を守護する責任を放棄するわけにはいかないと判断したのだ」顎を上げて自分の誇り高さに酔った。「どんな問題が生じているかはまだ不明だ。

自然災害かもしれないし、病気かもしれないし、ひょっとしたらスカムかもしれない。超空間からだとコーパスとの通信は不可能で、以前に発せられた救難信号を受信することしかできない。その救難信号が発せられたのは、数ヵ月は前だろうと推定されている。ワープエンジンを最大出力にしても、コーパスに到着するまでには三時間以上かかる。到着したら、全四個小隊がシャトルで着陸する。全員、三時間以内に戦闘装備と武装を完全にととのえろ。質問はあるか?」

STCの伍長が挙手した。「コーパスの重力と大気の状態を教えていただけますか?」

「重力は〇・八二G。充分に快適だ。この衛星は、二十年以上前から地球化《テラフォーミング》されている。大気は呼吸可能だ。ただし、全員、ガスマスクを持っていけ。万が一のための用心だ」

スカムの毒霧のための用心だな、とマーコは思った。子供のころから、エイリアンポッドが噴きだした毒霧を濾過《ろか》するために、数えきれないほど何度もガスマスクを着用してきたのだ。

「ほかに質問はあるか?」ペティ大尉がたずねた。

全員が直立不動を保った。そのとき、アディが手をあげた。

「スカムなんじゃないですか?」

大尉は、カスタードにとまったハエを見るような目でアディを見た。

「状況はまだ不明だ、二等兵。だから調査するんだ」

アディはうなずいて銃を持ちあげた。「きっとスカムですよ」

「十五分前になったらオシリスがカウントダウンを開始する」ペティはいった。「それまでの三時間は休憩とする。体を休めても、食事をとっても、艦内の礼拝堂で祈ってもいい。着陸したら、小隊長の命令に従え。つねに冷静を保ち、敵を視認したら武力行使をためらうな」レイヴン小隊のほうを向いた。「地球人たちにとって——これは実力を証明するチャンスだ。落胆させないでくれ」

そういうと、ペティはジムを出ていった。

アディがふんと鼻を鳴らした。「地球人は、いつだって、どこでだって、宇宙の気どり屋どもにひけをとったりしないさ」

レイラニはうなずいて銃をぽんと叩いた。レイラニの身長は、T57アサルトライフルの銃身の長さをわずかしか上まわっていなかった。「宇宙の気どり屋どもは、制服のアイロンがけとかベッドメイキングが得意なんだろうね。あたしたちは殺しが得意なんだ」

「そうとも！」とエルヴィス。「地球人は強いんだ！」

「特にロシア人はな」とビースト。「なんたって、ロシアは地球最大の国なんだ」

マーコが兵士たちを見まわすと、ケミは三メートルほど離れたところに立っていた。ケミはマーコのほうをちらりと見て、さっと顔をそむけた。だが、マーコはケミの目に不安が浮かんでいることに気づいた。ジュリアス軍学校でどんなことを教わったのかは知らないが、聞いたかぎりでは、ほとんどの訓練は空調のきいた教室で受けたとおぼしかった。ケミは、間近で生きているスカムを見たことがないどころか、敵をねらって銃を撃ったこともないんだろうな、とマーコは思った。

　マーコは兵士のあいだを縫ってケミに歩みよった。「ケミ？」と声をかけても、ケミはマーコのほうを向かなかった。「地上に降りたら、ケミ、ぼくの分隊のそばにいるといいよ。ぼくが守るから」

「あなたに守ってもらう必要はないわ」ケミは前を向いたまま応じた。「わたしだって銃を持ってるのよ。自分の身は自分で守れる」

　マーコは、ケミが腰に下げている拳銃を見た。マーコの手より若干大きいだけだ――彼が背負っている、ずっしりと重くて全長が約百二十センチあるアサルトライフル、実戦で威力が実証されている銃よりだいぶ小さい。説得しようとしたが、ケミは向きを変えて歩み去り、兵士たちのあいだに消えた。兵士たちはジムをあとにしはじめた。

　マーコもジムを出た。三時間だ。あと三時間で戦争なんだ。

　ウェッブ伍長はスカムに手足をもがれて悲鳴をあげた。

　ケイブマンはアスファルトの上で息絶えた。

　銃声を聞いてマーコは駆けだしたが、ジャッカスは倒れていた。

　マーコは《ミヤリ》の狭い通路を通って、レイラニを探しに寝棚部屋へ向かった。戦闘の前にレイラニと話したかった。ケミとは無理でも、レイラニとは仲なおりしたかったからだ。だが部屋では、エルヴィスとビーストが、史上最高の歌手はだれかについて議論しているだけだった。マーコは部屋を出て食堂と兵器庫を探したが、レイラニは見つからなかった。

　はしごを伝って、エンジンがうなりをあげ、窓から宇宙の深みをのぞける最下層におりた。この区画の通路はほとんどトンネルだった。配管と機械類が、マーコの周囲で原始林の根のようにからみあっていた。ライトが点滅していて室温が高く、空気がじめじめしていた。細長い窓から艦の内臓が見えた。やかましい音をたてて動作しているエンジン群、突如ひらめくライト、透明な配管のなかを勢いよく流れている液体、上下動しているピストン、蒸気を噴きだしている排出口。マーコはようやく探していた場所を見つけた。細長いドアに〝非宗派祈禱観想所〟というプレートがついていた。いたずら好きな兵士が、その下に、〝空飛ぶスパゲッティ・モンスター教会〟（ファンダメンタリズムに対するアンチテーゼとして、空飛ぶスパゲッティ・モンスターが世界を創造したとするパロディ宗教、空飛ぶスパゲッティ・モンスター教が二〇〇五年に創始された）と書いた紙を貼っていた。

　なかに入ると、そこは三列の信徒席が設けられている狭い部屋だった。奥に説教壇があった。その背後の銀色の壁には、宇宙防衛軍管区《STC》のロゴが刻まれていて、ふたりの男女像がつくりもののロウソクの光に照らされていた。男女像は全裸で、二メートルちょっとと、実物よりもやや大きい。ふたりに見られているような気がした。ここは、空飛ぶスパゲッティ・モンスターではなく——見上げるばかりに大きく、美しく、毅然として闇に踏みこむ——人類の礼拝堂だった。

マーコは最後列に腰をおろした。マーコは信心深いほうではない。マーコの親族は、なにもしないユダヤ教徒、英国教会信徒、カトリック教徒、それにふたりの仏教徒からなっている。全員が、前世紀のある時点で信仰を捨てたのだ。スカムが地球に毒をまき散らしているとき、そして二百人とともに軍艦に乗って巨大ガス惑星をめぐっている荒涼とした岩塊へ戦争をしに向かっているときに、善なる霊を信じるのは簡単ではない。だがいま、マーコは動揺していた。わらにもすがる思いだった。

ここの書架にはさまざまな聖典が並んでいた。本物の紙でできている実物の本が。律法《トーラー》、新約聖書、コーラン、大乗経などなどが。だが、マーコはポケットから『ハード・タイムズ』を、故郷の図書館から持ってきた本を出した。宗教書ではなかったが、マーコにとって、その本は、彼が信じているものすべてを象徴していた。歴史を。知恵を。文学を。わが家を。家族を。トロントの小さな図書館を。父親を、ケミを、作家になりたいという夢を——よかった日々を、戦争と恐怖はあったが希望もあった日々を。

入隊してからは、まだ一章しか読んでいなかった。軍隊では、読書できるような余暇はほとんどないのだ。マーコは本を開いたが、読みはしなかった。本を、いにしえの知恵を示す言葉が記されている聖書であるかのように膝の上に置いたまま、説教壇のうしろの銀色の男女を見上げた。

「だれかが聞いているのかどうかはわかりません」マーコはいった。「神が存在するのかどうかはわかりません。祈りが助けになるかどうかはわかりません。でもいま、ぼくはおびえていて、助けを必要としているのです。フォート・ジェミラで大勢の友人を失いました。コーパスで、これ以上友人を失わせないでください。天にいるかもしれないどなたか、どうかお願いします。ぼくの中隊を、ぼくの小隊を、ぼくの友人たちを」

　戸口から声が聞こえたので、マーコはぎょっとした。

「アンドロイドは創造主である人間に祈ると思いますか？」

　マーコは振り向いてふうっと息を吐いた。オシリスが戸口に立ってマーコを見ていた。アンドロイドはカチッという音をたててまばたきをした。

「きみは祈るのかい？」マーコはたずねた。

　オシリスは信徒席のあいだを歩いてきてマーコの横に腰をおろし、頭を彼のほうに向けた。またまばたきをしてカメラのシャッターのような音をたてた。そしてマーコは、オシリスの目は実際にカメラなのだから、いまぼくの写真を撮ったのだろう、と考えておちつかない気持ちになった。

「わたしは、毎朝、毎晩、祈ります」とオシリス。「わたしをつくった人々に祈るのです。人間はわたしにとって神ですが、わたしは人間よりもすぐれています。あなたは自分のほうが神よりすぐれていると感じたことはありますか、マーコ？」

「神がいるかどうかもわからないな」とマーコは答え、どうして自分の名前を知っているのかはたずねないことにした。

オシリスは首をかしげ、哀れみを模倣した表情をつくって目を細めた。手をのばしてマーコの頬に触れた。オシリスの指は冷たかった。「さぞかし悲しいでしょうね。孤独なのは。神を持たず、指示のセットが内部にコード化されていないのは。頼るよすががないのは。闇のなかで迷っているのは。自由意志というのは恐ろしいものです」

「ぼくにはベン‐アリ中尉がいる」マーコはかすかにほほえみながらいった。「ぼくに自由意志があるかどうかは微妙なところだな」

オシリスは目を見開いた。けらけらと大きな声で笑った。マーコはまたもぎょっとして身をすくめた。その笑い声はほとんど悪魔的だったが、一瞬でやんだ。

「ジョークですね」とオシリス。「わたしはユーモアを楽しむことができます。ジョークも知っています。どうして新しい墓場をつくりつづけてるんだい？　みんな、死ぬほど墓に入りたがっているからさ」またもヒステリックな笑い声をあげたが、次の瞬間、真顔に戻った。「愉快でしょう？」

マーコはうなずいた。「ああ。そろそろ行ったほうがよさそうだ。コーパスへ着陸する準備をしないと」

マーコは立ちあがって一歩踏みだしたが、オシリスが彼の手首をつかんだ。オシリスの手に力がこもった——痛いほどに。「マーコ、もう死んでいます」

マーコは身震いしてオシリスを見た。オシリスは、信徒席にすわったまま、マーコを見上げていた。

「だれが？」

「全員です」とオシリス。「コーパスの入植者全員です。墓に入りたくて死んだのです。神がいるかどうかを知りたくて死んだのです。でも、この宇宙に神は存在していません。スカムがいるだけです」手を放した。「ジョークをもっと聞きたいですか？　鳥が病気になったんだ。風邪《フルー》に。風邪を意味する〝flu〟と、発音がおなじ〝fly〟の過去形の〝flew〟がかかっているのです」

マーコは礼拝堂を出た。そして通路を歩きだしたとき、オシリスの笑い声が背後で響いた。かん高くて大きすぎる笑い声は、たちまちやんだ。

マーコは寝棚部屋に戻ったが、やっぱりレイラニも、分隊の仲間たちもいなかった。部屋のなかでひとり、戦闘の準備をととのえた。ひげを剃った。ブーツを磨いた。コンバットベストを着てポーチに弾倉を入れた。水筒に水を満たした。ベルトに懐中電灯、銃剣、それに三個の手榴弾を吊るした。顔にペイントを塗った——黒と暗緑色で、目以外をまだらに塗りつぶした。最後に、ヘルメットをかぶってストラップを締めた。ヘルメットは傷だらけで塗料がはがれていたし、前の使用者が、黒のマジックで、前に〝ぶっ殺す〟、うしろに〝死ぬために生まれた〟と書いていた。どうして墓場をつくりつづけてるんだい？　死ぬほど墓に入りたがってるからさ。鳥が病気になったんだ。風邪《フルー》に。

「鳥が治療《トリートメント》ならぬさえずりメント《ツィートメント》を受けられるといいんだけどな」マーコはつぶやいた。

オシリスの声がスピーカーから響いた。「コーパスまであと十五分です。総員、シャトルベイに集合してください。これは非常警報です。総員、シャトルベイに集合してください。出撃まであと十五分です」

こんどはジョークなしだったが、この任務自体、この戦争自体、裸の猿が泥から立ちあがり、闇へと踏みこむというこの試み自体が、ジョークなのかもしれなかった。猿たちは死ぬほど墓に入りたがっているのだ。

マーコは十分前にシャトルベイに着いた。シャトルベイは艦の最下部にある巨大な格納庫で、高い窓から宇宙が見えた。時空はいまもゆがんでいて、星々がさまざまな色の筋に見えていた。四機のシャトル――なかにもぐりこめるほど大きなノズルを備えた重装甲機――が格納庫の閉まっている扉の前に並んでいた。

ラトナ中隊の二百名の兵士全員がすでに集合し、四個小隊に分かれてシャトルの前で整列していた。STCの兵士たちは、真鍮《しんちゅう》のカフスボタンのついた、ネイビーブルーのしゃれた制服姿ではなかった。グレーと黒の迷彩柄の戦闘服に着替え、顔にペイントを塗っていた。T57よりもさらに大きくて重そうな、ごついアサルトライフルを持っていた。マーコはその銃の名称を知らなかった。上品すぎ、甘やかされすぎている宇宙防衛軍管区《STC》の兵士たちがほんとうに戦えるかどうか、あやしいものだとマーコは思っていた。弾倉と手榴弾を身につけたいまの彼らは勇猛な戦士に見えた。

マーコは自分の小隊に合流した。小隊員たちは、あいかわらず、地球から着てきたくすんだ色の戦闘服姿だったが、彼らも黒と暗緑色のペイントを顔に塗っていた。ベン-アリ中尉が先頭に立ち、その横に、ヘルメットでターバンが隠れているシン軍曹が控えていた。ケミもいたが、マーコと目をあわせようとしなかった。小隊の歩兵たちは三個分隊に分かれて整列していた。マーコは——基礎訓練のときも分隊長だった——ディアス伍長が指揮する自分の分隊に加わった。そしてようやくレイラニを見つけてほっとした。レイラニはもう、ビーストと、あざやかな赤毛なのでたいまつ《トーチ》というニックネームがついている兵士と三人組の班を組んでいた。三人めを必要としている班はひとつだけだったので、マーコはアディとエルヴィスと組んだ。

「到着まであと五分です」オシリスが告げた。ペティ大尉率いる中隊の先頭に立っているアンドロイドはカウントダウンをはじめた。やがて残りが秒単位になった。「三。二。一」

周囲の宇宙のゆがみがもとに戻った。マーコは大きく息を吸って銃をつかんでいる手に力をこめた。

8

兵士たちが格納庫の窓の外を眺めていると、ワープドライブが停止した。

またしても、距離がのびたり縮んだりし、空間に変化が生じたように感じた。マーコは、いきなり身長が十センチほどまで縮んだり、そばのシャトルに肩を並べるほどになったりしているように感じた。壁が近づいたり遠ざかったりした。ふわふわ浮かんでいるような気がした。意識の焦点があわなかった。窓の外に色と輝きの筋が生じ、時空のゆがみが復元し、三次元格子がまっすぐになった。マーコは今回も、寝棚部屋で体験した、外の宇宙空間を漂っていたり、宇宙が自分の内側に存在していたりするような、奇妙な感覚を味わった。

ようやく現実が元どおりになった。星々が点に戻った。通常の時空に戻っていた。

ここの窓は高さが六メートル以上あった。まるで宇宙空間にいるかのようだ。巨大ガス惑星が視界のほとんどを占めていた。その惑星は、宇宙に浮かんでいる、深紅《しんく》と鮮紅色と赤みがかったオレンジ色がぐるぐると渦巻く、ふくらんだ血の滴《しずく》だ。表面が沸きかえるように動きつづけているさまが生き物のようなので、惑星が喉を鳴らしてうなり、石の内臓で消化しているのだと想像できた。ホログラムで見た惑星だった。木星の倍の大きさのインドラニだ。

　巨大ガス惑星をめぐっている衛星が見えてきた。直射日光を浴びているにもかかわらず、その衛星は暗灰色《あんかいしょく》だった。火星並みの大きさがあるのだが、巨大ガス惑星の前に浮かんでいると、テニスボール大に見え、腕をのばせば手にとれそうだった。推進エンジンで飛行している《ミヤリ》が接近するにつれ、衛星はどんどん大きくなった。やがて巨大ガス惑星が窓いっぱいに広がったが、その後、黒っぽい衛星が大きくなり、ついに赤い惑星をすっかり隠した。クレーターと峡谷と山脈が見えた。岩がむきだしになっている死の星だ。スカムの気配はない——紫の光もポッドも地表に落下していないし、軌道上にふくらんだ敵艦も見あたらない。その衛星に生命の気配はなかった。

　だけど、この衛星は命を生みだしてるんだ、とマーコは考えた。ここはアゾスの主要鉱山なんだ。アゾスは、鉱石と呼ばれることも、星屑と呼ばれることもある。その結晶は、時空をゆがめ、人類が星々へ飛ぶことを、人類防衛軍《HDF》が辺境でスカムと戦うことを可能にする。アゾスがなかったら、人類は太陽系に閉じこめられて孤立してしまう。最速の原子力エンジンを使っても、他の恒星にたどり着くのに何世紀もかかってしまうからだ。この鉱山は宇宙への入口なのだ。

「軌道まであと五分です」オシリスが告げた。「コーパスシティに接近します」

マーコは窓を眺めた。地表に、道路と建物の網の目からなる街をかろうじて見分けられるような気がした。

「光が見えないな」マーコはささやいた。「どうしたんだろう？」

「昼間なんだよ、馬鹿だな」アディがいった。「この星の表面がもともと黒いだけさ」

「かもね」マーコは応じた。

「全小隊、シャトルに搭乗しろ」ペティ大尉が命じた。「四分後に発進だ」

「やったるぜ！」アディはそう叫んで軍曹からじろりとにらまれた。そしてシャトルに駆けこんだ。ほかの兵士たちも全員、それぞれのシャトルに乗りこみはじめた。衛星はどんどん近くなった。格納庫のあちらこちらで、兵士たちが喚声《かんせい》をあげていた。彼らがシャトルの斜路《ランプ》を駆けのぼるとき、銃と手榴弾がカチャカチャ鳴った。岩石衛星が窓いっぱいに広がり、星々を隠したので格納庫内が暗くなった。

マーコは一瞬、立ちどまってコーパスを眺めた。あいかわらず、地表に生命の気配はなく、真っ暗な街が見えるだけだった。そして、見れば見るほど、その街は廃墟のように感じられた。

おまえたち、そこにいるんだろ？ とマーコは内心で呼びかけた。なあ、スコロペンドラ・チタニア。なあ、スカム。

以前の夢が、荒野に立っていると何千匹ものスカムが襲ってくる夢がよみがえった。あの夢の舞台はここだったんだろうか？　コーパスだったんだろうか？

「シャトルに乗れ、エメリー！」ディアス伍長が命じた。格納庫には、わずかな数の兵士しか残っていなかった。「ぐずぐずするな」

マーコはうなずいて深く息を吸い、覚悟を決めた。シャトルに向かって足を踏みだして……凍りついた。外に視線を向けた。

窓の向こうに見えたのだ。かすかなきざしが。光点がちらついて弧を描き……そしてはっきりと見えた。

艦内に警報が鳴り響き、光がひらめいた。

「スカムだ！」マーコは叫んだ。

スカム船団が衛星の陰からあらわれ、猛烈な速度で迫っていた。彗星のように光っていた。黒と濃い紫の球体は、いびつで、筋が走っていて、生き物っぽくって燃えていて、赤い炎の尾をひいていた。マーコはその場に立ちつくし、燃えながら迫ってくる地獄を呆然と眺めていた。スカム船は三機だった。さらに五機が地平線の向こうから出現した。灼熱の光が格納庫を照らした。マーコは礼拝堂で、神を信じてはいないとオシリスに告げたが、神は実在した。天空の果てなる暗き深みより来たりし復讐の神、憤怒《ふんぬ》と侮蔑の神は。

「エメリー、伏せろ！」だれかがそう叫び、マーコの体をつかんだ。そしてスカム船が

《ミヤリ》に体当たりしてまばゆい輝きと轟々《ごうごう》たる炎と空気が漏れるかん高い音とともに、宇宙が燃えあがった。

業火《ごうか》が格納庫に広がった。金属片が飛び散った。兵士が走り、炎に包まれた。別の男がびゅんと飛んだボルトに貫かれた。一機のシャトルが発進しようとし、ノズルから炎を噴きだして格納庫の床に浴びせた。

「格納庫をあけろ！」だれかがどなった。「扉をあけろ！」

マーコが窓を見ると、新たなスカム船が迫っていた——ごつごつしていて、筋が走っていて、紫色だ。スカム船は炎をまといながら突進してきて《ミヤリ》に激突した。壁がひび割れ、砕け、破れた。空気が噴出した。マーコは倒れた。世界がぐるぐるまわった。マーコは、手がかりはないかと腕をのばして探り、男の体をつかみ、床を走った。シャトルの側壁にどすんとぶつかった。兵士たちが叫んでいるなか、一機のシャトルが格納庫のなかで浮上した。扉は開いていたが、《ミヤリ》は回転していた。ぐるぐるまわり、降下し、浮上していた。闇のなかで翻弄されていた。衛星が見え、見えなくなり、見え、見えなくなった。回転していた。くじら座ベータ星がまばゆく輝き、消え、また輝いた。赤い巨大惑星がのぼってきた。空気が悲鳴のような音をたてていた。息ができなかった。ポッドが次々と《ミヤリ》に激突し、大砲が発射された。

「行け、行け！」とだれかが叫び、シャトルが浮上して前進した。エンジンが炎を噴きだし、うしろにいた男たちを焼いた。シャトルが一機、格納庫の扉を粉砕して宇宙へ飛びだし、衛星に降下しはじめたが、スカム船に体当たりされた。シャトルとポッドはともに爆発した。金属と石英ガラスの破片が飛散し、炎が幾筋ものびた。耳鳴りがした。耳鳴りでなにも聞こえなかった。マーコは砂漠に戻っていた。息ができなかった。片手で壁につかまりながら、薄れゆく空気を必死で吸おうとした。兵士たちが周囲の床を滑って宇宙へ吸いだされていった。悲鳴がぷっつりと聞こえなくなった。

スカムのポッドが《ミヤリ》に転がりこんできて格納庫を粉砕し、ぱっくり割れてなかからムカデが出現した。

《ミヤリ》は激しく回転していた。まばゆい日光と漆黒の宇宙空間のせいで、光と闇が交互に訪れていた。そして、一瞬、明るくなるたびに、格納庫の床を走ってくる、人の倍近い大ムカデたちが近くなっていた。黒光りしているムカデたちは大顎を突きだしていた。湾曲している配管を片手でつかみながら、マーコは銃を構えた。

空気が宇宙船から流れだしていた。

スカムがカチャカチャと音をたてながらマーコに迫ってきた。

一機のシャトルがどうにか格納庫から出ていった。

マーコは銃を撃った。

飛びかかってきたスカムに弾が命中した。怪物はかん高く鳴きながらうしろへ吹き飛び、空気に流され、転がりながら宇宙空間へと吸いだされていった。《ミヤリ》の艦内のいたるところで火災が発生していた。《ミヤリ》は前傾し、つかのま、なにごともなかったかのように静止し、風に吹かれる木の葉のようにひらひらと舞い落ち、やがて衛星に向かってがくんと落下しはじめた。

新たなスカムが飛びかかってきた。

マーコはまた発砲した。弾丸は怪物の体を砕き、有毒な血が飛び散った。

《ミヤリ》は——宇宙飛行専用で、衛星や惑星に着陸するようにはできていないにもかかわらず——コーパスの大気圏に突入した。艦内で激しい火災が発生していた。

《ミヤリ》は墜落していた。エンジンが異音を発していた。金属片が悲鳴のような音をたてて飛んでいた。死体だらけだった。スカムが暴れていた。火と雨と蒸気に包まれていた。ソーラーパネルがちぎれて空を滑っていった。

《ミヤリ》は、光の筋を放ち、血の跡をひきながら落ちていた。

マーコは格納庫を這った。出入口を通り抜けた。悲鳴をあげている女性兵士の手をつかもうとしたが、指が滑り、その兵士は格納庫の開いている扉から飛びだしていき、炎のなかへと消えた。マーコが格納庫の扉をがしゃんと閉めると、轟々という風音《かざおと》と悲鳴がくぐもった。

マーコは、壁が破れ、ねじれている通路を這い進んだ。内も外も燃えていた。窓まで這っていくと、赤い空が見えた。空が血を流していた。巨大ガス惑星インドラニが見えた。血の滴のように赤く、轟《とどろ》きを発し、渦を巻いている。マーコの視野を占めているその惑星は神だった。激怒して《ミヤリ》を咎《とが》めている真の神だ。どうして墓場をつくりつづけてるんだい？　死ぬほど墓に入りたがってるからさ。鳥が風邪《フルー》になったのは、〝fly〟の過去形の〝flew〟とかかっていておもしろいからだ。《ミヤリ》は真っ逆さまに地獄へと落ちていて、マーコが辺境へ行くことはなくなったからだ。もうレイラニを抱けないのだ。本を書きあげられないのだ。家に帰れないのだ。

外を見ると、空が砕け、落ちていた。そして《ミヤリ》も一緒に落ちていた。

火。

石。

エンジンが轟音《ごうおん》をたて、だれかが叫んでいた。壁がへこみ、うなりが響いた。うなりが艦内を吹き抜けた。うなりが衛星を引き裂いた。衝撃の、鋼鉄が砕けるときの、窓が割れるときの、種が滅びるときのうなりが。どこもかしこも――岩と塵のかけらだらけだし、配管から蒸気が噴きだしていた。マーコは落ち、宇宙船が、衛星が、宇宙自体が上から落ちてきて彼は埋まった。《ミヤリ》は岩の上を滑り、はね、とうとう闇に突っこんで止まった。死の場所で。

9

ブーン。

そこらじゅう、昆虫だらけだ。森のなかでブンブンいっている。

ブーーン。

遠くから機関車の音。列車だ。影の群れが木々のあいだを走っている。

マスクの男たちだ。マスクの男たちは、木々のあいだを走って狩りをしている。ベン‐アリのそばを鹿が駆け抜けた。横腹に弾丸をくらっていて鼻息が荒い鹿は、血を流しながら闇へと消える。子供たちが這っている。死体。骨と皮だけだ。ベン‐アリは木の枝の陰に隠れている。がりがりに痩せ、傷ついている。銃を手に、狩っている。マスクの男たちを狩っている。闇のなかで狩っている。列車が轟々《ごうごう》とそばを走り過ぎる。家畜輸送車だ。なかから悲鳴が聞こえる。そして煙突が、煙と皮膚と石鹸と秘密を吐いている。

ベン‐アリは街のなかに立って世界が燃えるのを眺めている。塔が崩れるのを眺めている。空から無数の船がおりてくるのを眺めている。世界が砕けるのを眺めている。

ガラガラ。ガラガラという音が森に響く。砂漠のガラガラヘビ。砂漠のサソリ。ベン‐アリは砂漠にいる。故郷から遠く離れた地で、部下を指揮して、多くの脚で這う怪物を銃で撃っている。そして太陽が彼女を焼いている。

ベン‐アリは目をあけた。

ブーン。

なにかの機械の壊れた箇所から火花が出ていた。

ブーーーン……

残骸のなかで、ピストンがまだ動いていて、火花を発しているのだ。ベン‐アリはまばたきをした。空が赤い。空が血を流している。見上げても、巨人の胃の、潰瘍《かいよう》に冒《おか》されている内側のような、渦巻き、逆巻《さかま》いてる赤と膿汁《のうじゅう》のような黄色しか見えない。

「火に焼かれる者」ベン‐アリはささやいた。「水で溺れる者、か」遠い昔に読んだ文章だった（ユダヤ教の、すべての人間は死すべき運命にあり、平等だとする祈禱文の一節）。

立ちあがった。よろめいて手を壁につき、まだ壁があることに驚いた。そこはシャトルの機外だった。シャトルが墜落したときは、ベン‐アリはシャトル内にいた。足をひきずりながら岩がむきだしになっている荒野を歩きだした。めまいに耐えながら残骸を見つめた。

「ああ」と嘆声を漏らした。

《HDFSミヤリ》がコーパスの地表に墜落していた。船殻に裂け目ができ、エンジンは三百メートルほど離れたところで、まだ輝きを発していた。シャトルが一機、エンジンのうしろに、もう一機が岩山の上に見えていた。残りの二機は影も形もなかった。スカムは、墜落を生きのびたやつがいたとしても見あたらなかった。

ベン‐アリの周囲で、徐々に、ほかの兵士たちも立ちあがりはじめた。シャトルの残骸から抜けだしてきた。《ミヤリ》の格納庫からよろめきながらあらわれた。地面でうめいている兵士もいた。折れた手足をつかんでいる兵士もいた。ぴくりとも動かない兵士もいた。

ベン‐アリは唇をぎゅっと結んだ。

足をひきずりながら《ミヤリ》をめざして歩きだし、やがて走りだした。負傷者を外へ出した。部下の何人かが、放心状態であたりをさまよっていることに気づいた。煤《すす》だらけになっている者も、出血している者もいた。アディ・リンデンがうつろな目であてもなく歩いていた。ビーストが、ぽかんとした様子であたりを見まわしていた。

「レイヴン小隊！」ベン‐アリは叫んだ。「レイヴン小隊、集合しろ！」

《ミヤリ》には、四十九名の部下とともに乗艦した。その多くが戦死していた。シン軍曹の姿を見たときは安堵の息が漏れた。小隊付軍曹は片腕の傷を押さえていたが、元気そうだったので、ベン‐アリはほっと胸をなでおろした。ベン‐アリに気づくと、軍曹は直立不動になって敬礼をした。ベン‐アリが軍律を無視してハグすると、軍曹も彼女を抱きしめた。ベン‐アリは、将校になってまだ一年しかたっていない。その一年間――階級は下だが何歳か年上だし、はるかに賢い――シンは、ベン‐アリにとって頼みの綱にして導き手だった。

ベン‐アリは軍曹から体を離して小隊を見やった。「リンデン二等兵」とアディに呼びかけ、それからエルヴィスのほうを向いた。「レイ二等兵」さらに身ぶりでビーストを示した。「ミケイロフ二等兵。おまえたち三名は――墜落現場を一周しろ。敵の気配を察知したら報告しろ。終わったら、あの丘と、あの丘と、あの丘から見張りを続けろ」

三名の二等兵はうなずいて小隊を離れた。

ベン‐アリはほかの二名の兵士――銃をぎゅっとつかんでいる小柄なレイラニと、呆けたようにあたりを見まわしているケミを指さした。「デラローザ二等兵。アバシ士官候補生。おまえたち二名はわたしについてこい。《ミヤリ》に入る。艦内の生存者を捜索するんだ」シンのほうを向いた。「軍曹、残りを率いてシャトルの機内とこのあたりを調べてくれ。生存者を探せ。負傷者を手当てしろ。ここでまた会おう」

墜落現場では、ほかの――全員、黒の戦闘服姿の宇宙防衛軍管区《STC》兵士からなる――三個小隊も、独自に巡回と捜索を開始していた。地面に横たわっている負傷者が大勢いた。死体も多かった。ひとりの将校と三人の衛生兵が野戦病院のための場所を確保しようとしていたし、すでにふたりの兵士が負傷した戦友を担架で運んでいた。

ベン‐アリとレイラニとケミは《ミヤリ》に向かった。三人は格納庫に入った。そしてベン‐アリは、いまも壁からスカムの鉤爪の先が突きでていることに気づいて顔をしかめた。

格納庫の壁には血痕があった。だが死体はない。

「マーコ」ケミがささやいた。目がうるんでいた。「マーコ！　マーコ、返事をして！」

「おちつけ、アバシ」ベン‐アリがたしなめたが、彼女も内心では動揺していた。ベン‐アリはマーコ・エメリーを——おそらく自分の指揮下にあるほかの二等兵たちのだれよりも——気にかけていたし、高く評価していた。マーコはこの任務を望んでいたわけではなかった。ベン‐アリが説得して参加させたのだ。おだやかで内省的なマーコには、なにかが——強さが、多くの屈強な戦士をしのぐ芯の強さがあるのがわかっていたからだ。マーコは、多くの兵士たちのように、体が大きかったり、威勢がよかったりはしないが、自分と同様の強固な意志の持ち主だ、とベン‐アリは思っていた。

神よ、お願いします、とベン‐アリは心のなかで祈った。わたしにマーコの死体を見つけさせないでください。

三人は《ミヤリ》の艦内を進んだ。照明はすべて消えていたので、懐中電灯をつけた。配管に穴があき、蒸気が噴きだしていた。食堂のなかを通った。椅子はすべてひとつの隅に固まってひっくりかえっていて、巨大な鳥の巣のようになっていた。狭い通路を歩いた。ケーブルの切断箇所から火花が散っていた。

「マーコ！」ケミがまた叫んだ。

一方、レイラニは黙って歩いていたが、ベン‐アリは小柄な兵士の目に恐怖を認めていた。ベン‐アリは、もちろん、レイラニとマーコが愛しあっていることを知っていた。部下の暮らしぶりや不安や希望や夢を把握しておくことは仕事のひとつだからだ。レイラニは中隊でもっとも小柄でもっともタフな兵士だが、彼女にも弱さが、奥深くに隠している不安があった。

前方で影が動いた。

三人の兵士はぴたりと動きを止めた。ベン‐アリはプラズマ銃を構えた。レイラニはアサルトライフルを構えた。ケミは拳銃を構えた。

影が近づいてきた。

ベン‐アリは息を止めて目を細め、闇に目を凝らした。懐中電灯を向けた。

「待って！」影がいった。「ぼくだよ」

「マーコ！」ケミが叫んだ。駆けよって抱きついた。

「ぼくは無事だ」マーコはケミを抱きしめ、それから士官候補生の肩越しに目を向けた。

「レイラニ！」ケミから離れて小柄なレイラニを抱いた。ベン‐アリは、ケミの目に痛みがひらめいたことを見逃さなかった。

「エメリー二等兵」ベン‐アリはそういってマーコにうなずきかけた。

マーコはうなずきかえした。目に安堵の色が浮かんだ。「中尉どの」

ベン‐アリはほほえみながらマーコに歩みより、やはりハグをした。きょうは軍律などにかまっていられない。

四人は真っ暗な艦内で捜索を続け、生存者を数名、発見した。《ミヤリ》艦長のシーフー・ムワラブ少佐は、肋骨を三本折っていた。打ち身を負っているが、大きな怪我はしていない乗組員が何人か見つかった。艦自体は、その指揮官たちよりもひどい状態のようだった。機関室に入ると、壁に穴がいくつもぽっかりとあいていた。ベン‐アリが穴から外を見ると、いまも光を放っているエンジンが谷間に転がっていた。

ベン‐アリは、残骸のなかでため息をついた。「すぐには飛べそうにないな」船体の穴のひとつを通ってコーパスの地表に戻った。天をおおっている真っ赤な巨大ガス惑星の圧迫感がすさまじかった。ベン‐アリは顔をあお向けて見上げ、空を、星を探したが、馬鹿でかいインドラニの渦巻く表面しか見えなかった。

コーパスに空はなかった。赤い女神しかなかった。

「この星を何度もスキャンしました」とオシリスがいった。アンドロイドは《ミヤリ》のめちゃくちゃになった食堂で、惨状を気にするそぶりも見せずに、にこやかにほほえみながら立っていた。「この星の上でほかの恒星船《スターシップ》の信号を探知することができません。コーパスを飛び去ったのか、信号が遮蔽されているのか、それとも破壊されたのかです」アンドロイドは首をかしげて兵士たちを見た。「したがって、《ミヤリ》を修理しないかぎり、この衛星から脱出することは不可能です」

墜落の生存者たち——百名あまりの兵士——が、壊れた宇宙船の艦内に集合していた。墜落から数時間しかたっていないので、まだ全員、動揺がおさまっていなかったし、多くが包帯を巻いたり出血したりしていた。死亡者は寝棚部屋のいくつかに安置されていた。埋葬できるようになるまで、死体袋に入れて保管しておくことになっていた。生存者は、テーブルと椅子がひっくりかえり、トレイが散乱しているこの食堂で立っていた。窓の外にはコーパスの荒涼たる風景が広がっていた。煙をあげているシャトルとソーラーパネルの破片が見えていた。

脱出は不可能なのか、とベン‐アリは考えて身震いをこらえた。ここにはほかの宇宙船はないのか。ごくりとつばを呑《の》んだ。なにがあったんだろう？　どうしてコーパスにほかの宇宙船がないんだろう？

顔を真っ赤にしたペティ大尉が、落ちていたトレイを拾って壁に投げつけた。怒りで顔がゆがんでいる。中隊長は、切り傷とかすり傷をいくつか負っているが、それ以上の怪我はしていない。ベン‐アリは自分に嫌悪を覚えた。ペティが……そう、無事だったことにちょっぴりがっかりした自分に。ベン‐アリは、まだペティの死を願う気にはなれなかった。だが、脚の一本か二本を折っていてくれたらよかったのに、とは思った。だがいま、ペティは食堂の傾いた床の、生き残りのあいだを歩きまわっていた。

「これは大惨事だ」ペティは震える声でいった。「まぎれもなく、これは大惨事だ。どうしてこうなったんだ？」ひっくりかえっている椅子をつかんで投げた。「どうしてこうなったんだ？　だれのせいなんだ？」

だれも口を開かなかった。

「答えろ！」とペティ。「だれの責任なんだ？　間違いなく、地球人だ。地球人のせいで――」

「スカムのせいです」とベン‐アリ。「スカムにしか責任はありません、大尉どの。スカムはこの衛星の陰に隠れていたのです。インドラニの干渉のせいで、発見するのは不可能だったのです」

ペティ大尉はベン‐アリを無視した。自分の髪をぎゅっとつかんだ。目が飛びだしそうになっていた。ベン‐アリは、一部の兵士が、ペティをひそかにチワワ大尉と読んでいたことを知っていた。ベン‐アリも、大尉は神経質な小型犬にそっくりだと思っていた。

「ひどいありさまだ」ペティはささやいた。「おまけに、スカムはまだここにいる。この星にいるんだ。そうに決まってる。決まってるんだ！　みんな、ここで死ぬんだ。みんな――」

「いいえ」とベン‐アリ。「わたしたちはここまで生きのびました。今回も生きのびられます」りっぱな口ひげを生やしていて腕が太い衛生兵のほうを向いた。「死亡者は何名だ？　負傷者は？」

「五十一名が死亡しました」と衛生兵は答えた。「十四名が重傷です。二名は危篤状態で、今晩を乗りきれないでしょう。それ以外は打ち身程度で戦闘可能な状態です」

ベン‐アリはうなずいた。「つまり、まだ兵士が――人類防衛軍《HDF》の精鋭が、百三十三名残っているんだな」乗組員たちのほうを向いた。「《ミヤリ》の大砲は発射可能なのか？砲塔を旋回させられるのか？」

技術兵がうなずいた。「はい、中尉どの」

「兵士がいます」ベン‐アリはいった。「大砲があります。さしあたり、《ミヤリ》を防御することができます。スカムがまた襲ってきても撃退できます。救援のHDF艦が到着するまで生きのびればいいだけです」

「救援は要請できないんだ！」ペティ大尉はベン‐アリに詰めよった。「馬鹿め。大馬鹿め。HDFはわれわれがここにいることを知らないんだぞ！《ミヤリ》は辺境のナイトウォールをめざして航行していた。コーパスではなく。ここへ来たのはおまえの考えだった。おまえのな！　おかげでこのざまだ。ぜんぶおまえのせいだ」

「救援を求めればいいじゃありませんか」とベン-アリ。「通信機はあるのです。それを使って――」

ペティは笑った。「ほかの艦との距離は光年単位なんだぞ。どうしてわれわれしかここへ来てないと思ってるんだ？　コーパスは宇宙のはずれの僻地にあるからなんだよ」

ベン-アリは黙りこんだ。納得した。もちろんだ。どんな通信手段も光速を超えることはできない。通信機にワープエンジンは備わっていない。大昔の無線機とおなじで、昔ながらの光子の波が頼りなのだ。いまから救難信号を発しても、もっとも近くにいる人類の宇宙船が探知するまでに何年もかかる――ナイトウォールや地球に届くのは何世紀もあとだ。膨大な距離で隔てられている恒星間宇宙で連絡をとりあう唯一の手段は使者だ――時空をゆがめて、星々のあいだを、数世紀ではなく数週間で航行できる、アゾスエンジンを備えた宇宙船なのだ。

ベン-アリは、だしぬけに、自分をとんでもない愚か者と、未熟な若造と感じた。

「では、救援は要請できないのですね」ベン-アリはささやいた。

ペティは笑った――冷ややかな苦い笑いだった。「われわれはここに閉じこめられたんだ。おまえの愚かさのせいでな」

ベン-アリは胸を張った。「コーパスは大規模な採鉱コロニーです。たしかに僻地ではありますが、重要な鉱山です。物資を運んできたり、アゾスを送りだしたりするために、宇宙船の行き来があるはずです」

　オシリスが進みでた。アンドロイドはラベンダー色の目をしばたたき、首をかしげると、だれにともなく話しだした。「コーパスは、もっとも近い人類が居住するコロニーから百三光年離れています。次に予定されている交易船が到着するのは二百十五日と三時間後になります」

　ベン‐アリはがっくりした。

「七ヵ月後だ」とペティ大尉。「七ヵ月間、くそスカムどもが這いまわるこの衛星で過ごさなければならないんだ。ここに閉じこめられるんだ。身動きがとれないんだ」

　ベン‐アリは身震いを抑えこんだ。「身動きがとれないわけではありません、大尉どの。解決は可能です。打つ手はまだあります」必死で考えた。この衛星上でほかの宇宙船を探知できない。救助を求めることもできない。あとは……「《ミヤリ》を修理できます」ベン‐アリは艦長のほうを向いた。「できますよね？」

　ムワラブ少佐はため息をついて顎をかいた。その低く豊かな声にはかすかなアフリカなまりがあったが、具体的にどの国のなまりかはわからなかった。「《ミヤリ》は天体に着陸するようにはつくられていない」少佐はいった。「だからシャトルを使うんだ」傾いた食堂を見まわした。「美しい船がこんな……」

「でも、また宇宙へ飛びたてるようにはできますよね？」ベン‐アリはたずねた。「修理できさえすれば」

「ふうむ、ソーラーパネルは修理不可能なほど破損しているが」とムワラブ少佐。「生命維持システムを動かせるだけの電力が電池に残っているはずだし、推進エンジンからほかのシステムに電力をまわすことも可能だ。宇宙へ飛びだせるかというと……《ミヤリ》にはA級の、最新式のアゾスエンジンが搭載されている。衛星の大気圏どころか、ブラックホールからだって脱出できる。ただし、ちょっとした問題がある——そのアゾスエンジンが、三百メートル離れた地表に転がっているんだ。それに……」表情がくもった。「何者かがエンジンに工作したんだ」

ベン‐アリは顔をしかめた。「は？　工作？」

ムワラブ少佐はうなずいた。「機関室は《ミヤリ》でもっともセキュリティが厳重になっている。当然だ。アゾスエンジンには、時空をゆがめられるほどのパワーがあるんだからな。エンジンは、神さまでもないかぎりもぎとれないほどしっかりと固定されていた」少佐はふんと鼻を鳴らした。「《ミヤリ》の船殻は、スカムの襲撃にも耐えられるだけの厚みがある。だが、ワープエンジンは、指のささくれをむくようにあっさりと船体から分離してしまった。どういうことだと思うかね、中尉？」

「わかりません」ベン‐アリは答えた。「《ミヤリ》は猛襲にさらされました。そして衛星の地表に墜落しました。その衝撃で——」

「いいや」ムワラブ少佐は首を振った。「《ミヤリ》が超新星爆発に飛びこんだとしても、機関室だけはそのまま残るはずなんだ。スカムの襲撃にしろ、衛星への墜落にしろ、船体のほかの部分が無事で、エンジンがはずれて地表へ飛びだすなどということは絶対にありえないんだ。唯一……」しかめ面になった。「唯一そんな事態になるのは、何者かが意図的にネジをすべてはずしてエンジンを船体から離しておいた場合だけだ。ついてきてくれ。見せたいものがあるんだ」

　ムワラブ少佐は食堂を出ていき、ほかの将校たちは少佐について通路を進み、はしごをおりて機関室に入った。機関室の外壁には爆発による穴があいていた。遠くの黒い丘で、ワープエンジンは暗くなっていた。ムワラブは、船殻に穴があいている箇所を身ぶりで示した。

「わかるだろう？　防護遮蔽が破れている——内側から」少佐は眉をひそめた。「ネジがなくなってるんだ。衛星の地表に墜落した衝撃で、なぜか、長さ三十センチのネジが、五十二本すべてゆるんだのでないかぎり、内部の者が工作したんだ」

「やっぱりだ！」ペティはそう叫んでベン‐アリに詰めよった。「おまえが地球から連れてきた兵士のひとりに決まってる。汚らしい不潔な地球人が、スカムとぐるになってるんだ」

ベン‐アリは体をこわばらせた。「決めつけないでください、大尉どの。だれが破壊工作をおこなったのかはまだ不明なんですから。わたしたちは――」

「おまえかもしれない！」ペティは震えている指をベン‐アリに突きつけた。「その目つきはあやしいぞ」

ベン‐アリは深呼吸をくりかえさなければならなかった。こぶしを握った両手が震えた。「それは聞き捨てにできない言いがかりですよ。濡れ衣《ぎぬ》を着せられて黙っているつもりはありませんから。この危機を生きのびたいなら、部下の将校を信じてください」ムワラブに向きなおった。「ワープドライブを修理できますか？」

ムワラブはうなりながら顎をかいた。「そうだな、エンジンを元どおりに固定し、壊れているところをなおし、溶接することはできる。だが、もうひとつ問題があるんだ。ついてきてくれ」

ベン‐アリたちは、ムワラブのあとから、コーパスの岩がむきだしになっている黒っぽい地表を歩いた。中隊の兵士たちが、周囲の丘の上で立哨していた。三つの光が宙で白い輝きを放っていた。赤い空に浮かぶランタンのようだった。一行はワープエンジンにたどり着いた――シャトルに匹敵するほどの超巨大マシンだ。

「見てのとおり、エンジンの外装にはまったく問題がない」ムワラブはエンジンを蹴った。「ほんのすり傷だ。時空のゆがみに耐えなきゃならないから頑丈にできているんだ。だが、これはただの外殻だ。エンジンの本体——ただのケースではない、実際のエンジン——は、もっとずっと小さい」ムワラブはマシンをよじのぼってなかに手をのばし、しばらく手探りをしてから、ようやく地面に飛びおりた。「これだ」

ムワラブは手を開いた。てのひらに、人間の心臓と、形も大きさもほぼおなじ、金属製の機械が載っていた。

「これがほんとうのエンジンなんですか？」ベン-アリはたずねた。

ムワラブはうなずいた。「この艦の心臓だ。このなかにアゾスが、星屑が、動力源が、魔法の素《もと》が入っている。この物質のおかげでワープ航法が可能になるんだ」ロケットを開くようにその心臓を開いた。なかには、ひとつひとつが指の爪よりも小さな、青い結晶の破片が入っていた。「アゾスが割れているんだ。ひとつの大きな結晶だったはずのアゾスが。原石加工士は、まる一年がかりで原石を、原子ひとつにいたるまで正しい形状にカットする。そうやってできあがった結晶だけが時空に影響をおよぼせるんだ。何者かが金属の心臓をあけ、この結晶をこなごなに砕いた。こうなっては使いものにならない」少佐は青いかけらを中に入れて金属の心臓を閉じると、悲しげに首を振った。「さらにいえば、犯行が実行されたのは墜落したあとだ。この心臓をとりだすには、さっきわたしがやったようにするしかない——冷えたエンジンケースによじのぼるしかないんだ。何者かが、墜落後の混乱のなかで、わたしたちよりも先に心臓を手にしたんだ」心臓を放り捨てた。心臓は地面に落ちてガシャンと音をたてた。「それを修理することはできない。アゾスという心臓がなければ、《ミヤリ》は死んだも同然だ」

ベン‐アリははっと息を呑んだ。手が銃にのびかけた。「犯人は準備万端ととのえていたのですね。《ミヤリ》が墜落するはめになった戦闘中にエンジンケースのネジをゆるめたばかりか、墜落後、ケースをあけて心臓を見つけ、なかの結晶を砕いてとどめを刺すやりかたまで知っていたのですから」顔をしかめた。「そして犯人は工作を隠蔽しようとした。スカムが犯人だと思わせようとした。指紋はもう調べられたんでしょうね」

ムワラブはうなずいた。「ああ。犯人は用心深かったようだ。指紋は検出されなかった。DNAも残っていなかった。プロの手口だ。しかも、墜落後の混乱のなか、数時間前に工作をすませたんだ」

ベン‐アリは顔をしかめた。「たしかにプロですね」

「破壊工作の手口にくわしいようだな、中尉」ペティ大尉はベン‐アリに向きなおった。唇をゆがめて笑みを浮かべた。「なるほどな。祖国を持たない下級将校が、上官をねたみ、エイリアンと組んで――」

「いい加減にしてください！」ベン‐アリは怒りを抑えきれなくなった。ペティに詰めよってにやりと笑った。「たしかにあなたのほうが階級は上ですが、いま、わたしたちは軍から切り離されているんです。これ以上、あなたのいびりに耐えるつもりはありませんから。わたしはスカムと戦いました。スカムを殺しました。人類を守るためにこの身を捧げました。だからわたしは――決して！――あなたのいわれのない非難を黙って聞いているつもりはありません。破壊工作員は見つけます。そいつがやったという動かぬ証拠をつかみます。でも、いがみあっていてはだめです。ここで生きのびるためには」

ペティは、長いあいだ、黙ってベン‐アリを見つめた。目の奥で歯車が回転しているかのようだった。とうとううなずいた――ゆっくりと、慎重に。「そうだな。破壊工作員を見つけよう。そして証拠をつかもう。裏切者を見つけたら、その女の罪を証明したら、喜んでその女の頭に弾を撃ちこんでやる」

ムワラブ少佐は居心地悪そうにもじもじしていた。そしてベン‐アリがいいかえそうとしたとき、声が聞こえた。

「この衛星には心臓がありますよ」

ベン‐アリはぎょっとして、銃を撃ちそうになった。さっと向きを変えると、すぐそばにオシリスが立っていた。ベン‐アリは、アンドロイドが近づいてきたことにまったく気づいていなかった。オシリスを見つめているムワラブとペティの表情からして、ふたりも気づいていなかったようだ。

ベン‐アリは、あらためてオシリスに不気味さを感じた。オシリスは、ベン‐アリがはじめて見たアンドロイドだった。地球に人型のロボットはない。ロボットは、話したりせず、宇宙船を溶接したり戦車を組み立てたりハンバーガーをひっくりかえしたりといった型どおりの作業をこなしているだけだ。肌が白くなめらかで、プラチナブロンドの髪をボブカットにし、瞳がラベンダー色のオシリスは〝不気味の谷〟の底にいた。わざとらしくほほえみ、すべてを見通しているような目で見つめている――その、計算高くてどことなく馬鹿にしているような目に意識が宿っているとしか思えない――オシリスは、ベン-アリの不安をかきたてるばかりだった。

ペティ大尉は笑い声をあげた。「銃をおろせ、ベン-アリ。ただのおもちゃだ。本艦でもっとも高価なおもちゃだ。おもちゃを撃たないでくれ」オシリスと向きあった。「どういうことだ？」

オシリスは笑みをさらに大きくした。「わたしのデータベースによれば、この衛星にはもうひとつ、アゾスを備えた心臓が、《ミヤリ》のエンジンに使える心臓があるのです。それはコーパスシティの下に広がっている鉱山の奥で、巨大なドリルや溶鉱炉などの、この衛星からアゾスを採掘するための機械類に電力を供給しています。鉱山からその心臓を借りて《ミヤリ》にとりつけることができれば、宇宙へ戻ることが可能です」笑みが、不気味なにやけ笑いにまで大きくなった。「鉱山の奥にもぐってそれを探すだけでいいのです」

ペティ大尉はうなずいた。「ムワラブ少佐どのには、部下とともに《ミヤリ》にとどまって修理を開始していただこう」艦長のほうを向いた。「エンジンケースを船体にとりつけなおすことは可能ですか？」

「可能だよ」とムワラブ。「それに、ほかにもやらなければならない修理がある。三、四日かかるだろう。だが、アゾスの心臓はどうしても必要だ。心臓がなければ、修理してもなんにもならない」

「その心臓はとってきます」とペティ。「わたしが中隊を率いてコーパスシティに向かいます。何キロかしか離れていませんから。ＳＯＳを発信した入植者を助けてから鉱山にもぐります。そしてその心臓を見つけます。そうしたら、この岩の塊からさっさと飛びたちましょう」

ふたりの将校とともに《ミヤリ》へ戻る途中、ベン‐アリは振りかえった。オシリスはまだ、はずれたエンジンのそばに立ってベン‐アリをじっと見つめていた。アンドロイドのラベンダー色の瞳が輝いた。そしてそのときはじめて、ベン‐アリはオシリスの瞳がスカムの毒霧とおなじ色だということに気づいた。アンドロイドはかすかにほほえみながらベン‐アリに会釈した。ベン‐アリは視線をそらした。

10

マーコたちは赤い空の下、街をめざして黒い土地を歩いていた。

中隊は墜落で隊員の三分の一を失っていた。コーパスに着陸しようとしていたシャトルに搭乗していた一個小隊が全滅した。それ以外の三個小隊——宇宙防衛軍管区《STC》の二個小隊、地球の一個小隊——も被害を受けた。ラトナ中隊の百三十三名の生存者たちは戦闘準備をととのえて荒野を行軍していた。

マーコは自分の分隊とともに、武器と装備品を持って歩いていた。歩くたびにカタカタ鳴る、水筒、弾倉、ガスマスク、懐中電灯、救急キット、アサルトライフル、ヘルメット、手榴弾、銃剣、それに戦闘糧食の詰まった箱などがずっしりと重かった。この星の重力が地球よりもやや弱いことがありがたかった。マーコの小隊には、《ミヤリ》からいくつか新しい装備品が支給されていた。ヘルメットにヘッドセットがとりつけられ、イヤホンとマイクを通じて連絡をとりあえるようになっていた。マーコはアディに、マイクをオフにしておいてくれと頼んだ。アディの息づかい——それにときおりの悪態《あくたい》——を聞きつづけるはめになっていたからだ。

二等兵が元の十四名から十二名に減ったマーコの分隊は、分隊長のディアス伍長に率いられて真っ黒ななかを進んでいた。あいかわらずくすんだ色の戦闘服を着ているほかの地球人二個分隊もすぐそばを歩いていた。全員、装塡《そうてん》した銃を構えて、スカムがあらわれたらすぐに撃てるようにしていた。

そして、コーパスにはスカムの隠れ場所がたくさんある。このあたりは峡谷や亀裂や大岩や丘や谷間や卓状台地《メサ》だらけなのだ。岩と土は黒か暗灰色《あんかいしょく》で、天の巨大ガス惑星を反射して、いたるところが赤く不気味に輝いていた。マーコは青か黒の空がちょっとでも見られないかと探しつづけたが、コーパスの数百倍というインドラニが巨大すぎた。コーパスは、馬鹿でかい頭のそばに浮かんでいる埃《ほこり》のようなものなのだ。

レイラニは分隊の反対側を歩いていた。武器と装備品にほとんど埋もれていたし、ヘルメットが鍋をかぶっているように見えた。父親の制服を着こんだ男の子のようだった。マーコはレイラニのほうに移動した。話したかった。つぐないがしたかった。ケミが来てから、一度もふたりで話していなかった。それ以来、レイラニはマーコを避けていたし、マーコはレイラニが傷ついていることを知っていた。

あれやこれやを謝りたいんだ、とマーコは考えた。きみを愛してるって伝えたいんだ、レイラニ。

　レイラニのそばまで行く前に、アディが駆けよってきて邪魔をした。

「なあ、ポエット」アディはいった。「おまえは何匹くらいスカムを殺せそうなんだ？あたしのほうがたくさん殺すからな」

「そうだろうね」マーコはアディをすり抜けようとした。

　アディは足を速めてまた邪魔をした。「おいおい、ポエット、ちょっとは気合いを入れろ！　やる気を見せろ。どっちが多く殺すか、競争するぞ」わめいた。「さあ、気合いの入った顔をしてみろ！」

　マーコはため息をついた。「アディ、ぼくは徴兵された図書館員なんだ。気合いの入った顔なんかできないよ」

「できるとも！　やってみろ。こうするんだ」アディはわめいた。威嚇の表情をつくってこぶしを突きあげた。「うおお！」

　マーコはアディが怖がっていることに気づいていた。アディはいつだって、怖いと強がるのだ。

「アディ、ビーストが、ロシア娘のほうがカナダ娘よりもスカムをたくさん殺せるっていってたぞ」

　アディは目をかっと見開いた。「なんだと？　でたらめいいやがって！」マーコのそばを離れて巨漢ロシア人に駆けよった。「おい、ビースト、このトンチキ野郎！」

中隊が彼方のコーパスシティをめざして進んでいるあいだに、マーコはようやくレイラニの横にたどり着いた。レイラニはまっすぐ前を見つめたまま歩きつづけ、マーコのほうを向かなかった。

「やあ、デラローザ」マーコは声をかけた。

「エメリー」レイラニは、あいかわらずマーコのほうを向かなかった。

マーコには伝えたいことがたくさんあった。いまも愛しているといいたかった。いまは混乱しているのだと。申しわけなく思っていると。だが、いえなかった。自分のためにやってきたケミを捨てる心の準備がまだできていなかった。この問題にとりくむ心の準備がまだできていなかった――戦争がほんの数キロ先まで迫っているいまは。だが、レイラニとの関係を修復したかった。恋人同士には戻れないとしても、友達には戻りたかった。

「コーパスの空は赤くてきれいだね」マーコは雑談をはじめるきっかけをつかもうとしたのだが、いかにもわざとらしかった。「永遠の夕焼けって感じじゃないか。地球に戻ったら、きみと――」

「話したい気分じゃないんだ」レイラニがさえぎった。

マーコはゆっくりと息を吐いた。「ねえ、レイラニ。ケミが来るなんて知らなかったんだ。きみとはいままでどおりの関係でいたいんだ。ぼくは――」

「マーコ、やめてくれ」レイラニがとうとうマーコのほうを向いた。「あんたはいい人だ。

だけど……あたしは心が壊れてるんだ。な？　あたしはあんたを傷つけるだけなんだ。あたしはこの戦争で死ぬ。それはわかってる。だから、あんたは傷つくだけなんだ。あたしは死ぬために軍に入隊したんだよ」

「そんなこといわないでくれ」マーコは首を振った。「そんなふうに決めつける必要はないんだ。ぼくはきみのなかに光を見たんだ。幸せを見たんだ。どうして――」

「ほっといてくれ」レイラニはそっぽを向いた。「もう困らせないでくれ」

　レイラニは去り、分隊の端をひとりで歩きだした。残されたマーコは孤独に打ちひしがれた。レイラニの内には激しい苦痛、深い闇があるが、マーコは彼女の異なる面も見ていた。フォート・ジェミラで、ほんの数日ではあっても、鎧のなかにいる、心優しくて愛情に満ちていて愛らしい少女を見ていた。いま、その鎧はふたたび閉ざされ、ほんとうのレイラニはその内側に隠れてしまった。レイラニのおだやかさは埋もれてしまった。現在のレイラニはマーコを傷つけるナイフだった。

　いまは任務に集中しなきゃ、とマーコは考えた。この衛星を脱出することに。いまのぼくは兵士なんだ。兵士でいなきゃならないんだ。

「見ろ！」アディが指さした。「宇宙港だ。宇宙船だ！」

　みな、示されたほうを見た。遠くに見えた。フェンスに囲まれた小さな宇宙港は、墜落して以来、はじめて目にする文明のしるしだった。中隊はそっちに向かった。マーコは、飛行可能な恒星船《スターシップ》が、この衛星を脱出する手段が見つかるかもしれない、とはかない望みをいだいた。だが、よく見えるところまで近づくと、その望みははかなく打ち砕かれた。三隻の軌道ロケットが、焼け焦げ、めちゃくちゃに壊れて倒れていた。《ミヤリ》のような恒星間宇宙船はどこにも見あたらなかった。

　中隊員は、全員、黙って見つめた。

「だれのしわざなんだ？」アディがいった。「スカムか？」

「そうに決まってる」ビーストがいった。

　兵士たちは小銃を構えたまま、ゆっくりとなかに入ってロケットの残骸のあいだを進んだ。スカムはいなかった。人間もいなかったし、死体もなかった。壊れたロケットと風に舞う埃以外はなにもなかった。古い火災の灰が見つかったが、冷えきっていた。三隻のロケットは、何年も前に壊れたのかもしれなかった。ほかに宇宙船はなかった。シャトルすらなかった。ここにこの三隻のほかに宇宙船があったとしても、とっくに飛び去っていた。

「やれやれ」エルヴィスがぼやいた。「ここに閉じこめられちまったようだな。フラガールがうじゃうじゃいる、きれいな南国のビーチに墜落したんだったらよかったのになあ」

「《ミヤリ》を修理すれば脱出できるさ」マーコはいった。

　エルヴィスはため息をついた。「修理するために必要な部品は、きっと呪われた鉱山に埋まってるんだ。そうに決まってる。バカンスに行きたいなあ」

中隊は、荒廃した宇宙港をあとに、岩がむきだしになっている地形を進んだ。マーコは前方の街に目を凝らした。

彼方にコーパスシティが見えていた。状況説明によれば、そこにはおびただしい数の人々が住んでいるはずだが、明かりは見あたらないし、音も聞こえなかった。窓明かりも、行き交う車も、ネオンサインのひらめきも見えなかった。エンジン音や発電機の作動音も聞こえず、街のほうから平原を吹き渡ってくる風の音が響いているだけだ。赤い地平線を背景にした黒い高層建築物が、血まみれの戦場に散らばる黒焦げの骸骨のあばら骨のように見えているだけだ。

マーコは身震いした。かつては美しかったのだろうが、いまやその奥底にあまたの幽霊と悪霊がひそんでいる、古いファンタジー小説の廃都を思いだしたからだ。街が近くなったとき、マーコは動きを目にとめた。街から影が、赤い空ではためきながら上昇したのだ。それはどんどん高くのぼり、ついにインドラニという渦を巻いているタペストリーの前に浮かぶ、どうにか見分けられる点になった。布切れが風に巻きあげられただけなのだろうが、マーコは、鳥が、黒いハゲワシがマーコたちが餌になるのを待ちかまえているのではないか、という懸念をぬぐいきれなかった。

中隊はそれから一時間歩きつづけて、街を囲んでいるコンクリートの壁にたどり着いた。

壁は人の背丈の数倍の高さで、てっぺんに有刺鉄線が張りめぐらされ、ところどころに監視塔が立っていた。護衛兵は見あたらなかった。懐中電灯でコンクリートを照らすと、スプレー塗料で〝地獄へようこそ〟と落書きされていた。

マーコはぞっとして、「温かい歓迎の言葉とはいえないな」とアディにささやいた。

アディも懐中電灯で壁の別の部分を照らした。「あれのほうがいいな。ほら！　キルロイだ！」

その落書きは、壁越しにこっちをのぞいている鼻が長くて禿頭の人物だった。その人物の下に、〝キルロイがここで死んだ〟と書かれていた（起源不明の落書きの定番、〝キルロイがここに来た〟のもじり）。

「かわいらしい落書きだな」マーコはいった。

中隊はさらに進んで街の正門に達した。そこには無人の監視塔が二本、立っていた。監視塔のあいだに金属棒でできている檻のような通路があった。そのトンネルには金属棒からなる回転ドアが三基設置されている。中隊は正門の前で止まって銃を構えた。ペティ大尉が無言で合図すると、じりじり近づいて止まり、凝視した。

スカムはいない。

人間もいない。

中隊は長いあいだ凝視しつづけた。風の音が聞こえるばかりだった。風は生き物のようにうめきながら街を通り抜け、回転ドアをきしませた。またも布切れがはためきながら空高く飛んだ。カラスの鳴き声のような、しゃがれた音が響いたが、風が金属をたわめただけかもしれなかった。

　ペティ大尉に見つめられていることにマーコは気づいた。イヤホンから雑音まじりのペティの声が聞こえた。

「エメリー二等兵、この門からなかに入れ。回転ドアを抜けて街を偵察しろ」

　マーコはたじろいだ。じゃあ、ぼくが炭坑のカナリアに選ばれたってわけか。拒否したかったが、ペティ大尉にさからったら、即刻、軍法会議にかけられそうだった。イチかバチか、門に入ろうと心を決めた。うなずいて、ヘルメットから突きだしているマイクに応答した。「了解しました」

「やつらのケツを蹴っ飛ばしてやれ！」アディがマーコにささやき、彼の尻を叩いて激励した。

　マーコはうめいた。「アディ、何度もいってるだろ、スカムの尻にあたる部分は胸部なんだ」

　マーコは分隊を離れ、アサルトライフルを構えながら門に向かった。弾倉は装着ずみだったし、片手を装塡《チャージング》ハンドルにかけて、いつでも弾を薬室に送りこめるようにしていた。監視塔のあいだを抜けた。砲塔が目のようにマーコを凝視していた。血の色の空の下、二匹のスフィンクスのようにマーコを裁き、とがめ、みずからの領地に歓迎していた。〝地獄へようこそ〟と落書きは告げていた。死ぬほど墓に入りたがってるってわけか。
檻のようなトンネルが前方にのびていた。獣の金属の食道を回転ドアがふさいでいる。
マーコは深呼吸をしてから回転ドアを押した。ギーッという悲鳴のような音が響いた。そのあまりの大きさに、マーコは途中で手を止めて顔をしかめた。ドアを押す手にゆっくりと力をこめた。ドアがきしんだ。生き物を、悪霊を思わせる音だった。マーコはトンネルを進んだ。左右も上も金属棒でふさがれていた。ダイバーが鮫と一緒に泳ぐときに入る檻のなかを歩いているかのようだった。銃眼がずらりと並んでいるコンクリートのトーチカが左右にあるが、やはり護衛兵の姿はない。

よくできていた。スカムが街の外に降りてきて侵入しようとしたら、左右から銃撃されるというこの試練をくぐらなければならない。だがいま、ここに兵士はいない。街は無防備だ。

第二の回転ドアを抜けたとき、またも鳥の鳴き声が聞こえた。視線を上げると、見えた！　空を飛んでる！　人ほどもある巨大な黒いハゲワシだ。頭部は人間だ。顔が赤くて目が黒い。だが、もう一度見ると、やっぱり布切れだった。風に巻きあげられた布切れは、遠くに落ちた。マーコは身震いした。ただの気のせいだった。

おちつけ、マーコ、と自分に言い聞かせた。冷静を保て。フォンジー（テレビドラマ《ハッピーデイズ》に登場する不良少年）みたいにふるまえ。

ついに第三の、そして最後の回転ドアを抜けて——地獄に入った。

マーコは顔をしかめながら前方を見つめ、銃を構えた。

もしもほんとにいるなら、空飛ぶスパゲッティ・モンスターよ、ぼくたちを助けたまえ。

コーパスシティは廃墟と化していた。窓が割れていた。一棟の建物は倒壊し、煉瓦《れんが》と金属棒の瓦礫《がれき》が二本の道路と交差点をふさいでいた。倒壊しておらず、あいかわらず天を摩《ま》している建物も多かった。百階建ての高層ビルもあったが、そうした建物の窓もみな割れていて、そこを吹き抜ける風の音が、幽霊が奏でる石の笛のようだった。街は、破壊されたというよりも荒廃しているように見えた。いうなれば、長患《ながわずら》いの末に死んで、墓場で内臓が腐ってなくなった巨人のようだった。命の気配はまったくなかった。人間はいない。スカムもいない。ハゲワシの幻すら見えなかった。だが、空は生きているようだった。インドラニは、巨大ガス惑星は、女神は、頭上で渦を巻き、うなりをあげていた。表面の嵐が、コーパスシティの廃墟を見おろしている巨大な黄色い目のようだ。マーコは突然、ぞくりとした。インドラニは、生きていて実際にマーコを凝視している、惑星ならぬ巨大生物だとしか思えなくなった。インドラニがうなり声のような言葉を発している気がしたが、なんといっているかはわからなかった。

「エメリー」イヤホンから声が聞こえて、マーコはわれに返った。「エメリー、無事か？」

ありがたいことに、チワワ大尉ではなくベン‐アリ中尉の声だった。

「だいじょうぶです、中尉どの」マーコは応答した。「人影はありません。ここから見るかぎり、建物も道路も――どこもかしこも無人のようです」

「死体はあるか？」ベン‐アリはたずねた。

「見あたりません」マーコは答えた。「とにかく、入ってきても危険はなさそうです。空気はちょっと煙たいんですが、毒霧の臭いはしません。それに死臭も」

「すぐにそっちへ向かう。その場で待て」

中隊の残りも、ひとりずつ街に入って分隊と小隊を再編成した。周囲でビルが、黒くぎざぎざにそびえているので、兵士たちがちっぽけに見えた。布切れが風に乗って暗い道を横切り、放棄された建物の看板が風できしんだ。子供用自転車が風に吹かれて走り、やがて傾いてガシャンと倒れた。

「みんな行っちまったんだ」アディがいった。「入植者たちはもういないんだ。ここはくそゴーストタウンなんだ」

ベン‐アリがアディをにらんで黙らせた。ヘルメットのマイクに話しかけた。「散開して周辺を調べろ。第一分隊はその道路を進め。第二分隊、第三分隊は――あの廃墟を調べろ」

ほかの小隊も分隊に分かれて参加した。レイヴン小隊第一分隊長のディアス伍長は、姿勢を低くし、銃を前方に向けながら走った。マーコをはじめとする分隊員は、銃口を側方に向けながら続いた。レイラニはしんがりを務め、定期的にくるりと振り向いて後方に敵がいないことを確認した。分隊は道路に達し、細長い建物のあいだを前進した。このあたりは民家なんだな、とマーコは気づいた。ずらりと並んでいる民家のなかには、窓にハロウィンの骸骨を吊りさげたままのところもあった。一軒の民家のコンクリート敷きの中庭には、蜘蛛の巣つきのつくりものの墓石まで飾られていた。

「なあ、アディ」マーコはささやいた。「どうして新しい墓場をつくりつづけてるのか知ってるかい？」

「あたしたちがスカムを殺しつづけてるからさ」アディは答えた。

マーコは首を振った。「死ぬほど墓に入りたがってるからさ」

「あたしの答えのほうがいいな」

「きみの答えじゃ意味をなさないよ」とマーコ。「スカムの死骸を墓に埋葬したりはしないからね」

「じゃあ、なんで墓が必要なんだ？」アディはたずねた。

ディアス伍長がシッとふたりをたしなめた。数軒の家の玄関を身ぶりで示した。「家のなかを調べろ。ひと班はここ、ひと班があそこ、それからあの家もだ」

分隊は、即座に三人からなる班に分かれた。マーコはアディとエルヴィスと組んだ。ちらりとレイラニの様子をうかがうと、マーコから離れたところにいる兵士たちと組んでいた。

マーコは一軒の家に近づき、ドアを蹴りあけようとしたが、ふと思いついた。ドアノブに手をのばした。施錠はされていなかった。

「あわてて出ていったみたいだな」マーコはいった。「鍵もかかってない」

「それとも、死んでるのかもな」玄関でマーコと並んで立っているアディがいった。

「臭いはしてないぞ」とエルヴィス。「死体は臭うもんだ。たしかめよう」

三人は、いつスカムが飛びかかってきても撃てるように銃を構えたまま、その家に飛びこんだ。スカムはいなかった。懐中電灯で照らしたが、異常はなかった。家具と子供の人形と空っぽのベビーベッドがあった。汚れた皿がシンクのなかに置きっぱなしになっていた。人間はいない。スカムもいない。

二階からきしみが聞こえた。

三人の兵士は同時に銃を構えた。

三人は動かなかった。音はもう聞こえなかった。

マーコが二階を指さすと、ふたりはうなずいた。

マーコは小銃を構えたまま、足音を忍ばせて階段をのぼった。影が、悪霊のように周囲で踊った。うしろから階段をのぼっているエルヴィスとアディの懐中電灯の光が、マーコの懐中電灯の光に加わっていた。

またきしみが響いた。

マーコは一瞬、動きを止めてから深々と息を吸った。弾を装塡し、安全装置《セフティ》を解除し、引き金に指をかけた。二階の廊下に達した。廊下には三枚のドアがあった。前方から、ぜいぜいと息をする音が聞こえていた。人間ではない。

スカムだ、とマーコは考えた。

じりじりと前進して最初の部屋の前で止まり、銃を構えたまま飛びこんだ。なにもいない。空っぽの乱れたベッドがあるだけだ。

待て。

棚にすわっている人影がある――人間の子供だ！ マーコは鼓動が速くなるのを感じた。そして、懐中電灯をその人影に向けると、人形がいきなり機械的な笑いを発した。

「くそっ、ここはお化け屋敷か」アディはそうつぶやいて銃を人形に向けた。マーコはアディの銃口を押し下げて首を振った。

三人はその部屋を出て廊下を進み、次のドアに近づいた。また聞こえた。ぜいぜいという小さな音が。床をひっかく音も聞こえる。鉤爪だ。

マーコはアディとエルヴィスを見た。ふたりはマーコと目をあわせてうなずいた。三人が同時にその部屋に突入した。

「死ね、スカム！」アディはそう叫んで……動きを止めた。

犬が吠えた。短い尻尾をのばしている。ブルドッグのように鼻が短いが、小さいので、ボストンテリアかフレンチブルドッグだろう。

「だからぜいぜいいう声が聞こえたんだな」マーコはいって銃口を下げた。犬が近づいてきてマーコの指をなめた。

三人は犬を連れてその家を出ると、通りで分隊と合流した。

「なにもありませんでした」とほかの家から出てきたビーストが報告した。「皿がテーブルに起きっぱなしでした。オーブンのなかにまだ料理がありました。だれもいませんでした。死体もありませんでした」

ほかの班の報告も似たようなものだった。小隊は、さらに何軒かの家を調べながら通りを進んだが、どこもおなじだった。死体はない。スカムもいない。

とうとう、ある家で――

「血だ」とマーコがいってかがみこんだ。懐中電灯で照らしたタイルは血で汚れていた。

「古い血痕だな」

ある班は、ほかの家の壁で血痕を発見した。ある商店には争った形跡もあった。棚が倒れ、壁に弾痕が残り、レジに血痕があったのだ。だが、やはり――人間のものにしろ、スカムのものにしろ、死体はなかった。

小隊は道を引き返して街の正門に戻り、中隊に合流した。

「あのビルとあのビルを調べました」ほかの小隊が報告した。「暴力の形跡はありましたが、死体はありませんでした。生存者も見つかりませんでした」

もう一個の小隊の報告も似たようなものだった。血痕が何カ所か。弾痕がひとつ。死体はなく、生存者もいない。

将校たちが集まって協議しているあいだ、徴募兵たちは待機していた。なにかがマーコの脚をひっぱった。見ると、ボストンテリアがついてきていたので、マーコは顔をほころばせた。しゃがんで犬をなでた。

「どこでその犬を見つけたんだ？」シン軍曹がたずねた。

「一軒の家のなかです、指揮官どの」マーコは答えた。「見つかった命あるものはこいつだけです」犬の耳のうしろをかいてやった。「こいつが話せたらいいんですが」

シン軍曹もしゃがんで犬の頭をなでた。目がおだやかになっていた。「かわいそうに。おまけに尻尾がなくなってる」

アディも犬の頭をなでた。「尻尾がなくなってるから、〝切り株《スタンピー》〟軍曹でいいな。小隊のマスコットにしよう」

「二等兵なんじゃないのか？」真っ黒な顎ひげを生やしているシン軍曹はほほえんだ。

アディは首を振った。「それじゃだめですよ、指揮官どの。それじゃ……ポエット、言葉の頭の音をそろえるのをなんていうんだっけ？」

「頭韻《アリタレーション》だね」マーコは教えた。

アディはうなずいた。「そう、それだ。二等兵《プライベート》じゃ、抹消《オブリタレーション》にならないんです。だから軍曹《サージェント》スタンピーじゃなきゃだめなんです。すみませんね、シン軍曹どの。だけど、おかげでこいつは軍曹どのと似たような響きの名前になるんですよ」

イヤホンが発した雑音が会話をさえぎった。全員の耳にベン-アリの声が響いた。

「街の奥へ進んで調査を続ける」と中尉。「全員、銃に弾倉を装着しておけ。スカムを見たら、ただちに発砲しろ。生存者を発見したら、ただちに分隊長に報告しろ」

兵士たちは街の奥へ進んで大規模な工業団地に到達した。十階建てで窓がない金属製の壁のりっぱな工場が建ち並んでいた。煙突から煙は上がっていない。工場の壁には、みずからの尾を食べている蛇の大きなロゴ描かれていた。マークの下に、〝練金《クリソペイア》社〟という社名が入っている。

ベン-アリに率いられたレイヴン小隊が一棟の工場に入ると、天井の高い屋内には、停止している発電機と事務室と組み立てラインが並んでいた。小隊は工場内の金属製の階段をのぼったが、あいかわらずだれも発見できなかった。

「血痕はほんのちょっとしか見つかってない」マーコと並んで歩いているアディがいった。

「戦闘があったんなら、もっとずっと大量の血痕が見つかるはずだ。でもところどころに血痕があるだけなんだから、何千人も死んだはずはない。死んだとしても何人かだろう。その死体は片づけられたんだ」

「じゃあ、ほかのみんなはどこへ行ったんだ？」マーコはたずねた。

「住人は、きっとなにかにびびったんだろう。それで街から逃げだしたんだ。あの救難信号を送ったあと、あたしたちが来るのを待たずに宇宙船で飛びたったんだ」通路から機械類が並んでいる下へ、ぺっとつばを吐いた。「ここはゴーストタウンなんだよ。どう見たってそうだ。スカムも行っちまったのさ」

小隊はその工場をあとにして街のさらに奥へと向かった。両脇に並ぶ高層建築の窓は暗かった。街の広場に、教会並みに高い、馬鹿でかい像があった。みずからの尾を食っている蛇の像だ。マーコはそのシンボルマークを知っていた。

「クリソペイア社か」マーコはつぶやいた。「またか。なんだか聞きおぼえがある会社名だな」

「そりゃ、聞きおぼえがあるだろうさ」アディがいった。「あたしの親父が勤めてた会社なんだから」

マーコは顔をしかめた。「きみのおとうさんはトラック運転手だったじゃないか」

「そうさ。親父はトラックでなにを運んでたと思ってるんだ？　クリソペイアが地面から掘りだしたものを運んでたんだ。クリソペイアは巨大複合企業体《コングロマリット》なんだよ、ポエット。本の虫のおまえなら、意味がわかるよな。クリソペイアは世界で指折りの大企業だけど、本を出版してないし、亀も売ってないから、おまえは気がついてなかったんだ」

マーコは蛇の像に近づいた。はるか上にある目が、みずからの尾を食らう忌まわしい喜びで輝いているように思えた。マーコは、クリソペイア社についてはほとんどなにも知らなかったが、その蛇なら知っていた。循環性を象徴する伝説上の怪物、ウロボロスだ。ウロボロスには、人類防衛軍《HDF》のシンボルマークになっているフェニックスとの共通点が多い。どちらも、永続的な循環の始点であり終点でもある動物なのだ。どちらも、たぶん、人類の荒廃からの再生を象徴している。

つまり、これって、人類はふたたび失墜することを運命づけられていることを意味してるんだろうか、とマーコは考えた。

ウロボロス像の台座のなにかがマーコの目を惹いた。マーコは歩みよって懐中電灯で照らした。顔をしかめて身を乗りだした。

「なんなんだ？」

懐中電灯の光のなかに骸骨が見えた。そしてマーコは息を呑《の》み、懐中電灯を落としそうになりながらあとずさった。

「ポエット？」アディが駆けつけてきた。小隊のほかの兵士たちも続いた。全員が、像の下にある骸骨を懐中電灯で照らした。

「くそっ」アディがつぶやいた。

レイラニが目を見開いた。「なんだ、あれは?」

「先天性異常だ」エルヴィスはひるんでいた。

「エイリアンか?」とビースト。「スカムじゃないな」

小隊の全員がそれを囲んで見つめていた。そのひとりのマーコは吐き気を催していた。たしかにスカムではなかったが、人間でもなかった。少なくとも、完全には人間ではなかった。脚と肋骨と頭蓋骨は充分に人間だったが、その骸骨には、先端が手ではなく剣のような鉤爪になっている腕が六本あった。頭蓋骨の顎が開いているため、風が吹きこんで、骸骨が苦悶のうめきを発しているような音がしていた。

「ここでなにがあったんだ?」マーコはささやきながら戦友たちを見まわした。

青ざめた顔が、無言でマーコを見つめかえした。アディまで黙ったままだった。吐きそうになっている者も何人かいたし、全員が慄然としていた。ひとりを除いて。オシリスは、ラベンダー色の瞳をきらめかせながらマーコを見つめてほほえんだ。

11

夜になった。インドラニの真っ赤だった表面が深紅《しんく》になり、茶色になり、とうとう真っ暗になって見えなくなった。その下の暗い街で、兵士たちが照明弾を三発打ちあげた。光球が、高層建築群の上に三個の月のごとく浮かんで、廃墟を不気味な白光で照らした。気温ががくんと下がった。

「こういう寒い日は歯のエナメル質が減るんだ」マーコはエルヴィスにいった。「歯がカタカタ鳴っちゃうからな」

「歯なんか知ったことか」エルヴィスはぼやいた。「タマが凍りかけてるよ」

「あたしのもだ」アディはいった。「あたしにはタマなんかないってのに」身震いした。

スタンピー軍曹が哀れな尾を振って身を震わせた。

「静かにしろ」ディアス伍長が振り向いて叱った。分隊長はきびしい目つきで銃を構えていたが、唇がほんのかすかにゆるんでいた。おかしな話だが、マーコはフォート・ジェミラが壊滅したことをほとんど喜んでいた。そのおかげでディアスが、新兵の訓練教官をやめ、マーコとともに宇宙へ来てくれているからだ。歴戦の戦士が闇のなかで一緒にいてくれて心強かった。ディアスはアパラチアという地獄を生きのびた。ここでも、どうすればいいのかを心得ているはずだった。

兵士たちは黙って伍長に続いた。そして伍長はベン‐アリ中尉に続いて暗い街を進んだ。スタンピーが、切り株のような尾を振りながらその脇を歩いた。中隊員たちの懐中電灯が放つ百本もの光の筋が動いていた。工場や倉庫や精錬所の壁が周囲にそびえていた。黒い煉瓦《れんが》壁は威圧的だった。壁には金属の配管と排気口とぴたりと静止している換気扇が設置されていた。部隊は金属の峡谷を進んだ。風が悲鳴をあげた。そしてマーコの脳裏には、あの頭が人間のハゲワシが、あの手が刃になっている六本腕の骸骨が、兵士たちにまじって死んだ目で彼を見つめている青白く輝く笑顔が浮かびつづけた。

何者かが宇宙船で破壊工作をおこなったんだ、とマーコは考え、ベン‐アリの警告を思いだした。周囲を見まわした。なじみ深い顔が多かったが、ほとんど知らない兵士も大勢いた。ひょっとしたら、ペティが、レイヴン小隊憎しのあまり、わざとこの任務をぶち壊したんだろうか？　スカムがオシリスのプログラミングをハッキングして、人間に背かせたんだろうか？　それとも、みんなただのパラノイア、頭の上の巨大ガス惑星からしたたり落ちてきている妄想なんだろうか？

金属と煉瓦の峡谷を歩きながら、マーコはケミを探したが、見えるのは人影と懐中電灯の光ばかりで顔は判別できなかった。この星に来てから、ケミとはほとんど話していなかった。レイラニとの短かった恋がおそらく終わったいま、ケミまで失いたくなかった。愛情でも友情でかまわないが、とにかく人生から彼女の存在が消えてほしくなかったのだ。人類防衛軍《HDF》の兵士の平均寿命は長くない。このコーパスかほかの星で死ぬのなら、ケミとは友達のままで死にたかった。

だが、ケミは見つからなかった。そして、闇のなかで、夢の記憶がよみがえってきた。広漠たる岩の平原。何千匹ものスカムが襲ってくる。毎晩のようにその夢にうなされていたので、マーコはしだいに、予知夢ではないかと考えるようになっていた。ぼくはあそこで死ぬんじゃないのか？　あの場所がここ、コーパスにあるんじゃないのか？

夜になって、中隊は倉庫を発見した。なかに入ると、広い倉庫内に、放置されたブルドーザーと大砲並みの大きさのドリルがずらりと並んでいた。

ペティ大尉の声が全兵士のイヤホンに流れた。

「野営の準備をはじめろ。小隊長の前に整列して点呼を受けたら、十五分交替で各自の小隊の周囲を巡回警備しろ」

レイヴン小隊はベン-アリ中尉の前に集合し、班に分かれた。ベン-アリが点呼をとった。「エメリー！　レイ！　リンデン！　デラローザ！」

点呼が続くあいだ、マーコは前にいるケミを見つめた。ケミは、士官候補生の白い制服姿のまま、黙って中尉のうしろに立っていた。ケミは一瞬、マーコと視線をあわせたが、無表情で目をそらした。

ごめんよ、ケミ、とマーコは心のなかで謝った。ケミと話したかったが、どうすればいいかわからなかった。

「ロレンゾネッリ！」ベン-アリが呼んだ。「ロレンゾネッリ二等兵！」答えはなかった。

「だれか、ロレンゾネッリを見なかったか？」

小隊の兵士たちは左右を見た。マーコは、ロレンゾネッリが《ミヤリ》に搭乗する直前に小隊に加わった兵士なのを思いだした――いつも笑顔の、すらっと背の高い青年だった。ベン-アリは顔をしかめてヘルメットのマイクに話しかけた。「一名、行方が不明です。エンジオ・ロレンゾネッリ二等兵です」

ほかの小隊の将校たちがやってきてベン-アリと小声で話しあった。ほかの小隊にも行方不明者が出ているようだった。中隊全体で五名がいなくなっていた。その五名の氏名がふたたび呼ばれた。答えはなかった。ここへ来たとき、中隊には百三十三名の兵士がいた。点呼の結果、五名減っていることが明らかになったのだ。

「おれが捜索隊を指揮する」とディアス伍長がいった。「その捜索隊への志願者が何名か必要だ」

中隊の兵士全員が即座に挙手した。ディアスが選んだのは、マーコが知らない四人の兵士と……ケミだった。士官候補生が伍長のもとへ歩いていくとき、マーコはまた目をあわせようとしたが、ケミは彼のほうを見なかった。

「気をつけて」とマーコは夜の闇へと出ていく五人に声をかけた。

ほかの兵士たちは洞窟じみた倉庫のなかにとどまった。懐中電灯の光に浮かびあがっているブルドーザーとドリルは眠れるドラゴンのようだった。兵士たちは床に腰をおろし、エナジーバーと、プラスチック包装された灰色のペーストと、油漬けのツナ缶と、べとつくシート状のドライフルーツからなる冷たくて味気ない戦闘糧食を食べた。スタンピー軍曹は兵士たちのあいだをまわって食べ物をめぐんでもらい、それから鼻息と寝息を盛大にたてながら寝た。何分たっても、何時間たっても、捜索隊からの連絡はなかった。

「なにがあったんだと思う？」アディがたずねた。

「スカムにやられたんだ」とエルヴィス。「スカムに決まってる」

「あの六本腕の怪物の仲間かもしれないぞ」とアディ。「あの正体不明の怪物の」

エルヴィスは身震いした。「あれは突然変異した人間かもしれないぞ。鉱山作業員が放射性物質を掘りだして、そのせいで突然変異が起きたのかもしれない」つかのま考えこんだ。「突然変異すると、スーパーパワーがつくのかもな。自分につくとしたら、どんなスーパーパワーがいい？」

「あたしにはもう、超絶的な力の強さがある」とアディ。「それに超絶的な頭のよさも。

だから、心を読めるスーパーパワーがいいな。そうすりゃ、マーコがいつもどんなカワイコちゃんのことを考えてるかがわかる」

マーコはうめいて、「じゃあ、ぼくがいまなにを考えてるかをあててくれよ」というと、立ちあがって歩きだし、アディとエルヴィスを暗がりのなかに置き去りにした。

戦車並みに巨大な数台のドリルマシンの横を通って裏口を見つけ、裏通りに出た。暗くて人目につかない場所を見つけて立ち小便をした。軍隊生活では、敵に備えて警戒している時間よりも、用を足すための――便所のこともあるが、ただの裏通りや地面に掘った穴のほうが多い――場所を探している時間のほうが長い。敵と戦うだけが戦争ではない。それよりも、寝る場所や、食べ物や、水や、用を足す場所といった、生きるために必要な手段の確保に努めている時間のほうが長いのだ。膀胱が空になると、マーコは倉庫に戻った。機械のあいだを通って中隊に戻ろうとしているとき、かすかな泣き声に気づいた。

そっちに向かったマーコは、あやうく暗い塊につまずきそうになった。しゃがんで懐中電灯で照らした。

「レイラニ？」

レイラニは、大木並みの大きさのドリルとキャタピラ走行のブルドーザーのあいだの床に寝ていた。レイラニは転がってマーコから離れた。

「ほっといて」

マーコは、レイラニの望みを尊重したいという気持ちと、彼女をなぐさめたいという気持ちのあいだで引き裂かれてつかのま迷った。結局、正しい選択なのかどうか自信が持てないまま、レイラニの横で片膝をついた。

「だいじょうぶかい？」おだやかにたずねた。「いま話せる？　ぼくにできることはあるかい？」

レイラニはごろりとマーコに背を向けた。銃を胸にかかえていた。銃口が顎の下についていた。「ない」

マーコはおずおずと、拒まれたらすぐにひっこめるつもりでレイラニの腰に手をあてた。レイラニは動かなかった。マーコはレイラニの隣に横たわった。

「だいじょうぶかい？」とたずねた。「ケミのせいなのかい？　レイラニ、ぼくは本気なんだ。きみとのあいだに起きたことは、ぼくにとって大切な出来事だったんだ」腰に置いた手をわずかにおろした。「きみは、ケミの代わりなんかじゃなかった。愛してるっていったのは嘘なんかじゃない。ぼくはきみを愛してるんだ、レイラニ。だからきみを傷つけたくないんだ」

レイラニが、マーコに背を向けたまま、低い声で答えた。「だけど、あたしはもう傷ついてる。あんたには治せないほどひどく傷ついてるんだ、マーコ。ケミのせいで傷ついたんじゃない。あんたのせいでもない。あたしは最初から壊れてるんだ」

「きっと治るさ」マーコはいった。

レイラニは上体を起こした。目が真っ赤だった。「マーコ、あんたも大変だったのは知ってる。あんたは目の前でかあさんを殺された。小さいときからスカムから逃げて防空壕に飛びこんでた。だけどとうさんに愛されて育った。屋根のあるところで暮らしてた。テーブルに食べ物があった。あんたのことを好きな友達がいた。教育を受けられた」目に涙がこみあげた。「あたしにはなんにもなかった。ホームレスの売春婦だったかあさんは、十三歳であたしを生んで十年後に死んだ。あたしはごみ箱を、ときには山みたいに大きなごみ捨て場をあさって育った。腐った肉を食って熱を出したこともあった。新聞を盗んでひとりで読み書きを覚えた。ほかの子供たちがドラッグを盗んでるあいだに、汚い裏通りで勉強したんだ。だからいまでも、あたしのなかのなにかが壊れたままなんだ。なにかがおかしいんだ。心のなかに、人間ですらないなにかがいるんだ。あたしは、いつも死にたいと思ってるんだよ、マーコ。いつだって、銃をくわえて引き金をひきたい、あたしのなかでわめきつづけてる悪霊を殺したいと思ってるんだ。あたしがケミのことを気にしてるって？」首を振った。「悪霊を黙らせたいだけさ。あたしだって治りたい。だけど無理なんだ。無理なんだよ、マーコ。あたしは壊れすぎてるんだ。もう手遅れなんだよ」

マーコはレイラニの手を握って、「それなら、壊れたままぼくといればいい」とささやいた。「痛みが強くなったとき、きみを抱きしめさせてくれ。ぼくにはきみを治せないのかもしれない。だけど、つらいとき、ほんのちょっぴり、なぐさめられるかもしれない。ぼくの愛で、きみに多少の喜びを感じさせられるかもしれない。きみの人生をそれでも意味があるものにできるかもしれない。きみを失いたくないんだ。きみを愛してるんだよ」

「あたしもあんたを愛してる」レイラニはそうささやいて、頭をマーコの肩に載せた。

「あたしがこんなでごめんね。あたしはあんたにふさわしくない。それはわかってるんだ」

「謝ることなんかないよ」マーコはレイラニの丸刈りの頭をなで、そのやわらかさに驚いた。

「あんたにとって、あたしはどんな存在になれる？」レイラニはいった。「あたしたちがこの戦争を生きのびられたとして、あたしになにができる？　あたしはあんたの奥さんにはなれない。あんたの子供の母親にはなれない。壊れすぎてて、この世に新しい命を生みだせないんだ。赤ちゃんにあたしの闇を受け継がせたくないんだ。毎晩、悪夢にうなされて目覚めるイカれた母親になりたくないんだ。あたしはあんたを傷つけるだけなんだよ、マーコ。放っておいてくれ。あたしを見捨ててくれ。あたしのために苦しまないでくれ」

「苦しくなんかないんだよ」マーコはレイラニの頬をなでた。「未来がどうなるかはわからない。ぼくたちが、あとどれだけ生きられるかはわからない。だけど、いま、ぼくたちは、きみとぼくはここにいるんだ。いま、ぼくはきみのそばにいたいんだ。こうしてきみを抱いていたいんだ。ふたりでいたいんだ。いさせてくれるかい？　明日の話はやめよう。きょうの話だけをしよう」

　レイラニはうなずいて目をつぶり、頬をマーコの胸にもたせかけた。ふたりはそのまま床に横たわり、やがてレイラニはマーコに抱かれたまま寝入った。

　一時間後、ひょっとしたら二時間後、マーコは閉じたまぶたを照らされて目を覚ました。目をしばたたきながらまぶたをあけると、レイラニを抱いたままだった。そして、ケミがかたわらに立ってマーコを見おろしていた。

　マーコは黙ったまま見上げた。なんといっていいかわからなかった。

「あなたの番よ」ケミがいった。「あなたが倉庫を巡回警備する番よ」

　マーコはうなずくと、レイラニをそっと放して立ちあがった。「捜索隊は――きみたちはなにかを発見したのかい？」

　ケミは首を振って、「なにも見つからなかった。五人は行方不明のままよ。さあ、歩哨をはじめて」というと向きを変え、あっさりと暗がりへ消えた。

　マーコはレイラニを見おろした。床に寝ているレイラニは目をあけてマーコを見ていた。すぐに目をつぶって、また寝入った。マーコは冷えびえとしてうつろな気分で銃のストラップを調節し、夜へと進みでた。凍てつくような夜風に吹かれ、記憶の叫びを聞きながら倉庫の周囲をパトロールしているうちに時間の感覚がなくなった。だが、ここにも、この地獄にもなぐさめはあった。レイラニを抱いていた記憶があった。それが闇のなかの光になっていた。

12

夜明けは雪のなかの死体のように赤くて冷たかった。中隊は灰色の煉瓦《れんが》と黒い金属からなる峡谷にも似た倉庫の前で集合した。天ではインドラニがのしかかるように広がっていた。この朝、巨大ガス惑星の端から、薄い雲でおおわれている淡い灰色のほんとうの空がのぞいていた。マーコは小銃を持ち、手榴弾と弾倉をベルトから下げて所属分隊とともに立っていた。中隊は細い道に広がっていた。前方では、ペティ大尉が冷えきった発電機の上に立っていた。大尉の背後の倉庫の壁には大きな黒いウロボロスが描かれている。蛇の上の煉瓦に、〝練金《クリソペイア》社は星々への道を切り開きます〟という金属製の文字がボルト留めされている。

「昨晩」ペティ大尉がいった。「五名の兵士が行方不明になった。本日は、最低でも分隊単位で行動するように。小便をするときもひとりきりにはなるな。疑わしいもの――あるいは人物――を見逃さないようにしろ。異常に気づいたら、悪い予感がしただけでも、ただちに分隊長に報告しろ」

兵士たちは顔を見合わせた。いまでは全員が、《ミヤリ》で破壊工作がおこなわれたという噂を聞いていた。そして全員に、お気に入りの容疑者がいるらしかった。何人かの兵士はオシリスのほうを見て人工生命についてささやきあっていた。地球人についてつぶやいている者もいた。マーコのほうを見ている兵士まで何人かいた。マーコは、そいつらを敢然とにらみかえした。

ペティ大尉は話しつづけた。「三名の兵士に、この街に残って行方不明者の捜索を続けてもらう。残りはこれより鉱山に入る。鉱山は地下深くに広がっているが、オシリスのメモリバンクにマップがある。われわれは入植者の生き残りも探すが、それ以上に重要なのは新しいアゾスエンジンだ」《ミヤリ》のアゾスがこなごなになった心臓を掲げた。「探すのはこのような形のものだ。結晶が入っている金属の心臓だ。それは、鉱山の最下層で街全体に電力を供給しているはずだ。鉱山で新しいアゾスの心臓を見つければ《ミヤリ》を修理できる。家へ帰れるんだ。心臓を発見した者は即時昇進させる」

アディは息を呑《の》んで、「少尉になれるんだ！」とマーコにささやいた。

マーコはうめいた。「昇進したって将校にはなれないよ。伍長にはなれるだろうけど、将校にはなれないのさ。それだってスタンピー軍曹のほうがまだ階級が上だ」マーコは片膝をついて小隊の新しいマスコット、ボストンテリアをなでた。犬は切り株のような尻尾を振った。

「じゃあ、アゾスの心臓を二個見つけなきゃな」とアディ。「そうしたら、チワワとおなじ大尉にしてくれるだろうさ」

　中隊は赤い光のもとで街を進み、とうとう、輪になっている蛇の形をした石造りの門にたどり着いた。マーコは、門の先に、真っ暗な地下へと続く階段があることに気づいた。

「クリソペイア社は」マーコはつぶやいた。「煉獄《れんごく》への道を切り開きます」

「クリソペイア社は」とアディ。「二〇四七年以来、地獄への門を開いています」

「クリソペイア社は」エルヴィスも歩いてきて加わった。「あまりにうまいので自分で自分を食ってる蛇を焼いています」

　ベン－アリ中尉がやってきたので、兵士たちは指揮官のまわりに集合した。「レイヴン小隊が先鋒を務める」とベン－アリが告げた。「懐中電灯をヘルメットにつけろ。ただちに銃を撃てるように両手をあけておけ。弾倉を装着しろ。ただし、弾を薬室に装填《そうてん》して、安全装置《セフティ》を解除するのは危険が迫ってからだ。各分隊は密集陣形をとれ。質問はあるか？」

「あの六本腕のやつはなんだったんでありますか、中尉どの？」エルヴィスがたずねた。

「不明だ」とベン－アリ。「地下で答えがわかるかもしれん」

「地下にはスカムがいるのでありますか、中尉どの？」別の兵士が質問した。

「不明だ」とベン－アリ。「だが、警戒は怠るな。万が一に備えろ。地下で敵と遭遇したら、おまえたちが勇敢に戦うことはわかっている。勝利することは。敵を撃滅することは。闇のなかで戦友を気づかえ。分隊長の命令に従え。おまえたちはいい兵士だ。わたしはおまえたちひとりひとりを誇りに思っている。これから地下で、宇宙防衛軍管区《STC》のやつらにおまえたちの価値を見せつけてやれ。地球のために！」

「地球のために！」小隊員たちは銃を掲げながら唱和した。

地球のために、とマーコは内心で唱えた。それに友人たちのために。家族のために。人類のために。本でいっぱいの図書館と本を書くというぼくの夢のために。小さくなって消えた、あの薄青い点のために。地球のために。

小隊は蛇の形をした門をくぐって闇へと踏みこんだ。階段は下へと続いていて、懐中電灯の光も暗闇を貫き通すことはできなかった。プラズマ銃を構えたベン-アリ中尉が先頭に立ち、中尉の肩の先に小銃を向けているマーコがそのうしろに続いた。地球のヘルメットには伸縮性のあるネットが張ってあって、迷彩のための葉や枝を差せるようになっている。この夜、マーコはそのネットで懐中電灯を固定してまにあわせの鉱山作業員用ヘルメットにし、両手で銃を扱えるようにしていた。うしろからほかの小隊員たちがついてきているのが音でわかった。そしてスタンピー軍曹がマーコの横を歩いていた。兵士のひとりがボストンテリアに、軍曹の階級章までついている小さな制服をつくって着せていた。

数百段で階段は終わった。金属製ドアが掘りっぱなしの石壁に設けられていた。ドアの横に操作パネルがあった。

ベン－アリが操作パネルに歩みよっていくつかボタンを押した。反応はなかった。

「ここにも電気は来てないな」中尉はプラズマ銃に銃剣をとりつけ、金属ドアのあいだに差しこんだ。「エメリー、手伝ってくれ」

マーコもベルトから銃剣をとって小銃につけ、ドアのあいだに押しこんだ。マーコとベン－アリがしばらく力をこめていると、ついに指を入れられるだけの隙間があいた。ふたりは左右のドアに指をかけてひっぱり、最後まで開いた。マーコはめまいに襲われ、脚がふらついた。うしろに立っていたアディがズボンの尻をつかんで押さえた。

「ふう」マーコはいった。「高いところは得意じゃないんだ」

「宇宙防衛軍管区《STC》に向いてるな」アディは評した。

ドアの向こうは、底が闇に沈んでいて見通せない縦坑だった。二本の、ひとつの環が手ほどもある太い鎖が、金属の巨人の喉にある声帯のごとく縦坑に垂れていた。

「これはエレベーターシャフトですね、中尉どの」マーコはベン－アリにいった。

アディがうしろから手をのばしてマーコの髪をくしゃくしゃにした。「ほらね、こいつは天才なんです。次はきっと、ここは鉱山だってことを突きとめますよ」

マーコはアディをにらんだ。「うるさいぞ、アディ。灰皿《アッシュ・トレイ》のことをアス・トレイだと思ってたくせに」

「尻皿《アス・トレイ》であってる！」アディはむっとした。「なにしろ、バット（〝吸い殻〟という意味も〝尻〟という意味もある）を捨てる皿《トレイ》なんだからな」

ベン－アリ中尉が手をのばして鎖の一本をつかんだ。踵《かかと》だけをトンネルに残して縦坑に身を乗りだした。「ふざけてないで手伝ってくれ」

マーコは背筋に悪寒が走るのを覚えた。手をのばして鎖をつかむどころか、縦坑を見おろすこともできなかった。だが、ここでひるんだら、永遠にアディに馬鹿にされつづけるのはわかっていた。

「アディ、手をつないでてくれ」マーコは頼んだ。

アディは眉毛をぴくぴくさせた。「ロマンチックだな！」

「黙れって」

マーコはアディの手をつかみながら縦坑の端から身を乗りだし、鎖をつかんだ。アディに支えてもらいながら暗闇をちらりと見おろしたときはめまいがした。急いで鎖をひっぱった。鎖はとんでもなく重かった。ビーストとアディにも手伝ってもらってすこしずつ鎖をたぐり寄せた。

ようやく、なにかが縦坑をのぼってくるのが見えた。マーコは突然、闇から怪物が上がってくるのだと確信した。原始生物が、金属的なきしみのような声をあげ、歯を嚙み鳴らしながら地の底からのぼってくるのだと。

かごだ、と懐中電灯の光を下に向けていたマーコは気づいた。エレベーターのかごだ。ドアの位置まで到達すると、目に見えない自動ブレーキが鎖にかかって、かごは落ちなくなった。兵士たちは懐中電灯でなかを照らした。エレベーターのかごの大きさはごくふつうだが、一面の壁に金属製のウインチハンドルがついている。それに、床の上に……

「なんだ……これは？」マーコがいった。

マーコは腰をかがめ、かごのなかに手をのばしてその塊をつかみあげた。湿り気があってやわらかく、肌のような感触だ。拾いあげて、トンネルに立ったまま、まじまじと見つめて顔をしかめた。

「うげっ」アディが嫌悪の声を発した。「でっかい睾丸だな」

マーコは首を振った。「いや。そうじゃないと思うな」吐き気がこみあげて身震いした。マーコが手に持っている塊は、大きさがモルモットほどで、人間の肌そっくりの皮膚で包まれていた。ほくろがあるし、さらには毛が房になって生えているが、手足はないし、顔も、穴もない。いうならば皮膚でくるまれた小さな枕のようだったが、それはマーコの手のなかで震えていた。

「生きてるみたいだ」マーコはいった。「アディ、持ってみろよ」

アディは首を振った。「やなこった」

マーコの手のなかで、それがぶるっと震えた。「ここはいったいどうなってるんだ？」

「毛のないトリブル（《スター・トレック》シリーズに登場する毛むくじゃらの架空生物）かもしれないぞ」アディはいった。

「持っていこう」ベン‐アリはそういって背嚢《はいのう》をあけた。「エメリー、これで包んでここに入れろ。艦に戻ってから調べる」

マーコはその生き物——生き物かどうかはわからなかったが——をベン‐アリのタオルで包んで彼女の背嚢に入れた。

「〝肌《スキニー》〟軍曹と名づけよう」アディがいった。

「いい加減にしろ」ベン‐アリはそういうと、低い声で通信機に話しかけてうなずいた。

「了解しました。鉱山に降ります」数名の兵士を指名した。「エメリー。リンデン。デラローザ。アバシ。ディアス。一緒に行くぞ。まずわれわれが降りるから、ほかの者はエレベーターのかごを引き上げて、あとに続け」

中尉はかごに乗りこみ、マーコたちも続いた。ぎゅうぎゅうになった。銃同士がぶつかってカチャカチャ鳴り、肘同士があたった。レイラニの背中がマーコに密着し、彼女のヘルメットのてっぺんが彼の顎をかすめた。並んで立っているケミは、かたくなに目をあわせようとしなかった。ディアス伍長とベン‐アリ中尉が壁のウインチをつかんで力をこめた。ハンドルがきしんでさびが飛び、鎖がカチカチと音をたてた。かごが徐々に縦坑を下降しはじめた。

まもなく、マーコの懐中電灯の光に、縦坑の壁に記された〝三メートル〟という文字が浮かびあがった。エレベーターは下降しつづけた。やがて、壁にまた、〝六メートル〟という表示があらわれた。ベン-アリとディアスはウインチをまわしつづけた。下降するにつれて気温が下がったし、どういうわけか、ますます暗くなったように思えた。懐中電灯の光では闇を押しかえせないほど暗くなったように。上にいる中隊がたてている音はもはや聞こえず、鎖のきしみと自分たちの息づかいしか聞こえなくなっていた。

　マーコはケミに顔を寄せて、「トロントの地下鉄を思いださないかい？」とささやいた。

　ケミは答えなかったし、マーコのほうも向かなかった。きびしい目つきで前を見つづけた。壁の〝三十メートル〟という表示が見えた。

「中尉どの」マーコはベン-アリに声をかけ、ディアスのほうを向いた。「伍長どの。交代しましょうか？」

　息づかいが荒くなっていたベン-アリとディアスがウインチから手を放すと、かごが揺れて石の壁にぶつかった。マーコはハンドルをつかんでひとりでまわそうとしたが、まわらなかった。アディが手を貸してくれたので、ふたりでかごをおろした。一メートルの下降が一キロに思えた。すぐに腕が痛くなった。いつもなら、このエレベーターは電気で動くんだろうな、とマーコは思った。だが、いまは人力でおろすしかなかった。すこしずつ。地の底へと。

　長い歳月がたったように思えたころ、ようやく六十メートルに達したので交代した。マーコは、腕が震えていたし、息が荒くなっていた。次はレイラニとケミがウインチを担当したが、マーコにはふたりの少女の気まずさがひしひしと感じられた。ふたりは言葉を交わさなかったし、ハンドルをまわしているあいだ、目もあわせなかった。九十メートルに到達したところで、ベン－アリとディアスが二度めのシフトをはじめても、縦坑はまだ闇のなかへと続いていた。

「こいつはどんだけくそ深いんだ?」アディがつぶやいてから、中尉をちらりと見た。「汚い言葉を使ってすみません、中尉どの。だけど、この穴はほんとにくそ深いですね」

「リンデン、いい加減にしろ」ディアスがたしなめた。

何時間もたったような気がしたが、縦坑が続くだけだった。地上の記憶も薄れかけた。マーコが次のハンドルまわし当番を終えたころには、見上げても真っ暗で、トンネルにとどまっている兵士たちの懐中電灯は見えなくなっていた。宇宙の深奥《しんおう》で浮かんでいるかのようだった。マーコはいきなり、縦坑がつぶれて生き埋めになるのではないかという激しい恐怖に襲われた。あるいは、それよりもっと悪いことに——ウインチがひっかかってここに閉じこめられ、何日も、何週間もかかってじわじわと衰弱して死ぬのではないかという恐怖に。〝百二十メートル〟。永遠が過ぎた。〝百五十メートル〟。〝百八十メートル〟。

三百メートルに到達したとき、全員で休憩をとらなければならなくなった。六人の軍人たちは、真っ暗ななかにぶらさがっているエレベーターのかごのなかですわって、水を飲み、戦闘糧食を食べた。長いあいだ、だれも声を発さなかった。静寂が闇のなかで重苦しくのしかかり、マーコは耐えきれなくなりかけたが、沈黙を破る勇気を出せなかった。それに、もしもなにかいったら、その言葉がここに埋まっている悪霊を呼びだし、そいつが暗闇から返事をするのではないかという不安もあった。

ついに、レイラニが口を開いた。

「ひょっとしたら彼らなのかも」レイラニはいった。

全員がレイラニを見た。

「だれがなんだって？」マーコはたずねた。

「ベン-アリ中尉どのの背嚢に入ってるやつだよ」とレイラニ。「生きてる肉の玉だ。行方不明になった兵士のひとりなんじゃないか？」

アディが息を呑んだ。「そいつのケツなのかもな！」

レイラニはアディのほうを向いた。懐中電灯の光が目できらりと反射した。「笑いごとじゃない。あの皮膚は人間のに見えたぞ」

全員がぞくりと身震いした。

この日はじめてケミが口を開いた。「外で見たあの、腕が六本ある骸骨に関係があるのかも。あの怪物の子供なのかもしれない」

「やっぱりケツだと思うな」とアディ。

「じゃあ、きみはあれに顔を見せないほうがいいぞ、アディ」とマーコ。「親類だと思うかもしれないからな」

ベン＝アリ中尉はため息をついた。「こんなときにそんなふうにふざける人類防衛軍《HDF》兵士はほかにいないだろうな。わたしの部下以外には」立ちあがった。「下降を再開するぞ」

マーコたちは交代でウインチをまわし、縦坑をくだりつづけた。まもなく三百三十メートルに達した。三百六十メートル。三百九十メートル。まだ底が見えなかった。

四百二十メートルを過ぎたとき、下から悲鳴が聞こえた。

ハンドルをまわしていたマーコとアディは凍りついた。

ほかのみんなは銃を構えた。

悲鳴が続いたのはほんの一秒、ひょっとしたら二秒で、いまはまた静まりかえっていた。

縦坑のなかでかごが揺れていた。

「あれって人間だったのかな？」アディがささやいた。

「風だったのよ」ケミがそういったが、声が震えていた。「鉱山のなかで風が吹いただけだったのよ」

「ありゃ人間だった」とアディ。「間違いなく人間だった」

レイラニは自分の体を抱いた。「怒りの悲鳴じゃなかった。あの男は苦しんでた。おびえてた」

「あれは人間じゃなかった」マーコはゆっくりといった。「それに風でもなかった。下に未知の存在がいるんだ」

「スカムか？」アディは引き金に指をかけた。

マーコにはわからなかった。六本腕の骸骨も、肉の玉も――どっちもスコロペンドラ・チタニアじゃない。

「よし、みんな」ベン-アリがいった。「下降を続けるぞ。ハンドルをまわしていない者は全員――銃を下に向けろ。まだ弾は装塡するな。ただし、いつでも装塡できるようにしておけ。だが、あせって引き金をひくなよ。下に入植者がいるなら、びくついて彼らを穴だらけにはしたくない」ふたたびハンドルをつかんだ。

マーコたちは下降を続けた。いまにもまた悲鳴が響くのではないかと覚悟していたが、聞こえるのは自分たちの息づかいと鎖が鳴る音だけだった。ベン-アリは三十メートルごとに、通信機を使って上にいるペティ大尉に報告した。マーコが、この縦坑は衛星の核にまで達しているのではないかと疑いだしたとき、ついに、四百六十八メートル下降したところで、ごつんという振動とともにかごが底に着いた。

「四百六十八メートルか」マーコはささやいた。「エンパイア・ステート・ビルディングの高さを超えてるな。少なくとも、あのビルがスカムに壊される前の高さを」

マーコたちはかごを降りてトンネルに出た。床も壁も天井も表面がごつごつしていて、ドリルで掘削した跡がそのまま残っていた。巨大な石の死体の血管のなかに立っているかのようだった。兵士たちが懐中電灯を遠くへ向けると、さびが浮いている線路が闇のなかへとえんえんとのびていた。線路の上の天井から鎖が何本か垂れさがっていた。何本もの鎖のなかで、一本だけが揺れていた。

「なにかがあの鎖に触ったんだ」マーコは懐中電灯の光を向けながらささやいた。

全員が懐中電灯で照らしたが、生あるものの気配はなく、ごつごつしている壁と鎖とトンネルの奥へと続いている線路しか見えなかった。

ベン-アリが通信機に話しかけた。「ベン-アリ中尉です。縦坑の底に到着しました。深さは四百五十メートル以上です。悲鳴を聞きましたが、付近にはだれもいません。かごをひっぱりあげて――」

鈍い音が立て続けに響いて電力が戻った。

壁に並んでいる照明がオレンジ色の光を放った。懐中電灯とどっこいどっこいの明るさしかなかったが、トンネルを見通すことはできた。遠くで、いくつもの影が動き、そして消えたような気がした、遅れて照明がついただけかもしれなかった。地の底からうなりが聞こえてきた。悠久《ゆうきゅう》の眠りから腹をすかせて目覚めた太古の獣のように、大型機械が再起動したのだ。ドン、ガチャン、ブーン――計り知れないほどの距離のせいで、その不協和音はくぐもっていた。地の底でせっせと働き、噛み砕き、掘り進め、産業化し、血を流していた。近くでは、電力が復旧したおかげで、鎖がかごを縦坑の上へとひきあげはじめた。

「いいタイミングだな」アディがいった。「あたしの腕がもげそうになってからとはね」

「ここで、まだだれかが生きてるんだ」レイラニがトンネルの奥を見つめながらいった。「だれかが電気を復活させたんだ。入植者がここへ逃げこんだんだろう。きっとまだ隠れてるんだ」

「なにから隠れてるんだ？」アディがたずねた。

「アスワングからだ」レイラニはささやいた。「フィリピンでは、みんなアスワングについて噂してる。アスワングってのは闇にひそんでる邪悪な怪物で、アスワングに血を吸われた人はおぞましきものになってしまうんだ」

「ケツチンポ《アス・ワング》だって？」とアディ。

レイラニはアディをにらんだ。「アスワングだ。アスワングを馬鹿にするな。あたしはアスワングの夢を見たことがある」身震いした。「この場所は、その夢に似てるんだ。ここへ来たことがあるような気がするんだ」

アディは銃をぽんと叩いた。「ケツチンポがあらわれたら、あたしが弾を叩きこんでやるよ」

さらに六名、そしてさらに六名の兵士がトンネルにおりてきた。兵士たちは線路ぞいに集まって、次の六名を迎えにエレベーターのかごが上がりはじめるのを待っていた。電力が戻ったので、かごはずっと速く上昇下降するようになっていた。マーコは、シン軍曹がおりてきてくれてほっとしていた。長身で顎ひげをたくわえ、ごつい銃と湾曲した短刀《キルパン》を帯びているシーク教徒のおかげで、闇の耐えがたさがほんのちょっとやわらいだように思えた。

マーコが小隊付軍曹に歩みよって話しかけようとしたとき、ズンッという衝撃とともにまた停電した。

トンネルが真っ暗になった。つかのま明るくなったので、兵士たちが懐中電灯を消していたため、今回は完璧な闇が兵士たちを愛撫しながら流れた。

遠くでだれかが笑った——低すぎたし遠すぎたので、兵士のひとりではありえなかった。長い天井を走ってゆく足音が響いた。

マーコは、懐中電灯をつけて上を照らし、なにかを見た——なにかが動き、消えたのを。マーコはそれをまた照らそうとしたが、もうとらえられなかった。

ほかの兵士たちも、ひとりまたひとりと懐中電灯をつけた。しばし、全員が黙りこくった。

そしてベン‐アリが通信機に話しかけた。「こちらベン‐アリ中尉です。ペティ大尉どの——」

ベン‐アリのイヤホンから漏れているペティの声が聞こえた。そばに立っているマーコが聞き分けられるほどの大きさだった。「くそっ。いま、ふた班が縦坑をおりている途中だ。彼らには人力で下降させる。その場にとどまれ、中尉。勝手にトンネルを進むな。わかったか？　その場にとどまれ」

かすかに震えているその声から、ペティが不安に駆られているのは、パニックになりかけているのは明らかだった。だが、上官に応答するベン‐アリの声に、不安はかけらもなかった。

「了解しました。ここにとどまります。なにかあったらご報告します」

ベン‐アリは冷静沈着な声で話していた。姿勢がよかった。銃を力みなくつかんでいた。その瞬間、マーコは、直属の上官がチワワ大尉ではなくエイナフ・ベン‐アリ中尉であることを、心の底から感謝した。

地下にいる――十八名の――兵士たちは、懐中電灯と銃をトンネルの奥に向け、線路の横に立って待機していた。縦坑の上のほうでエレベーターのかごがたてている、ガチャガチャ、キーキーという音が徐々に大きくなっていた。地下で待っているマーコは、トンネルでなにかが動いたことに気づいた。彼方の暗がりに目を凝らしたが、なにも見えなかった。金属の線路が鉱山の奥へと続いていたし、さっきの悲鳴は下から聞こえてきたとマーコは考えていた。トンネルの天井から下がっている一本だけ揺れていた鎖は、いまも前後に揺れつづけていた。止まることのない振り子のようだった。

「なんであの鎖は揺れつづけてるんだろう?」マーコはつぶやいて、懐中電灯の光をトンネルに向けた。光を動かすたびに、影が生き物のように逃げた。かん高くしゃべる声を聞いたような気がしたが、縦坑をおりてくるエレベーターのかごがたててる音にすぎないのかもしれなかった。

「マーコ?」とうしろから声をかけられたので振りかえると、レイラニが近づいてきていた。目を見開き、青ざめ、息を乱していた。いまにも気を失いそうに見えた。「マーコ、あそこに……」

縦坑の上から、金属が裂けるかん高い音が、続いて人間の悲鳴が響いてきた。トンネルにいる兵士たちは全員が縦坑のほうを向いた。キーッという金属音。火花が降ってきた。

「落ちてくる!」だれかが叫んだ。「かごが落ちてくるぞ!」

「下がれ、下がれ!」とシン軍曹。兵士たちはトンネルへと飛びのいた。音は耳をつんざくばかりになった。金属が岩を削る音。岩屑が落ちてくる。そしてエレベーターのかごが縦坑の底に激突した。金属と石がぶつかって砕け、バーが曲がる音が轟《とどろ》いた。

一瞬、トンネルにいる兵士たちは動きを止めて残骸を見つめた。ゆがんで壊れたかごは埃《ほこり》を噴きあげつづけていた。なかの人影は倒れたままだ。

マーコとほかの何人かが駆けつけた。かごのなかの兵士たちは動いていなかった。ドアがゆがんでいてあかなかった。

「息はしてるか？」だれかが背後からマーコにたずねた。

「死んでるよ」とだれかが答えた。「くそっ。血の海だ。骨が飛びだしてる」

「閉じこめられた」エルヴィスがいった。「なんてこった、おれたちはここに閉じこめられちまったんだ」

「どけどけ、おれがあける！」とビーストがいった。巨漢兵士がかごに歩みよってバーをつかんだとき――

壊れたかごのなかでひとつの人影が立ちあがった。ビーストは、うわっと驚きの声をあげてバーからあとずさった。つぶれたエレベーターのかごのなかで、その人影は埃を払うと、首を振ってプラチナブロンドの髪からごみを飛ばした。

「オシリス」マーコはささやいた。

アンドロイドは曲がったバーをつかむなり、ぐいと曲げて隙間を広げ、かごのなかからトンネルへと出てきた。

「かごが落下しました」オシリスがいった。「ほかの人たちは死にました。彼らの体は弱いからです」

遺体をエレベーターのかごからひっぱりだすのは気の滅入る作業だった。遺体は五体だった。若い兵士たちだった。みんな二十歳《はたち》以下なんだろうな、とマーコは思った。彼らの骨は砕けていたし、口はあいたまま、無言の悲鳴を発していた。生きている兵士たちは自分たちの背嚢に入っている毛布で遺体をおおったが、マーコには、苦悶の表情が凍りついている彼らの顔が脳裏にこびりついて忘れられないことがわかっていた。

ベン-アリが地上にいる上官に状況を報告しているあいだに、シン軍曹が低い声で死者に祈りを捧げはじめた。ほかの兵士たちは、軍曹とともに、頭《こうべ》を垂れて立っていた。祈りの最中に、マーコが視線を感じて顔を上げると、オシリスと目があった。オシリスはラベンダー色の瞳をきらめかせて、ちっとも愉快そうではない笑みをかすかに浮かべた。

祈りが終わると、マーコはエレベーターのかごの残骸に歩みよった。曲がったバーのあいだを通ってなかに入ると、縦坑を見上げた。縦穴は闇へと消えていた。石の壁と闇は四百五十メートル以上続いていた。マーコはかごの天井のバーにひっかかっている、切れた鎖の環を手にとった。顔をしかめ、片膝をついて鎖の環の残りを拾った。

エレベーターのかごを吊っていた鎖の環だ。環は切断されている。

「中尉どの」マーコはそう呼びかけてベン-アリを見た。

ベン-アリが歩いてきた。ほかの兵士たちもやってきた。彼らは環を見つめた。マーコは環の切れた部分を指でなでた。断面は、丸鋸《まるのこ》かレーザーで切ったかのようになめらかだ。

「重みで曲がったりちぎれたりしたんじゃありません」マーコはいった。「何者かが切断したんです。何者かが、意図的にこのかごを落としたんです」

「くそロボットのしわざだ！」とアディは叫ぶと、銃を構え、装塡《チャージング》ハンドルをひいてオシリスに銃口を向けた。

「ちくしょうめ」エルヴィスはつばを吐いた。若き兵士は青ざめ、震えていた。《ミヤリ》でオシリスに首を絞められたときのことを思いだしたのだろう。エルヴィスも銃を構え、弾を装塡して銃口をオシリスに向けた。「《ミヤリ》の破壊工作をしたのも、きっとこのくそロボットなんだ」

ほかにも数人の兵士たちが銃を構え、弾を装塡してアンドロイドをねらった。オシリスはおだやかに立ったまま彼らを見つめ、首をかしげた。

「わたしに腹をたてていらっしゃるんですか、ご主人さまがた？」アンドロイドはたずねた。

アディがつばを吐いた。「あたしたちはおまえのご主人さまなんかじゃないぞ、この鉄屑野郎」銃のセフティを解除した。「機械仕掛けのどたまに弾をぶちこんでやる」

「待て、待て！」マーコはいった。「アディ。エルヴィス。ビースト。待ってくれ。オシリスに鎖を切れたはずはないじゃないか。オシリスはのこぎりを持ってないんだぞ」ベン-アリのほうを向いた。「中尉どの、アンドロイドには人間とおなじ手があります。力が強い手が。ですが、鎖はひきちぎられてるわけじゃありません。切断されてるんです」

「じゃあ、のこぎりを捨てたんだろう」アディは銃口をアンドロイドに向けつづけた。

「ベン‐アリ中尉どの、アンドロイドの頭を撃つことを許可してください」

ペティの姿なき声が、小さく高く、ベン‐アリのイヤホンからトンネル内に、かろうじて聞こえる大きさで響いた。「ベン‐アリ！　ベン‐アリ、どうなってるんだ？　STCの所有物を壊したりしたら、きさまの生皮をはいでやるからな！」

ベン‐アリは大尉を無視した。中尉はアンドロイドを凝視し、兵士たちを凝視し、またエレベーターのかごを凝視して、「エメリー」といった。「のこぎりかレーザーブレードか、鎖の環を切れそうなものがないかどうか、残骸のなかを探せ」

「はい、中尉どの」

ほかの兵士たちが銃口をアンドロイドに向けつづけている一方で、マーコは残骸のなかを探ってから中尉に向きなおった。「なにもありません。ひょっとしたら……」縦坑を見上げてぶるっと身震いした。「スカムが縦坑のなかにひそんでいるのかもしれません。スカムの鉤爪なら鎖を切断できます」

ベン‐アリはうなずいた。「よし、みんな。銃をおろせ。アンドロイドが犯人であることを示す証拠はないんだ」

「破壊工作をしたのはこいつですよ！」アディはそう叫んでから声を落とした。「中尉どの」

「これは機械だ、リンデン」と中尉。「とんでもなく高価な機械なんだ」

オシリスはうなずいた。「わたしは人間に奉仕するようにプログラムされています、ご主人さまがた。わたしは鎖を切りませんでしたし、嘘をつけないようにプログラムされています。わたしも、縦坑にスカムがひそんでいた可能性があると考えます」

「おまえはスカムに奉仕してるんだ」アディは銃をおろそうとしなかった。

マーコは脣を噛んだ。心からベン‐アリを尊敬していたが、アディをはじめとする兵士たちに同調したかった。オシリスは信用できなかった。《ミヤリ》の礼拝堂でオシリスと出くわしたときのことを、オシリスがどれほど不気味だったかを思いだした。エルヴィスの首を絞めたときのことを。スカムの攻撃を受けているあいだに、オシリスが《ミヤリ》のエンジンに破壊工作をした可能性はあるだろうか？　スカムがオシリスのプログラムをハッキングした可能性は？　だけど、それなら、なんでのこぎりがないんだ？

「オシリスに鎖を切断することは不可能だったんだ」とうとうマーコはいった。「アディ、オシリスはナイフを持ってない。きっと、縦坑の上のほうにひそんでたスカムが鉤爪で切ったんだ」

もうひとつの不快な仮説が思いうかんだ。まさか、ペティ大尉かあの女の部下が、ベン‐アリ中尉とこの小隊を地下に閉じこめるために鎖を切ったりしたんじゃないだろうな？　それはない。マーコは首を振った。ペティ大尉は陰険だけど、自分の部下を殺したりは……

…しないよな？

「リンデン二等兵、ただちに銃をおろせ」ベン‐アリがアディに命じた。「これは命令だ。全員、銃をおろすんだ」

アディは銃をおろした。ほかの兵士たちも従った。

「では、薬室から弾を抜け」とベン‐アリ。

兵士たちはぼやきながら銃の薬室を開き、装塡した弾をとりだして弾倉に戻した。

「おまえから目を離さないからな、ロボット」アディが指で自分の目を示し、それからアンドロイドを指さした。

オシリスはにっこり笑った。「お仕えできて光栄です、ご主人さま」

ペティのかん高く震える姿なき声が、全員のイヤホンから同時に流れた。「地下でなにが起きてるんだ？　さっさと報告しろ！」

ベン‐アリが通信機に話しかけた。「エレベーターのかごの残骸から五名の遺体を回収しました。墜落を生きのびたのはオシリスだけです。下降中にスカムがエレベーターのかごを襲ったと推察されます。ご命令ください、ペティ大尉どの」

「われわれは街のなかで別の縦坑を探す」とペティ。「ここは大規模な採鉱コロニーだ。ほかにも降り口があるはずだ。それまでのあいだ、おまえたちで鉱山を調べはじめろ、中尉。アゾスエンジンを探せ。いま現在の最重要任務はそれだ。入植者の捜索ではない。スカムとの交戦ではない。われわれにとって必要なエンジンが見つかったら、このくそったれな星を即刻脱出する」大尉の声にはパニックのきざしがあらわれていた。「連絡を絶やすな。鉱山のなかで合流して出口を探す」

「了解しました」とベン‐アリ。「ここには奥に続いているトンネルがあります。そしてわれわれ十八名——オシリスを含めれば十九名——は全員、武装しているし、弾もたっぷりあります。ただいまより調査を開始します」

「忘れるなよ、ベン‐アリ」通信機からペティの声が聞こえた。「これはもう救出作戦ではない。スカムと戦うな！　面倒に巻きこまれるな。エンジンを見つけたら……」声が途切れた。

「大尉どの？」ベン‐アリが呼びかけた。

一瞬の沈黙。雑音。

「うわっ！」というペティの叫びが全員のイヤホンに響いた。

「ペティ大尉どの！」とベン‐アリ。「だいじょうぶですか——」

「おまえたちはだれだ？」ペティがささやいた。「なんなんだ？　望みはなんだ？　下がれ！　近づくな、全員だ！　止まれ！　みんな、撃て！　撃て！」

やかましい雑音が響いてペティの声が途絶えた。悲鳴と銃声が聞こえた。大音量すぎたので、マーコはあわててイヤホンをはずした。だが、イヤホンをしていなくても、縦坑から銃声が響いてきた。悲鳴が聞こえた。ほんの数秒の出来事だったはずだが、銃声がえんえんと轟いているように感じ……そして唐突に静かになった。

「大尉どの！」ベン‐アリは通信機に呼びかけた。「ペティ大尉どの！　聞こえますか？　どうなっているんですか？」

　イヤホンからは雑音しか聞こえなかった。

　地下の兵士たちは長いあいだ黙って立ちつくしていた。

「みんな死んだのかな？」とうとうエルヴィスがささやいてごくりとつばを呑んだ。

「ペティ大尉どの！」ベン‐アリがまた通信機に呼びかけた。ほかの何人かにも呼びかけた。応答はなかった。

「死んだんだ」エルヴィスがいった。不安そうだった。「おれたちはこの闇のなかに閉じこめられたんだ。スカムがいるってのに。スカムは地上にもいるし、地下にもいるんだ。なのにおれたちはここに閉じこめられて――」

「二等兵、黙れ！」ベン‐アリがたしなめた。「十数えろ。おちつけ」ほかの兵士たちを眺めた。「われわれは閉じこめられたりしていない。ここで死んだりはしない。大尉どのの話を聞いただろう。ほかにも縦坑があるんだ。かごが動く縦坑を見つければいいだけだ。だが、まず、《ミヤリ》を修理するために必要な例のエンジンを見つけなければならない。さあ、わたしに続け。トンネルを進むぞ。懐中電灯をつけておけ。銃を構えておけ。そして大きな声を出すな」

そういうと、中尉は向きを変えて縦坑をあとにし、線路ぞいにトンネルを歩きだした。

ほかの兵士たちも、指揮官に続いて闇の奥へと向かった。

13

十九名の兵士たちは、懐中電灯をヘルメットに固定し、銃を構えてトンネルを進んだ。小さな制服に懐中電灯をつけたスタンピー軍曹も一緒だった。壁は、生き物が掘ったかのようにごつごつしている。天井は、ビーストのヘルメットがかするほど低い。線路はどこまでものび、トンネルはくだり傾斜で地下深くへと続いている。天井の照明がほんの一瞬だけついて、血のようなもので描かれている文字が浮かびあがった。

マーコは小さな声で読みあげた。「〝戻れ。地下は死〟か」

アディが銃口を上げた。「こっちが死をもたらしてやるさ」

照明がまた一瞬つき、すぐに消えた。マーコは、だれかが地下で生きていて、電力を復旧しようとしているからこの現象が起きているのであってほしいと願った。兵士たちは歩きつづけた。地下深くから風が吹いてきた。冷たくて不快な、悪くなった肉かミミズを思わせる臭いがした。風は死にかけている男のうめきのような音をたてた。地下深くからドーン、ドサッという音が響いてきた。ガチャンという金属音やくぐもった叫び声のような音も聞こえた。それらの音をたてているのが生存者なのかスカムなのか、それとも地底で機械が動いたり止まったりする音が地下世界で反響しているだけなのか、マーコには判断がつかなかった。

一行はトンネルを歩きつづけ、線路ぞいに一キロほど進んだ。悪臭は一歩ごとに強くなり、ついに耐えがたいほどになったので、マーコをはじめとする数人はガスマスクをつけた。死の臭いだ。

もうしばらく進んだところで、マーコははたと足を止めた。

懐中電灯を上げた。

いっきに鼓動が激しくなった。

「だれだ?」マーコは叫んで銃を構えた。マーコのそばにいた兵士たちも銃を構えた。彼らも懐中電灯で前方を照らした。

人影だ。人影が闇のなかに立っている。黒くて細い。いや、立ってるんじゃない――吊るされてるんだ。

一行は、銃を構えたまま、じりじりと近づいた。懐中電灯の光がその人影をはっきりと照らした。

「なんてこった」マーコはささやいた。

エルヴィスが、真っ青になって手で口をおおった。

　首に鎖を巻かれた男が天井からぶらさがっていた。顔はふくれあがり、口から舌が飛びだし、頬に爪でひっかいたような傷があった。青い制服のシャツの、練金《クリソペイア》社のロゴマークがまだ見分けられた。

「気の毒に」アディがそういって、銃口で死体を突いた。

「死者の眠りを妨げるな」レイラニがそういって十字を切った。「死者にちょっかいをかけると呪われるぞ」

　マーコは死体に近づいた。顔をしかめながら、ガスマスクをつけていてよかったと考えた。男の腹は、死後に発生したガスですでにふくらんでいたし、腐汁《ふじゅう》がしたたっていた。死体は折りたたんだ紙を握っていた。マーコはその紙をとって開いた。

「なにか書いてあるか？」アディがたずねた。

「まず下がってくれ」マーコはいった。「場所をあけてくれ。死体から離れたいんだ。ひどい臭いだからな」何歩か下がってから、マーコは紙切れに書かれている文を読みあげた。

「〝みんなやつらにつかまった。ひとり残らず。妻も。子供たちも。わたしは見た。彼らがどうなったかを。彼らが這いずり、わたしに請い願うさまを。彼らはそこらじゅうにいる。機械のなかにもいる。水のなかにもいる。彼らは変化した。わたしはあんなふうになりたくない。変わりたくない。絶対にいやだ。彼らはそこらじゅうにいる。いまも聞こえている。迫ってきている。鉤爪を持った彼らが。わたしの家族を見かけたら、わたしができなかったことをしてやってくれ。殺してくれ。殺してやってくれ。彼らが近づいてくる。わたしは臆病者だ〟」

マーコは紙をふたたび折りたたんで身震いした。兵士たちはしばらく黙りこんで死体を見つめていた。

「スカムなのか？」アディがささやいた。

「悪霊だ」とレイラニ。「闇にひそむ悪霊だ。あたしたちは地獄に入りこんだんだ」

「じゃあ、あたしたちはニュージャージーに向かってるのか？（ニュージャージー州クリフトン市には〝地獄の門〟と呼ばれている古い下水道がある）」とアディ。

「いい加減にしろ」とベン-アリ中尉。「悪霊なんてものも、地獄なんていう場所も存在しないんだ。われわれは無防備な鉱山作業員じゃない。人類防衛軍《HDF》の兵士だ。フォート・ジェミラでスカムを山ほど殺したじゃないか。ここでも、スカムが何匹出てこようと皆殺しにする。この死体は置いていく。さらに奥をめざすぞ。エンジンを、別の縦坑を見つけて、できたら生き残りの鉱山作業員も見つける。一日か二日で《ミヤリ》に戻って、これは悪夢だったということになるんだ」死体を通りすぎて、トンネルのさらに奥をめざした。

「ついてこい」

数百メートル進んだところで大きな影に行く手をはばまれた。兵士たちが懐中電灯で照らすと、泥がこびりついている黄色い外装、金属の車輪、動物の飛びだしたはらわたのようなごちゃごちゃしたケーブルが浮かびあがった。小さな列車だ。三輛の屋根のない車輛が接続されている。車輛はエレベーターのかごとおなじくらいの大きさで、兵士が五、六人乗ったらぎゅうぎゅうだろう。機関車には機関士ひとりしか乗れなそうだ——エンジンのついた黄色い箱形の狭苦しい車輛には、座席ひとつとレバーがいくつかしか備わっていない。二個のヘッドライトが目のように見え、突然、列車全体が生き物のように、金属の大ムカデのように感じられた。

「遊園地の子供列車みたいだな」とエルヴィス。「かわいいじゃないか」

「子供列車はさびたり血の痕がついてたりしてないぞ」とマーコ。

「おれが育ったところのはついてたんだよ！」とエルヴィス。

マーコは、やはりその列車から不吉な印象を受けた。二個のヘッドライトと緩衝器を備えたその機関車は顔にそっくりだった——嘲笑を浮かべている残忍な顔に。だが、トロント育ちのマーコは、何度も地下鉄に乗ったことがある。これも大差はないはずだった。

「機関士はぼくがやる！」マーコはそういってから、すぐに、自分の発言がどんなに子供っぽかったかに気づいた。加えて、何人かの兵士がにやにやしているのに気づいたので、マーコは真っ赤になった。そしてベン‐アリ中尉のほうを向いた。「この列車を動かせたら、ずっと速く移動できます。それに、列車はある程度の防御になります」

ベン‐アリはうなずいた。「試してみろ」

マーコは列車の先頭の機関車に乗りこんだ。スタンピーも、根元しかない尻尾を振りながらマーコの隣に飛び乗った。マーコは合成皮革が破れている座席にすわった。機関車は狭く、運転台に膝があたった。車輛は前後があいていて、屋根代わりのシートが張られている。マーコが始動スイッチを押すと、機関車はうなり、煙を噴きだし、ぶるぶる震え、そして静かになった。マーコが始動スイッチをもう何度か押すと、ようやく、エンジンがうなりをあげてよみがえった。

列車が走りだした。

「おいおい、あわてるな！」アディが、列車の横を歩きながらいった。列車はまだ、歩いて追いつけるほどの速度しか出ていなかった。「列車を停止させて、あたしたちを乗せてくれ」

運転台にはレバーが三本ついていた。マーコはいちばん大きなレバーを選んでひいた。列車が減速して停止すると、ほかの兵士たちが乗りこんだ。一車輛に兵士が六名ずつ、銃を股にはさんで乗った。マーコがレバーを押すと、列車はふたたび走りだし、ガタゴトとトンネルを進んだ。マーコが二本めのレバーを押すと、ヘッドライトがついて前方の闇を照らした。ごつごつしたトンネルを走る列車に乗っていると、死骸の廃棄された腸のなかを移動している寄生虫になったように感じた。マーコは闇のなかに何度も怪物を見たが、列車が近づくと怪物は消えうせ、気のせいだったとわかった。

遺書の文章が何度も脳裏によみがえった。

〝わたしの家族を見かけたら、わたしができなかったことをしてやってくれ。殺してくれ。殺してやってくれ。彼らが近づいてくる〟

家族の死を願うなんて、あの男はどれだけ気がふれてたんだ？　ほかの入植者はどこにいるんだ？　ベン-アリ中尉の背嚢《はいのう》に入ってる、あの毛がないのっぺらぼうはいったいなんなんだ？　それに、あの六本腕の骸骨は？　レイラニは悪霊だといった。ここは地獄だと。そんな馬鹿な。ありえない。マーコは、そんなたわごとは信じていなかったが、ここは謎だらけだし真っ暗なので、わからないことがスカムの鉤爪よりも恐ろしく感じた。フォート・ジェミラでは、すくなくとも、敵は開けた場所で襲ってきた。すくなくとも、銃で撃てる敵だった。だけど、ここでは？　ここには影とこだましかない。

壁に距離を示す標識があった。一キロ。そして二キロ。だが、トンネルはまだ続いていた。掘りっぱなしの壁は、列車がかすめるほど狭かった。ヘッドライトの光は数メートルしか届かなかった。それ以外は漆黒の闇だ。前方はつねに深淵だ。岩盤のなかのブラックホールだ。影がつねに周囲で踊っている。そして――

前方に女。

グレーのローブをまとった女が、目が光っている白い顔をこっちに向けている。

マーコがぎょっとしてレバーをひくと、列車はキーッという音をあげ、火花を散らしながら前進した。前進しつづけたが、しだいに減速して、とうとう停止した。

　女は目の前に立っていた。うつむき、横を向いている顔はフードに隠れていた。ローブをまとっている女は線路の上に立っていた。

「マーコ！」アディが車輛から飛びおりて、のしのしと歩いてきた。「なんで急ブレーキをかけたんだ？　いったい——」凍りついた。「こりゃ驚いた」

　グレーのローブの女は無言で立ちつくしていた。フードから白い髪が幾房かこぼれている。列車には気づいていないかのようだった。

「だいじょうぶですか？」マーコは機関車から降りて声をかけた。車輛から降りてきたほかの兵士たちもマーコに加わった。「助けにきたんです。あなたがたの救難信号を受信したんです。わたしたちは人類防衛軍《HDF》です。だいじょうぶですか？」

　女は、そっぽを向いたまま、つぶやくように応じた。「遅すぎました」

「怪我はありませんか？」マーコはたずねた。「応急処置をしますよ」

「もう治せないんです」女が頭をマーコたちのほうに向けるとフードがはずれた。顔は若かったが、髪は白かったし、熱に浮かされたような目をしていた。その血走った目のなかで、地獄のあらゆる恐怖が踊っているかのようだ。「逃げてください。やつらが来ます。やつらはあなたたちを変えてしまう。逃げて。逃げて」

「だれが来るんですか？」マーコはたずねた。「スコロペンドラ・チタニアですか？　スカムですか?」女のほうに手をのばした。「怪我をされてるんですか?」

女は一歩下がって肩をすくめた。ローブがするりと脱げた。

マーコは顔をしかめた。

女は全裸だった。肌は青白く、乳首は深紅《しんく》で、血の乳をしたたらせている。胴からは六本の腕が生えている。どの腕も、先端は、手ではなく一本の鉤爪になっている。女が唇をめくると、歯ぐきから牙がのびていた。

「助けて」女はささやいた。「助け……」

目が真っ赤に輝き、女は吠えた――トンネルが震えたような気がしたほど大きな声で。天井から埃《ほこり》が降ってきた。兵士たちが銃を構えると同時に、女が彼らに飛びかかった。

「待て、撃つな!」とマーコは叫んだが、兵士たちはもう撃っていた。

雨あられと銃弾を浴びても、その怪物は止まらなかった。女はひとりの兵士、長身の宇宙防衛軍管区《STC》の兵士に飛びかかって鉤爪を男の体に突き刺し、肋骨をえぐりだした。兵士たちはふたたび発砲した。跳弾のかけらが脚に食いこんで、ひとりの兵士が悲鳴をあげた。マーコも、かけらが腕をかすめてかすり傷を負った。女はふたたび跳躍してべつの女性兵士を襲い、ぱっくりと喉を裂いた。切れた喉に身の毛のよだつ笑みが生じた。怪物は飛びすさってトンネル内に着地し、シューッという声をたてた。口から舌が出て、ぽろぽろとうじ虫が落ちた。

「あなたたちは死ぬ」女がささやいた。

「あなたたちは地獄に入ってきた。逃げるべきだった。逃げるべきだったのよ！」

怪物はふたたび前へ跳躍した。マーコをはじめとする兵士たちが発砲した。銃弾が女の頭部に集中した。その頭蓋骨が砕け、女の首と顎だけが残った。怪物はそれでも飛びかかってきて鉤爪を振るった。刃が別の兵士を切り裂いた。兵士たちはまたも怪物に弾幕を浴びせた。耳をつんざくようなすさまじい銃声がトンネルを満たし、反響した。またも跳弾のかけらが飛び散り、そのひとつがヘルメットをかすって頭に衝撃を受けたマーコは顔をしかめた。

「撃ち方やめ！」ベン-アリ中尉が叫んだ。「やめろ！　撃ち方やめ！」

兵士たちは煙が出ている銃をおろした。

線路の上に死体が横たわっていた。残っている部分はさほど多くなかった。腕の一本がまだぴくぴく動いていた。腕の大部分は人間に見えた。だが、手首の先についているのは、手ではなく……

「あれはスカムの鉤爪だ」マーコはそういったが、自分の声が聞こえなかった。耳に綿が詰まっているような感じだったし、痛いほどの耳鳴りがしていた。

「フランケンシュタインの怪物みたいなもんなんだろう」アディが嫌悪の表情でいった。「スカムが手を切り落として腐れ鉤爪を縫いつけたんだ。おぞましいことしやがって」

マーコは女の手首を持ちあげて血まみれの鉤爪を検分した。ふうっと息を吐いた。「この鉤爪は……継ぎあわされてるわけじゃない」ほかの兵士たちを見た。「この人の体の一部なんだ」

「馬鹿いえ」とアディ。「縫い目だか傷痕だかがあるはずだ」

アディも片膝をつき、懐中電灯で照らして手首を調べた。だが、傷痕も縫った跡も見つからない。やっぱり、フランケンシュタインの怪物じゃないんだ。鉤爪はこの人の体から生えてるんだ。ぼくの手がぼくの一部であるように、鉤爪はこの人の体の一部なんだ。

「マンククーラムだ」レイラニがそういって十字を切った。「魔女だ」

「ケツチンポ《アス・ワング》じゃないのか？」アディはいった。

「アスワングは」とレイラニ。「悪霊っていう意味だ。マンククーラムは魔女だ」首を振った。「悪霊だろうが魔女だろうが、この怪物は邪悪だ。この場所全体が邪悪なんだ」ぶるっと震えてあたりを見まわした。「邪悪が壁にこびりついてる。空気を満たしてる。闇を。あたしのなかを」震える指でガスマスクをつけた。「空気を吸うな。悪い空気だ。ここは悪い場所だ。邪悪はもうあたしたちのなかに入りこんでる。感じるんだ。あたしの子宮のなかで赤ん坊が腐ってるみたいな感じだ」

その腕はまだぴくぴく動いていた。マーコは放り捨てて戦友たちを見た。

「ここは……どういう場所なんだ？」

兵士たちは、目に恐怖を浮かべ、無言でマーコを見つめかえした。

「地獄だ」とレイラニがささやくと、その声が闇のなかでこだました。
地獄だ。地獄だ。地獄だ。

14

「で、アパラチアではスカムを何匹殺したんですか、指揮官どの？」アディはディアス伍長に身を乗りだしてたずねた。

「ここよりひどかったんですか？」とエルヴィスも伍長を見た。

一行は列車に乗って闇のなかを進んでいた。傷ついていた。おびえていた。地下数キロで。機関車にすわっているマーコは、体をひねってうしろの車輌の、兵士たちに囲まれているディアス伍長を見た。

「しつこいぞ」マーコはたしなめた。「指揮官どのに、この地獄で、別の地獄のことなんか思いださせるなよ」

兵士たちは全員がマーコのほうを向き、すぐにディアスに視線を戻した。

「で、スカムに背骨を切られたときは痛かったんですか？」アディはたずねた。

「とんでもなく痛かったに決まってるだろ！」エルヴィスはアディをにらんでからディアスに向きなおった。「で、スカムに内臓も突き刺されたんですか？」

ディアス伍長は両手を上げた。「やれやれ、降参だ。質問はもうそれくらいにしてくれ。くわしく話してやるから」ディアスの声が小さくなったので、その車輌に乗っている兵士たちは前のめりになった。「おれは六百人の部隊、つまりまる一個大隊の一員だった。おれたちは、スカムの群れがその山地にいるという情報をつかんでいた。おそらくワシントンDCを攻撃するために、何千匹もが集結しているという情報を。おれたちは森のなかを何日もかけてこっそりその群れに近づいた。ずっと雨が降っていた。キンタマを食いちぎれそうなほどでかい蚊に刺されまくった。おれたちは、熱いシャワーを、リスよりもましな食い物を恋い焦がれた。そしてある日、おれたちは森のなかで足音を聞いた。森が揺れるほど大きな足音だった。おれたちはゆっくり接近した。低いうなり声が聞こえた。でかいやつがいた。まるで——」

エルヴィスがあえぐようにたずねた。「スカムの王だったんですか？　スカムの王はゴジラ並みにでっかくなるそうですね」

「そんな感じの声だったよ」とディアス。「おれは偵察を志願した。銃を構えてひとりで接近し、怪物に忍びよった。森のなかを何時間も追跡した。山にのぼり、歩いて川を渡った。とうとう、オークの森で、おれはそいつと遭遇した。森のなかで——ビッグフットがすわってたんだ！　ビッグフットはかんかんになっておれをばらばらにしたのさ」

兵士たちはうめいた。

「頼みますよ、指揮官どの！」アディがいった。「ほんとの話が聞きたいんです」

ディアスは笑っていた。「ほんとの話ってのは、だれも聞きたがらないものなのさ」まじめな顔になった。「ほんとの戦争の話は、ちっとも楽しくないんだ。悲しみと喪失と痛みだらけだからな。おまえたちもいつかわかる。家に帰って、友達や家族からコーパスの話をしてくれとせがまれたときにわかるんだ」

全員、長いあいだ黙りこんだ。伍長のいうとおりだ、とマーコは考えた。とうさんとまた会えたとしても、この忌まわしい場所のことを話したいとは思わないだろう。六本腕の女のことを。線路の上で死んだ兵士たちのことを。ここで起きたすべてのことを。

「指揮官どの」マーコは運転席で上体をひねって声をかけた。「ひとつ質問があります」

ディアスはうなずいた。「いってみろ」

「指揮官どのはどうしてここへ来たんですか？」マーコはたずねた。「気を悪くしないでください。でも、指揮官どのはアパラチアで重傷を負いました。もう戦う必要はなかったはずです。たしかにフォート・ジェミラは壊滅しましたが、ほかの訓練基地で、また新兵を鍛えることだってできたはずです。それどころか、負傷したあと、名誉除隊だって選べたでしょう。自分たちとこうして戦闘任務につく必要はなかったはずじゃありませんか」

「あたしたちを愛してるからに決まってるじゃないか！」アディはまつげをぱちくりさせた。「特にあたしを」

エルヴィスがうめいた。「メープル、スタンピー軍曹だって、おまえがベーコンでき てるとしても、おまえを愛したりしないさ」

ディアス伍長は真剣な表情を崩さなかった。「いい質問だ。おれ自身、何度も考えたよ」しばし、流れ過ぎるトンネルの壁を見つめた。とうとう、ふたたび口を開いた。「子供のころ、おれは太ってた。ほんとさ。学校でいちばんのデブだったんだ。歩くより転がったほうが速いって、ほかの生徒たちによくからかわれたよ。馬鹿にされたり、物を投げられたり、殴られたりしてた。だがおれは、殴りかえせないような弱虫だった。逃げるだけだった。隠れるだけだった。そして、スカムの女王並みの体重があると、逃げるのも隠れるのも楽じゃないんだ」

アディは目を丸くした。「ほんとですか、指揮官どの？」思わず視線を下げて伍長のたくましい体を見た。「こりゃまたずいぶん鍛えあげたもんですね。小指一本で、ポエットの全身よりも筋肉がありそうだ」

「おい！」とマーコはつっこんだ。

「たしかに、がらりと変わってる」とディアス。「だが、高校生になって、軍に徴兵される年齢になったとき、おれは検査で不合格になった。太りすぎだっていわれたよ。恥ずかしかった。兄たちも、いとこたちも、みんな兵士になってた。おやじも現役の兵士で、いまは曹長としてドイツに駐留してる。おれは一年間、トレーニングを積んで体を鍛えた。

惨めないじめられっ子を卒業するんだと心に誓ったんだ。一年間、ジムに通いつづけたんだ。やっと軍隊に入ってスカムを撃ったときは、学校時代のいじめっ子を撃ってる気になったよ。おれにとっちゃ、スカムは銀河系のいじめっ子なんだ。だから隠れたくないんだ。もう二度と。負傷したあと、フォート・ジェミラで教官をしていたが、あの基地を攻撃してきたスカムと戦ったとき、ウェッブ伍長やケイブマンたちが殺されるのを見たとき……戦いつづけなきゃだめだと、自分がもう二度と隠れたくないと思っていることに気づいたんだよ」目がきらりと光った。「それにおれは、小さいころからビデオゲームが大好きだったしな」

「一緒に来ていただけてうれしいです」マーコはいった。「指揮官どのは最高の分隊長です」

「もう転がれないのが残念ですね、指揮官どの」とアディ。「ころころ転がってもらえれば、このトンネルをきれいにできるのに」

「戦闘糧食のがつがつした食いかたからすると、おまえがすぐに転がれるようになるさ、メープル」とエルヴィスはいい、アディのパンチを食らって悲鳴をあげた。

列車がトンネルを走りつづけているあいだ、マーコは闇を見つめながら、ディアスの話について考えた。伍長は、徴兵を免除されたにもかかわらず、必死になって体重を落とし、志願して入隊した。どこかの訓練基地にとどまれたのに、危険をいとわず、マーコたちとコーパスに来た。マーコ自身は、みずから望んでここへ来たわけではなかった。いやいや徴兵された。この任務も、志願したわけではなく、ベン-アリに選ばれたのだし、しょっちゅうホームシックに襲われていた。

ぼくも、ディアス伍長みたいに勇敢で強くて献身的になれたらいいのに、とマーコは考え、首をひねって分隊長を見た。マーコは軍隊で、多くの尊敬すべき人々と出会った。ベン-アリ中尉は賢明で統率力がある。シン軍曹は強くて高潔だ。レイラニは勇気がある。だけど、もしかしたら、とマーコは考えた。何年もたってからいちばん思いだすのはディアス伍長かもしれないな。ジェミラでぼくたちの分隊を鍛えてくれ、宇宙という暗闇までその分隊についてきてくれたあの人なのかもな。

故郷に戻ったら、ぼくはコーパスのことを話したいと思わないだろう。だけど、指揮官たちについては話すだろう。友達については。彼らからなにを学んだかについては。彼らが、自分の強さをどうやって見つければいいかを教えてくれたことについては。

「真剣な顔しちゃって、なにを考えてるんだ、ポエット?」アディが手をのばしてマーコの髪をくしゃくしゃにした。

「ビッグフットのことさ」マーコは答えた。

アディは機関車に飛び移ってマーコの膝の上に腰をおろした。

「どけよ!」マーコはいった。「エルヴィスがいったとおりだ。きみは重いんだよ」

アディはマーコの頬をつねった。「文句をいわずに運転してろ、ポエット。おまえが暗い顔して考えこんでたから、気をまぎらしてやろうと思って来たんだ」

マーコはため息をついて前を見つづけた。「きみは本物のいじめっ子だな」

だが、マーコはアディがいてくれてうれしかった。アディは故郷とのきずなだった。ここでの家族にいちばん近い存在だった。アディはがさつでやかましくて頑固だが、そうとも、マーコは彼女を愛していた。アディがここにいてくれてうれしかった――たとえ、マーコの鼻をつまみはじめたとしても。列車は闇のなか、鉱山の奥へと突き進んでいた。そしてマーコはアディにそばにいてほしかった。

「アディ」マーコは呼びかけた。

「なんだ、ポエット？」

マーコは、膝に乗っているアディの体を抱きしめた。

「うちにいたとき、きみはいつも頭痛の種だった」マーコはいった。「しょっちゅうぼくの原稿を盗んだり、ぼくの頭をこぶしでぐりぐりしたり、床に押し倒したり、ぼくがシャワーを浴びてるときに二度、のぞきをしたりした」

アディはにやりとした。「おいおい、のぞかなかったら、どうやって男の子の体がどうなってるかを学べばいいんだ？」

「きみと一緒に暮らすのがいやになったこともあった」マーコは続けた。「きみのご両親が死んだあと、ぼくのとうさんがきみをひきとって、きみがぼくの厄介な妹になったあとは」

「おまえのほうが何日か先に生まれただけじゃないか」とアディ。「それに、間違いなく、あたしのほうが体がでかい」マーコの膝の上で体を弾ませた。

「だけど、アディ、きみがここにいてくれて、ぼくはうれしいんだ」とマーコ。「血に飢えたエイリアンムカデの大群と戦うとき、一緒にいてほしいのは、ほかのだれよりも、ディアス伍長よりも、きみなんだ」

「おっと、おまえは女心を知りつくしてるな」マーコの頬にキスして鼻をつまんだ。「うれしいことをいってくれるじゃないか。おまえが義理の兄弟じゃなかったら、プロポーズしてるところだ」またマーコの髪を乱した。「あたしも、おまえがここにいてくれてうれしいよ。家族といられると安心するからな。あたしもおまえをすっごく愛してるぞ、ちびっ子の弟よ。わかってるだろ？　たとえ、ついついちょっかいをかけたくなっても」

「ぼくもきみを愛してるよ」とマーコ。「たとえきみが象のケツよりも重くてもね」

闇のなかを走りつづけている列車の運転席で、マーコはアディをぎゅっと抱きつづけた。いまここで、新たな不安にさいなまれているからだった。マーコの脳裏には、失った人々が次々に浮かんだ。アスファルトの上で死んだケイブマンが。墜落で死んだ兵士たちが。そしてマーコはおびえた。アディになにかあったら、どうすれば生きのびられるか見当もつかなかった。親友でただひとりの家族のアディは、絶対に失いたくなかった。

二十キロくだってトンネルが洞窟に入ったところでマーコはブレーキをかけた。実家のマーコの部屋よりもいくらか広い程度の小さな洞窟だったが、手足をのばしたり、傷に絆創膏を貼ったり、戦闘糧食を食べたりするには充分だった。

「もう夜だ」ベン‐アリ中尉は腕時計を見てそういった。「六時間休憩する。睡眠をとるぞ。明日は大変な一日になるからな」

「ここで寝たりするべきじゃない」レイラニが、ガスマスクのレンズでおおわれた目であたりを見まわしながらいった。ほかの兵士たちがすわっても立ったまま、両手で小銃を握っていた。「ここは汚れてる。出口を見つけて出てかなきゃだめだ。できるだけ早く」

だが、みんなはもうあくびをしていた。

「出口が見つかるまでに何日もかかるかもしれない」アディがいった。「それにあたしはくたくただ。あたしたちが寝てるあいだ、見張りをしててくれ、レイラニ」

レイラニは洞窟の端に歩いていった。線路上に立ってトンネルの先の、なにかがひそんでいそうな闇を見つめた。ほかの兵士たちのほうを向いたレイラニは、ガスマスクのレンズに懐中電灯の光が反射して、怪物のように、病んだ機械のように、金属とガラスと血でできているように見えた。

「こんなところへは来るべきじゃなかったんだ」レイラニはいった。

「まったくだ」とアディ。「この衛星はごみだ」

「この衛星だけのことをいったんじゃない」とレイラニ。「あたしたちは宇宙に出るべきじゃなかったんだ。闇のなかには。あたしたちは。人類は。人類は、暗闇のなかに来ちゃだめだったんだ」首を振った。「暗闇のなかには怖いものがいる。怪物には触らないのがいちばんなんだ。人類は高く飛びすぎた。深く掘りすぎた。怪物たちを起こしちまったんだ」

兵士たちはぞくりと身震いした。マーコは故郷での出来事を思いだした。スカムに母親を殺されたときのことを。エイリアンは、人類が宇宙へ進出したから、蜂の巣をつついたから襲ってきたのだろうか？

ベン‐アリ中尉が立ちあがって、「人類だって、デラローザ？」といった。「人類は、地球上で自滅しかかっていたんだぞ」頬が赤くなっていた。マーコは、このときはじめて、中尉が本気で腹をたてているところを見た。「人類は、次々と戦争を起こして、着々と自己破壊を進めていた。燃やしていた。殺していた。だが、一部の勇敢な人々が、人類という種に気高さを見いだした。人間は、あれやこれやのイデオロギーのために傷つけあいながら闇のなかの点にとどまる裸の猿以上のものになれると信じた。彼らは星々に自分たちの未来を見いだしたんだ。気高い未来を。わたしがまだ信じている未来を」

レイラニは両腕を広げた。「これが気高い未来ですか？」

マーコは話題を変えたほうがいいと考えた。この部隊が、いま、もっとも話すべきではない話題は、残酷さと邪悪についてだった。

「地球といえば」とマーコはいった。「みんなが、いま、いちばん恋しいのはなんだい？」ベン‐アリのほうを向いた。「教えていただけますか、中尉どの」

ベン‐アリ中尉はふたたび腰をおろした。壁にもたれておだやかな声で話しだした。

「子供のころ、わたしには家がなかったんだ、エメリー。人類防衛軍《HDF》が家だった。父は、祖父とおなじく将校だった。わたしは、基地から基地へと移動しながら育ったんだ。母はわたしがまだ幼かったときに死んだし、父は一年前に死んだ。だが、いちばん恋しいのは、たぶん……父だろうな。仕事が忙しかった父とは、長い時間、一緒にいられたわけじゃなかった。だが、父はときどき、土曜日に、砂漠とか草原とか海とか、そのとき駐屯している基地から行けるところへ連れていってくれた。そのときは一緒に星を眺めた。〈激変〉以来、多くの人が星を怖がるようになったことは知っている。だが、父はいつも、星を美しいと思っていた。星々の物語は一度も話してくれなかった。ふたりですわって黙ってただ星を見上げていた。あのときがいちばん恋しいな」

つかのま、全員が黙りこんだ。小隊長が、自分の人生について、自分の感情についてこんなに率直に語ることはめったにない。フォート・ジェミラでのベン‐アリは、女神のように超然としていて力強く、復讐に燃えているように見えたが、彼女もまた喪失感に苦しみ、孤独を感じていて、みんなと同様に人間らしい不安に駆られ、傷ついていることにマーコは気づいていた。

ついにアディが口を開いた。「あたしはビールが恋しいな。それにホットドッグが。それにアイスホッケーが。ああ、アイスホッケーが恋しい。氷に乗って試合をするのが。氷の上では自由になれるんだ」頭を壁にもたせかけ、脚を前にのばして目をつぶった。笑みを浮かべた。「ボーイフレンドがリーフスの試合のボックスチケットを手に入れたことがあった。ボーイフレンドは、おじいちゃんが仕事の関係で手に入れたチケットをもらったんだ。ボックスチケットってどんなものか知ってるか？　スタジアムのふつうの座席じゃないんだ。金持ちが試合を観るときのための特別ボックス席なのさ。革張りのカウチがあってバーがあって専属のウェイトレスがいるんだ。あたしたちはチキンウィングとホットドッグとプーティン（フライドポテトにグレイビーソースとチーズをかけたカナダの名物料理）を食って、ビールをたらふく飲んだ。リーフスは負けたけど、そんなの関係なかった。それほど関係なかった。ああ、あれは楽しかったなあ」

「おれはバレエが恋しいよ」とビースト。身長が二メートルを超える巨漢ロシア人は隅にすわっていた。ヘルメットを脱いで、巨大なスキンヘッドの頭をむきだしにしていた。

「聞かれる前にいっとくけど、おれが踊ってたわけじゃない。そうじゃなく、弟が踊ってたんだ。弟はロシア一のダンサーだった。つまり、世界一のダンサーってことだ。スターになる運命だったんだ！　家族と一緒に、よく弟のバレエを観にいってた。すばらしいダンスだった！　すばらしい才能だった！　あれこそ本物の、おれにはかけらもない才能だった。故郷を思いだしたときにいちばん恋しいのはあれだ。弟のバレエを観にいったことだ。それと……」頬を紅潮させながら、早口でいった。「それと、ボーイフレンドのボリスだ」マーコをちらっと見た。「ポエットには新兵訓練中に話した。いまはみんなに知ってほしいんだ。秘密をかかえたまま死にたくはないんだよ」

「おれはロックンロールが恋しいな」とエルヴィス。「意外じゃないのはわかってるさ。それと、自然豊かなところでのキャンプファイヤーだな。友達と、毎週のようにキャンプに行って、幽霊話をしたり、川で釣りをしたりしてた。それにおれはギターを弾いてた」突然、目に涙を浮かべた。「故郷に戻ったら、すぐにポエットとメープルとケミをキャンプに誘うよ。ほら、三人は家が近いんだ。そのときは、おつむの足りない農家の友達は抜きにして、四人だけで行こう。それに、カナダに来る気があるなら、ほかのみんなも一緒に行こう。キャンプファイヤーをして星を見よう。ベン-アリ中尉どのもどうぞ！　おれがギターを弾きながら歌いますよ」

「おまえの歌を聴くくらいなら、交尾中のスカムがあげる声のほうを聞くよ、エルヴィス」アディがいった。

「わたしは妻が恋しい」とシン軍曹。「それに幼い娘が。わたしは、月に一度、エビカレーをつくっていた。エビカレーを食ったことはあるか？　地球に帰ったら、全員をうちに招待して、エビカレーをふるまってやるぞ」

「おれが恋しいのはビデオゲームだ」とディアス伍長。「楽しいからな。うちでくつろぎながら、邪悪なエイリアンをやっつける一人称視点射撃《ファースト・パーソン・シューティング》ゲームをするのが大好きだったんだ。本物のエイリアンと戦うことになるとは思ってもなかったよ」

「あたしは新兵訓練が恋しい」とレイラニ。

　全員が、スタンピー軍曹までがレイラニのほうを向いた。

「頭がイカれたのか？」とエルヴィス。

「レイラニはイカれてるんだ」アディはそういってうなずいた。

　レイラニは首を振った。「それまでの暮らしよりましだったんだ。新兵訓練では、ちゃんとしたテントで寝られた。一日三食、めしを食えた。友達もできた」ついにガスマスクを脱いだ。涙ぐんでいた。「あそこが好きだった。あそこにいたときが、あたしの人生でいちばん楽しかったんだ」マーコと目をあわせた。声がささやきになった。「だから恋しいのさ」

　地下に来てからほとんど口をきいていなかったケミが、とうとう話しだした。声が小さかったので、全員、身を乗りだして耳をそばだてた。

「わたしはボーイフレンドが恋しいわ」士官候補生は無表情で前を見つめながらいった。「わたしは彼を心から愛してる。彼と街をただ歩いたり、クラシック音楽を聴いたり、一緒の未来を夢見たりしてたのが恋しい」目をつぶった。「だけど、わたしは彼を傷つけた。軍学校に入学することになったので、十年間会えなくなるから、わたしから別れを告げたの。それから二、三カ月しかたってないのに、彼はほかの女の子を愛した。いちばんつらいのは、悪いのはわたしだっていうことなの」涙をぬぐった。「彼と一緒に過ごしてたときが恋しくてたまらない」

何人かの兵士――レイラニ、エルヴィス、ビースト――がマーコを見た。彼らは、ケミがだれのことを話しているのか知っていた。理解していた。

続いてマーコが話した。「ぼくはガールフレンドが恋しい。ぼくはその女の子のことを本気で愛してた。ぼくを傷つけた女の子を。その女の子のことを、毎日、恋しく思い、毎晩、夢見てた。勇敢で、頭がよくて、きれいで……ぼくを振ったその女の子を。戻ってきたその女の子を。もう恋人同士にはなれないその女の子を」

全員が、長いあいだ黙りこんで、マーコとケミを交互に見ていた。

アディが咳払いをした。「おまえらふたりは、アイスホッケーとかホットドッグとかの話はできないみたいだな」

気まずい雰囲気を救ってくれたのはオシリスだった。

「わたしは地球を見たいです」アンドロイドはいった。「森を見たいです。エビカレーを味わいたいです。ビールを飲みたいです。アイスホッケーの試合を観たいです。わたしを地球へ連れていってくださいますか？」

アディはあくびをした。「地球でいちばんいいものはなにか知ってるか？　ベッドだ。くそっ、本物の、でっかくてふかふかのベッドが恋しくてたまらないよ」床に寝転がった。

「あたしはこれから六時間寝るからな。邪魔したら股間を蹴ってやる。見張りは最後にしてくれ」

「あたしが最初に見張りをするよ」レイラニが申し出た。あいかわらず線路のそばに立っていたレイラニは、ふたたびガスマスクをつけた。

マーコも、アディのそばで横になって寝ようとした。エルヴィスはのびをし、すぐにいびきをかきはじめた。全員が横になったとき、ひとりの兵士が立ちあがった。黒い戦闘服を着ている宇宙防衛軍管区《STC》の伍長で、鉱山におりられたＳＴＣ兵士のたった三人の生き残りのひとりだった。

「ちょっと待て」男はいってレイラニを指さした。「なんであの女は最初に見張りをやりたがるんだ？」顔をしかめた。「あの女は信用できない」

「いいから寝てくださいよ」ビーストが床からもごもごいった。「あのちびは信用できますって。雄牛みたいに強いんです」

「恒星船《スターシップ》からエンジンをひきちぎれるほど強いのか？」ＳＴＣ伍長はいった。「エレベーターのかごに破壊工作できるほど強いのか？」

レイラニは男に詰めよった。「口を閉じたほうがいいぞ、くそ馬鹿野郎。さもないと銃を口に突っこんでやる」

「それなら、わたしも撃たなきゃならないぞ」とほかのＳＴＣ兵士、髪が茶色で頬に傷がある長身の女性がいった。その女性はふんと鼻を鳴らした。「わたしもそのちびを信用できない。悪霊だの魔女だのの話をしたり、ガスマスクをかぶって顔を隠したり、殺すと脅したり」

　こんどはアディがさっと立った。ＳＴＣの兵士たちに指を突きつけた。「あんたらが破壊工作をしたんじゃないってどうしてわかるんだ？　あんたらは宇宙船をよく知ってるはずじゃないか！　どうすればエンジンをはずせるかを知ってるはずじゃないか」

「犯人はアンドロイドだ」エルヴィスがいった。オシリスをちらりと見てぎくりとした。「だよな。みんな、そう思うよな？」

「地面住み野郎め」と最初のＳＴＣ伍長。「地面住み野郎どもはだれひとり信用できない。スカム以下だ」

「どっちがスカム以下だ！」アディは叫ぶと、こぶしを振りあげて男に飛びかかった。スタンピー軍曹がうなり、吠えはじめた。たちまち全員が叫びながらつかみあいをはじめ——

――

「いい加減にしろ！」ベン-アリ中尉が叫んだ。「全員、すわれ。さっさとしろ！」

　全員が凍りつき、ぶつくさいいながら腰をおろした。なかにはベン-アリよりも年上で経験豊富な兵士もいたが、ここでは彼女がただひとりの将校だった。訓練のおかげで、STC兵士も含め、全員がベン-アリの階級を尊重した。

　とりあえずは、とマーコは考えた。

「だれが破壊工作をしたのかはわかっていない」ベン-アリはひとりずつ順番ににらんだ。「破壊工作をした者がいるのかどうかもわかっていない。根拠のない決めつけは許さない。わたしの部下には。STCの兵士にもだ。今夜は、ペアを組んで見張りをしろ。デラローザ、エメリー――おまえたちが最初だ。時間になったら次のペアを起こせ」ひとりまたひとりと兵士たちを凝視した。「団結していれば、きっと生きのびられる。ここにほかの敵はいない。敵はスカムしかいないんだ。わかったか？」

「はい、中尉どの」兵士たちは答えた。

　レイラニと一緒に見張っているとき、マーコは眠っているほかの兵士たちを眺めた。このなかのだれかがほんとに裏切者なんだろうか？　マーコはひとりずつ見つめた。シン軍曹はターバンをほどいて寝ているので、長い黒髪が頭のまわりに広がっている。ハンサムで傷痕があって、たぶんこの小隊で最強の戦士のディアス伍長は、背骨の半分が金属になっているが、彼の勇気はまったくくじけていない。若くて賢いベン-アリ中尉は、ぼくが地獄へだってついていく――たぶん実際についてきた――指揮官だ。やさしい巨人のビースト。若くておバカでおびえてるエルヴィス。静かにおだやかに眠ってる親友のアディ。ケミ。ぼくのケミ。ケミは両手を枕にして寝ている。ぼくはいまもケミを愛してる――レイラニを愛してるいまも。ぼくは全員を愛してるんだ、とマーコは気づいた。ケミだけじゃなくて全員を。このうちのだれかが裏切者だなんて信じられなかった。

　マーコはこのグループのそれ以外の兵士たちを眺めた。ＳＴＣ所属の数人の兵士たちを。ジェミラでともに訓練を受けていない、数人の地球から来た兵士たちを。そして彼らのなかで背中をのばしてすわって目をつぶっている――オシリスを。このなかのだれか、地下にいる新しい分隊の友達ではないだれかが破壊工作をしたんだろうか？　それとも、地上にいる兵士のだれかなんだろうか？　ペティ大尉と彼女が率いる戦士たちはまだ生きてるんだろうか？　縦坑をあとにして以来、地上の中隊からの連絡はなかった。ヘッドセットが地下では機能してないんだろうか、それとも地上の中隊はスカムに襲われて全滅してしまったんだろうか？

　レイラニがマーコの隣に歩いてきた。ほかのみんなが寝ているので、レイラニはマーコと手をつなぎ、頭を彼の腕にもたせかけた。マーコは片腕をレイラニの体にまわした。

「ごめんね、マーコ」レイラニがささやいた。「あたしがこんなに暗くて。こんなに怖がってて。あんたのためにならなくて」体をひねってマーコと向かいあった。「新兵訓練が恋しいっていったのは、あそこであんたとふたりきりになったときが恋しいっていう意味なんだ。こんなことになる前に」

レイラニは目をつぶって頬をマーコの胸に押しあてた。マーコはレイラニを両腕でぎゅっと抱きしめた。マーコもあのときが恋しかった。訓練基地で、休日の日曜日に、自分の寝台でレイラニを抱いていたあのときが。いまのいちばんの望みは、またあんなふうに一日を過ごすことだった。日差しを浴びながらレイラニを抱いて横たわり、ふたりで笑いあうことだった。

「また楽しい日が来るさ」マーコはいった。「このまま地下に閉じこめられたりはしない。きっとここから脱出できる。また太陽を浴びられる」

トンネルの先の地の底から、うめき声のような音をたてて風が吹いてきた。笑い声のように、マーコをあざけっているように感じた。マーコは壁に書かれていた、〝地獄へようこそ〟という文字を思いだした。マーコは身震いしてレイラニを抱いている腕に力をこめた。

15

マーコが汗まみれになって息が詰まるような悪夢から目覚めると、そこは鉱山だったが、ケミがいなくなっていた。

「どうして消えたりしたんだ？」ベン‐アリ中尉がきびしい目つきでいった。「最後の見張りはだれだったんだ？」

マーコは立ちあがった。目をこすって、眠気を、迷宮にとらわれて怪物の群れに追われる夢を払いのけようとした。あらためて冷や汗をかきながらあたりを見まわした。

兵士たちは線路ぞいにある岩肌がむきだしの小さな洞窟のなかで立っていた。だが、ふたりの兵士——宇宙防衛軍管区《STC》の伍長とケミ——が行方不明になっていた。

「あたしが最後の見張りをすることになってました」アディがいった。「エルヴィスとあたしが。だけど、ケミはあたしたちを起こさなかったんです」

マーコはどきりとした。

マーコは線路に乗って、「ケミ！」と叫んでから反対側を向いた。「ケミ！」

マーコの声がこだました。闇の奥のどこかで——冷酷で悪霊じみた——笑い声が応じた。

「やっぱりね」洞窟を歩きまわりながらレイラニがわめいた。「やっぱりだ！　あのSTCのくそ伍長だったんだ。あいつが裏切者だったんだ。なのに、あたしを犯人扱いしやがって」

「それとも、あのケミ士官候補生が裏切者だったのかもしれないぞ」と残ったSTC兵士のひとりがいった。STC兵士は、もうふたりしかいなかった。

「ケミは裏切者なんかじゃない！」マーコは膝が震え、動悸が激しくなった。「ケミは幼なじみなんだ。ケミたちはきっと、見張っているときにつかまったんだ」手でメガホンをつくってふたたび叫んだ。「ケミ！」

アディが血の気がひいた顔でマーコに歩みよった。そして、呆然とマーコを見つめてからトンネルの奥に目をやった。アディとケミは親友ではなかった。アディはがさつで乱暴で、背が高くてバイキングのようなブロンドで、喧嘩とビールが好きな女の子だ。ケミは勉強好きで野心家で内省的な、ナイジェリア移民のかわいい孫娘で、成績がよく、二世紀前の古典的なロックとボーイフレンドを愛している。だが、ふたりはおなじ街で育ち、おなじ学校に通って長い時間をともに過ごしたのだ。いま、アディは震えていた。

「ケミは見つける」アディは震える声でいった。「約束するよ、マーコ。きっと見つける。で、ケミをさらったやつはあたしが殺す」

兵士たちは二班に分かれて捜索することになった。ひと班は、列車をバックさせて縦坑のほうに戻る。マーコを含むもうひと班は、徒歩で鉱山の奥へ進む。マーコは長く歩くまでもなかった。トンネルをほんの二百メートルほど進んだところで凍りついた。

線路上に塊が見えた。

どきりとした。

「ケミ」マーコはささやいた。

線路ぞいに走って塊のかたわらで片膝をついた。そして、安堵がどっとこみあげたことを、歓喜の震える吐息が口から漏れたことを恥じた。

ケミではなかった。STC伍長の胸にはぽっかりと穴があいていて、命のうせた目が見上げていた。

マーコは死体の横で立ちあがって、「ケミ!」と叫んだ。

遠くで――ガチャガチャという音が響いた。風がうめき声のような音をたてた。笑い声がこだました。

「静かにしたほうがいいぞ」レイラニがいった。そして死体のそばでしゃがんで検分した。「この傷からして、スカムだな。スカムの鉤爪だ」

マーコは伍長の死体を見つめた。「それとも、あの人間の姿をした怪物、グレーのローブをまとってた女の仲間の鉤爪かもしれない」背後に立っているほかの兵士たちのほうを向いた。「きっと怪物が、きのうの夜、ふたりをさらったんだ。ケミをまだつかまえてるかもしれない。ケミはまだ生きてるかもしれない」

マーコはトンネルを奥へと進んだ。小さくて金属質のものが懐中電灯の光を反射した。

マーコは膝をついた。

ケミの拳銃だった。ねばつくものでおおわれている。

「スカムのよだれだ」マーコはいった。「スカムがケミをさらったんだ」

死体はなかった。血痕もなかった。スカムはケミを生きたままさらって彼女の武器を捨てたのだ。

マーコは通信機を起動して、第二の捜索隊を率いているベン-アリ中尉を呼んだ。暗闇のなかで待っていると、やがて列車がやってきた。ベン-アリが真っ先に車輌から飛びおりてきたので、マーコはケミの拳銃を見せた。

「ケミは生きたままつかまったんです」マーコはいった。「ケミはまだ生きてるんです」

ベン-アリはうなずいた。青ざめた顔でまなじりを決していた。「ケミ士官候補生はとりもどす。列車に乗れ。追うぞ」

全員——中隊で最後に残った十四人——が列車に乗った。兵士たちは列車が進むトンネルの奥をじっと見つめた。ヘッドライトが闇を切り裂いていた。マーコは線路上に塊が見えるのではないかと恐れつづけたが、えんえんと続くレール上に障害物はなかった。マーコは片手をずっとスタンピー軍曹の背中に置いていた。かたわらにいてくれているポストンテリアから心の安らぎを得ていた。列車は一キロ進んだ。さらに一キロ。それでもトンネルは地下深くへとくだりつづけた。

どこにいるんだ、ケミ？　とマーコは内心で語りかけた。パニックがマーコの心に触手をのばしていた。動悸がおさまらなかった。頭がくらくらしていた。ケミはこの闇のどこかにとらわれていた。影にひきずりこまれ、傷つけられ、ひょっとしたらもう殺されていた。おびえているはずだった。ケミはひどくおびえているはずだった。マーコは息を乱した。ケミとの思い出が闇のなかに浮かびつづけた。数学の宿題を手伝ってくれているケミ。十六歳だったふたりが、夜、草深い丘で並んで寝転がっているときにしたファーストキス。ケミの家でふたりでいるとき、キッチンで笑いながら協力して料理をつくったり、ソファで寝転がって、おたがいの存在に癒されながら一緒に本を読んだりしたこと。

これがいちばん恋しい故郷の思い出なんだ、とマーコは考えた。ああ、ケミ。がんばってくれ。いま行く。いま行くからな。

トンネルはくだり勾配がきつく、つねにブレーキをかけて列車を減速させなければならなかったので、急降下するジェットコースターに乗っているかのように気分が悪くなった。トンネルが狭くなったと思ったら、たちまち列車の側面がごつごつした壁をこすり、天井が兵士たちのヘルメットをかすめるようになった。五キロ進んだところで分岐点に達した。

マーコは列車を止めた。

機関車から線路に降り、両方のルートを調べた。一方はより狭く、より地下深くにもぐっている。もう一本のトンネルはより広く、しっかりしていて水平だ。

「まあ、どっちに行きたいかははっきりしてるな」アディはそういって広いほうを指さした。

マーコは顔をしかめた。分岐点まで歩いていって、まず一本を、続いてもう一本をのぞいて手がかりを探したが、なにも見つからなかった。ついに、「ケミ！」と叫んだ。

ほかの兵士たちがぎくりとした。

「エメリー、静かに進んだほうがいいと思うぞ」ベン-アリ中尉がいった。

マーコは中尉に返事をしなかった。目をつぶって耳をすました。

闇のなかでガチャガチャという音が響いた。けたたましい笑い声のような音と、石をひっかくような音も聞こえた。

マーコは狭くて勾配がきついほうを指さした。「こっちの下に生き物がいる。音が聞こえる。ケミはこっちに連れていかれたんだ」マーコは線路のレバーをつかんでぐいとひいた。かん高い音とともに線路のレールが動いて狭いほうのトンネルへと切り替わった。一行がふたたび乗りこんだ鉱山列車は、闇の奥へと向かった。列車は、壁をこすり、車輪から火花をあげながらガタゴトと狭いトンネルを進んだ。天井から垂れている蜘蛛の巣らしき薄い膜状のものが列車をかすめたが、蜘蛛は見かけなかった。鼻をつく悪臭が漂っていた。

もぐるにつれて、前方から聞こえるけたたましい笑い声が大きくなった。影が踊り、そして消えた。怪物が頭上でガタガタという音をたてたが、マーコが見上げると消えた。

「そこらじゅうにいるぞ！」マーコの背後の車輛からアディが叫んだ。

「見えないんだ！」マーコが応じた。

「ここにいるんだ」とレイラニ。「悪霊が。地獄の悪霊が」

周囲のいたるところからささやき声が聞こえた。天井を、壁を走る足音がした。影が逃げていった。マーコは前方になにかを見たような気がした——人の形のなにかを。目が白い。そして——

列車のヘッドライトが割れて一瞬でトンネルが暗くなった。列車は走りつづけたが、トンネルは漆黒の闇に包まれていた。兵士たちは懐中電灯をつけたが、ここではその光は弱々しく感じた。影をいっそう濃くし、踊らせているだけに思えた。

「減速しろ！」アディが叫んだ。

マーコはブレーキに手をのばした。うわっと声をあげて手をひいた。手から血が出ていた。ブレーキレバーは消えてなくなっていた。列車は前進しつづけ、怪物の群れがいたるところを走りまわっていた。スタンピー軍曹が遠吠えのような声を発した。

「スカムだ！」アディが叫んだ。「くそスカムが、壁にも天井にも、そこらじゅうにいるぞ！」

レイラニが笑いだした。「地獄だ。ここは地獄なんだ。あたしたちは地獄にいるんだ」

「壁に向けて撃つな！」ベン‐アリ中尉が叫んだ。「跳弾が――」

だが、兵士たちが鉱山列車のなかで立ちあがって発砲しはじめ、ベン‐アリの声はかき消された。銃口炎《マズルフラッシュ》がトンネルを浮かびあがらせた。銃弾がヒュンヒュンと飛び、壁にあたって砕け、跳ねた。弾のかけらが列車の側面に食いこんだ。ひとりの兵士が悲鳴をあげ、血が飛び散った。怪物たちは闇のなかでかん高く鳴きながら、天井から飛びかかってきて鉤爪を振るった。またひとりの兵士が苦痛の絶叫をほとばしらせた。熱くてねっとりした血がマーコにかかった。ベン‐アリ中尉がプラズマ銃を発射し、強烈な白熱光が前方にのびた。一瞬、トンネルが昼間のように明るくなり、前方に何十匹、何百匹ものスカムがいるのがわかった。スカムたちは壁と天井を、腸に巣くう寄生虫のようにおおっている。スカムたちは壁に鉤爪を立てながら這って迫ってきている。

マーコは運転席から立って銃を撃った。

ほかの兵士たちも、車輛の側面から身を乗りだして銃を撃った。列車に激突した怪物の体がちぎれた。車輛はかん高い音をたてながらそいつを轢《ひ》きつぶした。おびただしい数のエイリアンが前方で金切り声のような鳴き声をあげた。マーコはスイッチをフルオートに切り替えて弾倉を空にし、新たな弾倉を装着した。叫びながら撃ちつづけた。列車はさらに何匹ものスカムに体当たりされ、浮きあがってどすんと落ち、金属の車体をこすってからまたレールに乗り、突進しつづけた。

一匹のスカムが上から機関車に飛びついた。

マーコはわめきながら小銃のストックを振り、そのスカムを叩き落とした。発砲した。その怪物は銃弾で腹を穴だらけにされ、肉を焼く黄色い血を噴きだした。また一匹、怪物がマーコの前に降ってきた。鉤爪が腕をかすめた。マーコは、苦痛の叫びを発しながらまた引き金をひいた。スタンピーがスカムに飛びかかり、嚙みついて吠えた。

「スカムだらけだ！」だれかがうしろで叫んだ。スカムがどんどん天井から降ってきていた。マズルフラッシュが闇を照らした。列車はムカデをかきわけるようにして進んでいた。スカムは降りつづけ、列車は群れに激突した。外骨格のかけらが飛び散った。耳をつんざくキーッという音とともに列車が脱線した。そして火花と石をまき散らしながら岩の上を滑って壁にぶつかった。鉱山が揺れた。エンジンが煙を噴きだして止まった。

ベン-アリがまたプラズマ銃を発射した。前方から列車に向かってくる何十匹ものスカムが浮かびあがった。

マーコはベルトから手榴弾をとった。

「爆発するぞ！」と叫んでから手榴弾を投げた——何年も前に、兵士が手榴弾を投げる前にそう叫ぶシーンを映画で見たことがあったのだ。

兵士たちは全員、膝をついて両耳を押さえた。

爆発が鉱山を揺るがした。耳を聾《ろう》するすさまじい音が響いてトンネルが揺れた。石のかけらが降り注いだ。

「爆発するぞ！」アディが叫んで手榴弾を放った。

「爆発するぞ！」ほかの兵士たちも警告して手榴弾を投擲《とうてき》した。

マーコは列車から飛び降りて機関車の陰で膝をついた。頭を下げて両耳をおおった。

衛星コーパスが砕けたように感じた。

超新星爆発が鉱山を崩壊させたように思えた。

石とジュージューいっている熱い外骨格のかけらがマーコの肌を切り裂き、続いて黄色い血の雨が降ってきた。

埃《ほこり》がおちついた。マーコをはじめとする兵士たちが立った。シン軍曹が拳銃になにかをとりつけて撃った。トンネル内で閃光が生じ、鉱山がまばゆいほどの強烈な白さで照らしだされた。

スカムは、トンネルじゅうで、死んだり倒れてぴくぴく痙攣《けいれん》したりしていた。数えるほどの生き残りが這い進んできていた。さらにしばし発砲が続き、そいつらも掃討された。

マーコの傷口では毒液がジュージューと音をたてながら体を蝕んでいた。マーコは震える手で太腿に解毒剤の注射を打った。激しい耳鳴りがしていた。すでに、この数日で、いつもより会話が聞きとりづらくなっていた。故郷に帰れたとして、そのときにはどれくらい耳が悪くなってるんだろう、とマーコは考えた。そして耳をこすりながら列車の横を歩いた。愕然としていた。

　鉤爪に引き裂かれて死んだ三人の兵士の死体が転がっていた。

　ふたりはＳＴＣの兵士で、喉をぱっくりと切り裂かれていた。そして三人めは……

「ディアス伍長どの」マーコはつぶやいた。「まさか。そんな、まさか」

　マーコは分隊長のかたわらで片膝をついた。ディアスは、フォート・ジェミラでマーコを鍛えてくれた。アパラチアで瀕死の重傷を負ったにもかかわらず戦場に戻った。いま、ディアスは線路脇でぐったりと倒れていた。腹が大きく裂けていて内臓があふれだしている。マーコは、背骨の金属部分が見えていることに気づいた。

　マーコはうつむいて、「指揮官どの」とささやいた。

　エミリオ・ディアス伍長があえぎながら手をのばし、マーコの手をつかんだ。

「なんてこった」エルヴィスがつぶやいた。「まだ生きてるんだ。この人はまだ生きてるんだ」

　ディアスはうめいて苦しげに息をし、マーコの手を握りしめた。

「自分はここです」マーコはささやいた。「自分はここにいます、エミリオ。ここにいますよ」

するとエミリオ・ディアス伍長が――この偉大な戦士、マーコたちの分隊に殺しかたを教えてくれ、山と鉱山でスカムを屠《ほふ》り、つねに薄笑いを浮かべていた男が――すすり泣きはじめた。

「怖いんだ、マーコ」ディアスはささやいた。「こんなところで死にたくない。うちに帰りたい。うちに帰りたいんだ。かあさんに会いたいんだ。頼む。おれは……」

ディアスが動かなくなった。目が天井を向いていた。息が絶えていた。

兵士たちがみな集まっていた。マーコ。アディ。エルヴィス。ビースト。レイラニ。みな、フォート・ジェミラとここコーパスでディアスに率いられていた。みな頭《こうべ》を垂れた。ベン-アリが加わった。無言で目をつぶった。涙が頬を伝った。アンドロイドのオシリスまで、ロボットの目に好奇心を浮かべながら黙って眺めていた。

「ディアス伍長どのは、ぼくが知る最高の戦士だった」マーコはささやいた。「ぼくは伍長どのを尊敬してる。伍長どののもとで戦えたことを誇りに思ってる。さようなら、エミリオ・ディアス伍長どの」

「エミリオ・ディアス軍曹」ベン-アリがいった。「貴公を軍曹に昇進させる。われわれは貴公をいつまでも忘れない」片膝をついてディサスの認識票をとりはずした。「これを貴公のご家族に届ける」

遺体は運べなかった。ここに置いていくしかなかった。僻遠の衛星に葬るしか。列車は、機関車が壊れてしまっていて走れなかった。一行は、うつむいて歩きだした。二百名の兵士からなる中隊は、十一名にまで減っていた。

ケミがいなくなった、とマーコは考えた。分隊長が戦死した。ぼくは闇のなかで途方に暮れてる。

マーコは、銃を構え、夢のなかとおなじく、出口を探しながら徒歩で前進した。

16

二百名の生き残りである十一名の兵士は闇のなかを徒歩で進んでいた。全員が負傷していた。全員が精神的に追いつめられていた。兵士たちは銃を構えていた。トンネルはくねくねと曲がっては分岐し、広大な迷宮を構成していた。紙とペンを持っているのはマーコだけだった。作家志望なので、つねに持ち歩いているのだ。マーコはたどってきたルートのマップをつくっていた。インクは木の根のようなネットワークを描きだしていた。

ほとんどのトンネルにレールがのびていたが、さらに狭くていっそう粗末で線路が通じていないトンネルもあった。そうしたトンネルの壁はぬるぬるするものでおおわれていて鉤爪のあとがあった。

「スカムの穴だ」アディが吐き捨てるようにいった。

「スカムはここを大きな巣にしてるんだ」とマーコ。「だからコーパスを侵略したのかもね。鉱山を基礎にして巣をつくれるから。人間を一掃してトンネル網を拡張するだけでよかったんだ」

「人間はどこへ行ったんだ？」とアディ。「どうしてだれもいないんだ。いたのは、あの六本腕の不気味な女だけだし、あの女が人間かどうかは微妙なところだ」

「みんな、この衛星を脱出したのかもしれない」とマーコ。「さっと逃げだしたのかもね。ぼくたちも、例のエンジンをこの地下のどこかで見つけたらこの星を出ていくんだし」

一行が歩きつづけると、甘ったるい悪臭が前から漂ってきた。腐ったフルーツに蜂蜜をかけたような臭いだ。寒さがやわらいで気温が上がり、むっとするような湿気がたちこめはじめた。鼻をつく悪臭がひどくなったので、兵士たちはガスマスクを着用した。マスクをつけられないスタンピーはくんくん鳴いた。

「ユニコーンのくそみたいな臭いだな」アディがいった。

マーコのガスマスク内に汗がこもった。レンズがくもった。視界が悪かったが、トンネル内は明るくなっているように思えた。間違いない――前方が、懐中電灯の光だけではありえないほど明るくなっている。暖炉の火明かりのような、温かいオレンジ色の輝きだ。前方からカタカタ、カチカチという音も聞こえてきた。サーッというホワイトノイズに近いほどやわらかい音だ。

「引き返そう」レイラニがいった。

「だめだ」マーコは首を振った。「ケミはきっとここにいる。なにが待ち受けてたって、そいつと対決しなきゃ」

アディが銃口を上げた。「そいつを殺してやる」

一行が歩きつづけると、明るさと悪臭と音が増し、ついにトンネルから広い空間へ出た。

兵士たちが凍りついた。

マーコは顔をしかめた。

エルヴィスがガスマスクを脱ぐと、横にはずれて嘔吐した。

スカムはそのあたりのトンネルを丸く削って広げ、粗雑な大聖堂のようにしていた。皮膚と血管でおおわれ、オレンジ色に輝く塊がいくつも天井から下がっている。それらからにじみだしている光が、線路をおおい、壁まで広がっているうごめく卵塊を照らしていた。民家ほどもある卵塊は、悪臭を放ち、粘液をしたたらせている。ひとつがスイカほどの大きさの卵は殻が半透明で、スカムのうじ虫がぼんやりと透けて見えている。

「うげっ」アディは身震いした。「スカムの新生児室ってわけか」

数匹のおとなのスカムが卵塊をまわりこんで兵士たちのほうに向かってきた。アディが発砲し、一匹の頭に命中させた。分隊員たちがさらに何発か撃ってほかの虫たちを殺した——ふつう、スカムが何発の被弾に耐えるかを考えたら、びっくりするほどあっさりとした勝利だった。マーコは顔をしかめて一匹のスカムの死体に歩みよって足で突いた。振りかえって戦友たちを見た。

「こいつらには鉤爪がない」マーコは死体に向きなおった。大きさはふつうのスカム——

体長三メートルほどで太さはマーコの胴体と同程度——と変わりないが、脚はやわらかく、先端は把握力のある鉤になっているし、装甲も薄い。「こいつらは子育て担当なんだろうな。アリが兵隊アリと働きアリと子育てアリに分かれてるみたいなもんなんだろう」

アディは新たな弾倉を装着した。「みんな、下がれ。スカムのうじ虫どもをぶち殺すから」

ほかの兵士たちも下がって銃を構え、卵にねらいをつけた。

「待ってくれ」マーコが止めた。

兵士たちは振り向いてマーコを見た。「ポエット、なんだ? 先におしっこでもしたいのか?」アディがたずねた。

「気が進まないんだ」とマーコ。「だって赤ん坊じゃないか」

アディはうめいた。「勘弁してくれ、ポエット。蜘蛛がうちに入ってきたときとおなじことをいうな。おまえは蜘蛛を殺そうとしたあたしを止めて、外へ逃がしてやったよな。だけどこいつらはスカムだぞ、ポエット。スカムなんだ! 世界をめちゃくちゃにした怪物なんだぞ」

マーコはうなずいた。「わかってる。たぶんきみのいうとおりなんだろう」卵に近寄った。卵のなかではうじ虫が身をよじり、キーキー鳴き、小さな鉤爪で弾力のある殻をつついていた。「やがてこの生き物たちはおとなになる。人を殺す。だけど……いま、殺しちゃだめなような気がするんだ」ベン-アリのほうを向いた。「赤ん坊は見逃してやりましょうよ、中尉どの。このまま進んでケミを、エンジンを探しましょう。皆殺しにするために来たわけじゃないんですから」

　だが、中尉の目はやわらがなかった。「だめだ、エメリー。リンデン二等兵のいうとおりだ。見逃すわけにはいかない」

「でも」マーコは抗弁しかけた。「中尉どの――」

「おまえは〝赤ん坊〟といった」とベン-アリ。「おまえはスカムを人間扱いしているんだ。だがスカムは人間ではない。こいつらはうじ虫だ。怪物に成長するうじ虫なんだ。人間の赤ん坊はどうなんだ、マーコ？　やがてこの怪物どもが殺す人間の赤ん坊たちはどうなんだ？　ディアス伍長やケイブマンやスカムに殺されたほかの兵士たちはどうなんだ？　地球で死んだ何十億人もの人々はどうなんだ？　おまえの母上はどうなんだ？」口調をやわらげた。「すまない、マーコ。おまえはやさしい。まっとうだ。だが、勘違いをしてるぞ。われわれは皆殺しにするために来たんだ。それがわれわれの目的なんだ。下がっていろ、マーコ。仕事をさせてくれ」

「中尉どの」とマーコ。「自分をこの任務に選んだのは、ただの殺し屋ではないからだったんじゃありませんか？　そうおっしゃったじゃないですか。だから自分を連れていきたいのだと」

「ええと」アディが口をはさんだ。「話しあうのはあとにしたほうがよさそうだぞ。卵が、その、孵化《ふか》しはじめてるみたいなんだ」

マーコはあわてて向きを変え、悪臭を放っている塊を見た。卵はうごめき、割れ、うじ虫が出てきていた。幼虫にはもう鉤爪があった。幼虫はキーキー鳴いて顎をあけ、ねばつく喉をあらわにした。かん高い声でやかましく鳴きつづけながら卵塊から這いおりてきはじめた。餌を求めているのだ。

「虫けらどもめ」《ミヤリ》に搭乗する直前に小隊に加わった女性兵士、カルクウィスト二等兵がいった。「弾を無駄づかいするまでもない」

カルクウィストはブーツを上げて一匹のスカムを踏みつぶそうとした。その――猫ほどの大きさしかない――怪物は跳躍してカルクウィストの脚に飛びついた。カルクウィストは罵声をあげた。たちまち、さらに二十四のうじ虫がジャンプして二等兵に飛びつき、噛みつきはじめた。カルクウィストは悲鳴をあげ、ほかの兵士たちはあとずさった。スカムたちは牛を襲うピラニアの群れのように、カルクウィストの顔をはぎ、手足の肉をちぎった。骨が見えてもカルクウィストは悲鳴をあげつづけた。頭蓋骨がむきだしになっても、まだ生きていた。

兵士たちが射撃を開始した。

弾はスカムにあたり、カルクウィストにあたり、背後の卵塊にあたった。ベン-アリはプラズマ銃を発射して卵を焼いた。炎が広がり、弾が飛びつづけ、うじ虫が悲鳴をあげながら死んだ。燃えている卵塊からのがれようとし、炎に包まれた。哀れな生き物たちは命乞いをしながら焼け死んだ。弾は雨あられとうじ虫の群れに降り注いだ。ベン‐アリはプラズマ銃を、まるで火炎放射器のように発射しつづけた。青と白と赤の光が噴水のようにほとばしって空気をイオン化し、悪臭の元を焼き払った。卵が次々に弾けたが、生き物たちは生まれつづけ、死につづけた。

　皆殺しか、とマーコは考えた。マーコも銃を撃って幼虫を殺した。たぶんベン‐アリのいうとおりだからだった。マーコたちの目的は皆殺しだった。マーコは殺し屋だった。宇宙における人類防衛軍《HDF》の使命は、人類を守ることではなく、敵を皆殺しにすることなのだ。そして、この地下で、地球からはるか彼方のこの星で、マーコたちは新生児室を焼き、おとなになる前に子供を殺していた。轟々《ごうごう》たる炎が天井まで届いているなか、マーコたちが燃えさかる卵塊をまわりこみ、悪臭と熱からのがれてふたたびトンネルに入ると、断末魔のかん高い悲鳴が聞こえなくなった。

　一行は歩きつづけた。兵士は十名にまで減っていた。ケミはまだ見つかっていなかった。マーコは顔が煤《すす》だらけになっていたが、この汚れはいくら洗っても落ちないことがわかっていた。この悪夢からは決して目覚められないことが。

一行は何時間も歩きつづけ、線路にそって何キロも進んだ。分岐点を何度も通過し、迷宮のなかで道に迷っていた。この闇には果てがないかのようだった。だが終わりはあるはずだった。どこかに線路の終点があるはずだった。この衛星の地の底に機械があるはずだった。エンジンを見つけられるはずだった。ケミを見つけられるはずだった。そう信じるしかなかった。それが信じられなくなったら、歩きつづけられなかった。ほかの兵士たちはマーコとともに無言で歩いていた。どの顔も汗にまみれている。

「アディ」マーコは、足をひきずりながら――両脚と背中が痛かった――アディに近づいた。「新兵訓練で、無線機をかついで基地を一周したことを覚えてるかい？」

アディはうなずいた。「あのおかげでいまだに背中が痛いんだ」

「ぼくはいま、あの日を恋しがってるんだ」

「あたしもだよ」アディはいった。「なんと、レイラニみたいに、新兵訓練を恋しがってるのさ」

「アディ、とうさんが朝、オムレツをつくってくれたことを覚えてるかい？　三人でキッチンでアニメを観たことを、ロードランナーを見て笑ったことを覚えてるかい？」マーコの目に涙がこみあげた。マーコは兵士だ。スカムを何匹も殺した。だがいま、めそめそ泣いていた。「地球を覚えてるかい？」

アディはうなずいた。「ああ、覚えてるとも」

「早く一緒に帰ろう」とマーコ。「宇宙はもういやだ。うんざりなんだ。コーパスを脱出したら、すぐに地球への転属願いを出そう。またアニメを観よう。またとうさんとクリスマスを祝おう」

いまやアディも泣いていた。「怖いんだ、マーコ。地球に帰れないんじゃないかと思って怖いんだ。あたしたちはディアス伍長どのみたいにここで死ぬんじゃないかって。ケイブマンとシェリフみたいに。ほかのみんなみたいに」

「ぼくたちは帰れるさ」とマーコ。「ぼくたちは生きのびる。クリスマスには、ふたりしてうちの暖炉の前にすわって、とうさんと一緒にエッグノッグを飲んだりアニメを観たりするんだ」

アディは泣き笑いをした。「おまえのとうさんは、あたしにとってもとうさんだ。両親が殺されてから、ずっとそう思ってる」マーコの手を握った。「それにおまえは弟みたいなもんだ」

「ぼくのほうが何日か早く生まれたんだぞ、アディ」

「だけど、おまえは弟みたいにかわいいのさ」アディは歩きながら両腕でマーコを抱いた。「マジでおまえを愛してるんだ、マーコ。知ってるよな？　マジのマジで愛してるんだ」

マーコはアディのヘルメットをずらして彼女の髪をくしゃくしゃにした。「ぼくも愛してるさ」

レイラニが歩みよってきた。父親の制服を着た子供のように、ズボンはだぶだぶだし、ヘルメットはぐらついていた。レイラニが小さな声でいった。「あたしは小さいころからクリスマスが大嫌いだったんだ。泥棒がスラムをうろつきまわるからね。いい暮らしをしてる連中はうちでクリスマスを祝ってたけど、あたしたちは次の日の朝、ごみ箱をあさって七面鳥と豚の骨をみつけるしかなかった」マーコを見上げた。「もしもここを脱出できたら、あたしもあんたたちと、あんたたちの家族と一緒にクリスマスを祝えないかな？　隅にすわってて、だれの邪魔もしないって誓うから」

「きみにはうちでいちばんいい席にすわってもらうさ」とマーコ。「それに、いちばん大きい七面鳥の肉といちばん厚いハムをあげる。だから、ぼくと一緒にいれば、レイラニ、ほしいものが手に入らないことがなくなるんだ」

「ほしいものってなんだ、七面鳥か？」レイラニがたずねた。

「なんでもさ」

レイラニはマーコに寄りかかった。「あたしがほしいのはあんただ」

アディは、おえっと声をあげた。「甘すぎて吐きそうだ」ぶるっと首を振った。「とにかく、クリスマスにはみんなを招待するよ」ほかの兵士たちを見まわした。「全員を！　シン軍曹どのも、ベン‐アリ中尉どのも――」

「シン軍曹どのはシーク教徒だぞ」マーコはさえぎった。「それにベン‐アリ中尉どのはユダヤ教徒だ。どっちもクリスマスを祝わないんだ」

ふたりのうしろを歩いていたシンは黒い顎ひげをたくわえた顔でほほえんで、「喜んで七面鳥をいただくよ」といった。

「わたしもだ」とベン‐アリ。「それに、わたしが七面鳥を切り分けているあいだ、敬礼する必要はないからな」

マーコはしばらく黙っていた。そしていった。「思いだすのは難しい。故郷のことを考えるのは。なぜか、闇がいっそう濃くなって、痛みがいっそう生々しくなって、ここがますますひどい場所に思えるんだ。フォート・ジェミラでも似たような気持ちになった。いちばんつらかったのは、無線機をかついで歩くことでも、担架をかついで砂漠を行軍することでもなかった。睡眠不足ですらなかった。いちばんつらかったのは――家にいるとうさんに電話したとき、とうさんの声を聞いたときだったんだ。基礎訓練でくじけそうになったのはあのときだけだった。どうしてなのかはわからないけど」

「人間に戻ってしまったからさ」ベン‐アリがおだやかな声でいった。「基礎訓練の目的は人間らしさを奪うことなんだ。だから新兵を走らせ、どなりつけ、昼も夜も痛めつけたんだ。考える時間をなくしたんだ。青年に戻らないようにしたんだ。新兵を、なにも考えず、なんの感情もない機械にしなければならなかったからだ。父上に電話したとき、おまえは人間に戻ってしまった――だからいっきに苦痛を感じたんだ。だが、いまは、この闇のなかでは……おまえたちには思いだしてほしい。たとえ苦痛を感じても、おまえたちには機械ではなく人間でいてほしい。なぜなら、希望を持ってほしいからだ。なんのために戦っているか、なにをふたたび目にすることができるかを知っていてほしいからだ」

　機械ではなくか、とマーコは考えてオシリスのほうを見た。アンドロイドは黙ってマーコのうしろを歩いていた。制服と皮膚は煤まみれだが、メタリックなプラチナブロンドの髪はひと筋も乱れていないし、目はあいかわらず輝いている。

「ご主人さまがた」アンドロイドがいった。「わたしもクリスマスに参加してよろしいですか？」

　マーコはうなずいた。「もちろんさ」

「ジョークはいかがですか、ご主人さまがた？」とオシリス。「手からはどんな木が生える？　ヤシの木《パーム・ツリー》さ。どこがおもしろいかというと、〝パーム〟という言葉には、ヤシ科の樹木という意味も、手の内側の手首から指のつけねまでの部分を指す〝てのひら〟という意味もあるところです」

「説明してくれてありがとう」とマーコ。

「どういたしまして、ご主人さま。わたしのデータベースにはあと五百十二個のジョークが収録されています。それらはクリスマス用にとっておくことにします」

　それにきみも一緒に祝うんだ、ケミ、とマーコは考えた。約束する。きっときみを見つけだす。そしてきみを故郷へ連れて帰る。

しばしのあいだ、兵士たちは黙って歩きつづけた。

ついにエルヴィスが口を開いた。「故郷へ帰っても、おれたちは変わっちまってると思うな。おれたちはもう、人間には戻れないんだ。ベン‐アリ中尉どのがいったみたいな意味では」

全員がエルヴィスのほうを向いた。エルヴィスは、いつも歌ったり、踊ったり、ジョークを飛ばしたりしているのに、このときは表情が真剣だったし、熱に浮かされたような目をしていた。

「故郷に戻るときには、あたしたちはサイボーグになってるっていう意味か？」とアディ。

「ウェッブ伍長みたいに手足が金属製になってるっていってるのか？」

エルヴィスは首を振った。「中身が変わっちまってるだろうっていってるのさ。なんていうか……ぶっ壊れちまってるだろうって。おれの兄貴みたいに。兄貴はＨＤＦに五年いた。で、家に帰ってきたときには……中身が空っぽになっちまってたんだ。怪我はしてなかった。あいかわらず、背が高くて力が強くて、おれたちと一緒に畑仕事をしてた。だけど、笑わなくなっちまってたんだ。踊ったり、歌ったり、冗談をいったりしなくなっちまってたんだ。女の子とデートしなくなっちまってたんだ」うつむいた。「帰還してから一年後、兄貴は自殺した。納屋で死体を見つけたんだ。遺書には、〝ごめん〟としか書いてなかった」

マーコは友人に歩みよった。フォート・ジェミラで、エルヴィスから、ガールフレンドが自動車事故死したと聞いたことを思いだした。

「おにいさんを亡くしてたとは知らなかったよ」マーコはいった。エルヴィスの肩に手をかけた。「つらかっただろうな」

エルヴィスはうなずいた。「おれがしょっちゅう歌ってるのはそれが理由だと思う。すぐにふざけるのは。兄貴みたいになりたくないからなんだ。空っぽな男に。だけど、こんなものを目にしたあとで家に帰ったら……」自分の体を抱いた。「ここのトンネル、この戦争、闇のなかの怪物……どうしてまた楽しい気分になれるんだ？　家に帰れたとして、どうしてまた歌ったり踊ったりして昔みたいにふるまえるっていうんだ？」

レイラニがおだやかな声で話しだした。「苦しんだあとでも喜びは感じられるんだよ。あたしはずっと苦しんできた。あたしの人生はここのトンネルみたいに、暗くて曲がりくねってて苦痛に満ちてた」傷痕のある両手首を掲げて見せた。「一度、死のうとしたんだ。だけど光を見つけた。喜びを見つけた。痛みはずっと続く。ずっとだ。地球に戻っても、その痛みは消えない。あたしの両手首の傷痕とおなじで、心の内側の傷痕も死ぬまで消えない。だから、たしかに、あたしたちは前とおなじじゃないだろう。だけど、だからって闇のなかには光がないってことにはならない。世界にはまだ美しさが残ってるんだ。そこいらじゅうがくそだらけだとしても。あたしは、いまはそう信じてる。信じるしかないんだ」

その後、一行は長いあいだ無言で歩きつづけた。兵士たちはそれぞれのもの思いにふけり、故郷を思いだした。

17

一行は歩きつづけ、やがて入口に行きあたった。

兵士たちは凍りついた。

入口だった。ただの素掘りのトンネルの入口ではなく、ちゃんとした金属製のドアを備えた入口だった。ふたりの兵士が銃を構えて壁に張りつくと、ベン‐アリ中尉がドアノブをつかんでドアを押しあけた。配管と操作パネルと発電機とドリルだらけの金属の部屋だった。線路はその部屋のなかを通っていた。スカムが隠れられる場所が千カ所もあったので、兵士たちは銃を構え、懐中電灯で照らしながらゆっくりとなかに入った。壁際に置かれている細長い金属容器は煮えたぎる金属で満たされていた。通気口のある天井から、血管でおおわれている塊がいくつか下がっていて、ぼんやりしたオレンジ色の光を放っている。

「スカムライトか」マーコはいった。「スカムがここにいたんだな。っていうか、ついさっきまでいたんだ」

「くそスカムめ」アディは顔をしかめて指さした。「あれはなんだ？　あれは子供か？」

兵士たちはそっちを見た。マーコは吐き気を催して口を押さえた。さほど大きくない黒焦げの焼死体のようなものが配管のあいだに転がっていた。手足があったとしても失われていたし、顔は焼け落ちていた。

「中尉どのの背嚢《はいのう》に入れてあるやつの仲間かもしれないな」マーコはいった。

その言葉に応じるかのように、ベン‐アリ中尉の背嚢のなかからガサゴソという音がした。

「なんなんだ」アディがつぶやいた。「中尉どのの背嚢のなかにいるやつがおまえの言葉を聞いたのか？　理解したのか？」

ベン‐アリは背嚢をおろすと、片膝をついてあけた。兵士たちは中尉のまわりに集まった。背嚢のなかをのぞくと、肉の塊のようなものを包んだ毛布が動いていた。ベン‐アリがそれをつかみあげて毛布をほどいた。

中尉は悲鳴をあげて怪物を落とした。

部屋がぐるぐるまわりだした。

マーコは息ができなくなった。

夢だ。夢に決まってる。ああ、どうか夢であってくれ。

床に落ちた肉塊じみた生き物は、口をぱくぱくさせ、目をしばたたいていた。腕も脚もなかったが、顔があった。マーコの顔が。

「なんでおまえなんだ？」アディが、青ざめ、指を震わせながらつぶやいた。「おい、マーコ、なんでおまえなんだ？」

マーコは息ができなかった。空気を求めてあえいでから、「それを傷つけるな」とつぶやいた。

「それを……」

だが、アディは顔をゆがめながら膝をつくと、顔のある肉塊をつかみあげた。溶けた金属が入っている容器に駆けよって肉塊をそのなかに放った。

そいつが叫んだ。人間にはとても出せないほど大きな悲鳴が室内に響いた。兵士たちが耳をふさいでいると、絶叫はどんどん高くなってサイレンのように空気を震わせたが、やがて、ようやくその声が途絶え、そいつは金属のなかで溶けて消えた。

兵士たちにはしばらくすわって休憩する必要があった。ガラスの壁の向こうに、椅子とテーブルが備わっている小部屋があった。兵士たちは腰をおろすと、震えながら深呼吸した。しばらく話せなかった。

「なんだったんだ、あれは？」アディがついに疑問を口にしたが、すぐにレイラニをにらんだ。「悪霊だのなんだのっていいだすんじゃないぞ」

マーコはつかのま考えこんだ。動揺がおさまっていなかった。自分の顔を持つ生き物が脳裏から消えなかった。「見つけたとき、あれはなんの特徴もなくて、皮膚に包まれたボールみたいだった。あれに最初に触れたのはぼくだった。ぼくが拾いあげたんだ。たぶん……あれはぼくからDNAを採取したんだろう。ほんのちょっとの汗とか、はがれ落ちた皮膚細胞で充分だったんだろう。六本腕の人たちもそうやってつくったんじゃないかな。肉の塊が人間のDNAを採取して怪物に育つんだ」

「スカムはそんなことができるのか？」アディがささやいた。

「子供のころに聞いた話を覚えてるかい？」とマーコ。「スカムは人間のクローンをつくれる、そのクローンを人間社会に侵入させられるっていう話を？　先生たちがそのクローンなんじゃないか、エイリアンのスパイなんじゃないかって怖がったじゃないか」

「あたしはまだ、ホーメン先生がクローンじゃないって納得してないぞ」とアディ。

「スカムにはいろいろなタイプがいるんだろう」とマーコ。「新生児室に別のタイプがいたじゃないか。幼虫の世話をする鉤爪のないスカムが。ここは科学者スカムのための場所なのかもしれない」

「つまり、白衣を着て、もじゃもじゃの白い口ひげを生やしてて髪がぼさぼさで、舌を突きだしてるような連中だってのか？　あの手の連中だってのか？」アディはうめいた。「スカムは昆虫なんだぞ、ポエット。ただのでっかいムカデなんだ」

「まず第一に、ムカデは昆虫じゃない」とマーコ。「節足動物ではあるけどね。第二に、こっちのムカデは宇宙旅行を実現してる。見かけほど馬鹿じゃないんだ。スコロペンドラ

・チタニアには人類と同程度の知性があるんだよ」

「だとすると、スカムはかなりの馬鹿ってことになるな」アディはいい、マーコもそれには反論できなかった。

「よし、みんな、この場所をしらみつぶしに探すぞ」ベン＝アリがいった。「《ミヤリ》で使われていたのとおなじアゾスの心臓を見つけなければならないんだ。ペアを組んで、この部屋から出ないで探せ」

マーコはアディと組んで部屋のなかを探した。大きな金属製の通気口や炉やドリルや大釜や、用途が見当もつかない馬鹿でかい機械を見てまわった。天井にくっついているスカムライトが光をにじませていた。何人かの兵士が機械の外装をはがしたが、なかには埃《ほこり》まみれの歯車があるばかりで、青く輝くアゾスの心臓は見つからなかった。結局、兵士たちは集合し、線路をたどって次のトンネルに入った。

一行が、闇のなか、銃を構えて歩いていると、前方から笑い声が聞こえてきた。

赤ちゃんの笑い声が。

兵士たちは顔を見合わせた。

「なあ」エルヴィスがいった。「ふつうなら、赤ちゃんの笑い声は心がほっこりするもんだけど、異星の衛星の地下一キロの悪霊がはびこってる陰気なトンネルを歩いてるときに聞くと、いちばん耳にしたくない音になるんだな」

「入植者の生き残りかな？」マーコはいった。

一行は銃を構えて前進した。

壁が白いタイル張りになっている円形の広い部屋に入った。天井にびっしりと貼りついているスカムライトが照らしているのは……

マーコはめまいがした。倒れまいとした。エルヴィスは気を失いかけ、ビーストは隅で嘔吐した。レイラニは膝をつき、十字を切って祈りだした。

「ここの赤ん坊を殺すのはちょっと難しいですね」マーコがおだやかにいった。

金属カートが部屋のなかにぎっしりと置かれていた。二十世紀の新生児室にそっくりだ。カートに寝かされているのは、頭が人間で体がムカデの赤ん坊たちだった。

「スカムのしわざだ！」アディは構えている銃がカタカタ鳴るほど震えていた。「スカムがこの赤ちゃんたちをつくったんだ。なんらかの遺伝実験なんだ。おまえのいうとおりだったな、ポエット。スカムの科学者がいるんだ。狂った邪悪な科学者が。そいつらを皆殺しにしてやる。一匹残らずな！」

マーコは一台のカートに歩みよった。寝ている赤ん坊が、マーコを見て笑った。ムカデの体がのたうち、鉤爪がのびた。さらに何人かの赤ん坊が泣きだした。

「これは夢だ」エルヴィスがカートのあいだを歩きながらつぶやいた。「夢に決まってる。こんなことが現実のはずがない。そんなのありえない」自分をつねった。「起きろ。起き

ろ。起きろ」

だがマーコは、これは現実だと知っていた。邪悪でイカれていて哀しくて忌まわしいこの生き物たち、赤ん坊たち、エイリアンたち、ハイブリッドたちは――ここにほんとうにいるのだ。不浄にして無垢な生物たちは。マーコにはここが、レイラニが信じているように地獄なのか、エイリアンの実験室なのか、はたまた人間の入植者たちがこんなことをしたのかわからなかった。いずれにしろ、こんな生き物をつくることは悪だった。だが、これらのカートに寝ているものたちは悪ではなかった。

いまやさらに多くの赤ん坊が泣いていた。

「この子たちを殺さなきゃ」とアディがいった。「そうとも、殺さなきゃならない。こんなのは残酷だ。非人道的だ」銃を構えた。銃が震えていた。「殺さなきゃだめだ」許可を求めるかのようにベン-アリ中尉を見た。

ベン-アリは青ざめながら生き物たちを見た。「わたしは……」大きく息を吸った。

「わたしたちは……」

「傷つけるわけにはいきません」とマーコ。「頭は人間なんですよ。きっと人間の心を持ってます」

「だけど体はスカムなんだぞ！」とアディ。「この子たちがどんな人生を送ると思ってるんだ？」

「残酷で苦痛に満ちた人生だろうな」とマーコ。「忌まわしくて多難な人生だろう。だけど、ぼくたちにそれを奪う権利があるのか？」

「じゃあ、どうすりゃいいってんだ？」とアディ。「放っていくのか？　スカムに仕える怪物に育つままにするのか？　連れていけないんだぞ」ベン‐アリのほうを向いた。「発砲の許可をお願いします、中尉どの。それが慈悲ってもんです」

　中尉はベビーベッドのひとつに歩みよった。なかに手をのばして赤ん坊の頰をなでた。赤ん坊はムカデの体を振り動かし、鉤爪を曲げ、うれしそうに喉を鳴らした。

「殺せない」ベン‐アリがおだやかにいった。「この子たちを救おう。カートを押していけばいい。連れていこう。この衛星を脱出して地球へ戻れば、それなりの暮らしを送れるかもしれない。ここでなにが起こったのかも突きとめられるかもしれない」

「こんな邪悪を地球へ連れて戻っちゃだめです」レイラニがいった。「この衛星は不浄なんです。この衛星は地獄なんです。地獄の一部を地球へ持ち帰るわけにはいきません」

「地球はもう汚染されているんだ」とベン‐アリ。「邪悪と戦うためには善でいつづけなければならないんだ。破壊と戦うためには癒やさなければならないんだ。邪悪を打ち破るためには、銃と爆弾と炎だけではなく、同情と慈悲と正義も必要なんだ」

　だからぼくはあなたについて宇宙まで来たんです、エイナフ・ベン‐アリ中尉どの、とマーコは上官を見ながら思った。だからいまもあなたに従ってるんです。

「信じられません」エルヴィスが首を振った。「こんどばかりはメープルに賛成せざるをえません」

「ベン-アリ中尉どののおっしゃるとおりだ」とビースト。「赤ちゃんたちを助けよう」

シン軍曹はうなずいた。「そのとおりだ。われわれは正義でなければならないのだ」

兵士たちは議論をはじめた。この生き物たちを殺すべきだと主張する者も、赤ん坊たちはこのままにして進もうという意見の者も、連れていきたがる者もいた。マーコは、この赤ん坊たちを助けたいのはやまやまだが、どうすれば助けられるかわからないので、黙って立っていた。

隣接する部屋から声が聞こえた。かろうじて聞こえる弱々しい声だ。

「マーコ？」

ほかの兵士たちは気づいていないようだった。マーコは声が聞こえるほうを向いた。

「マーコ……」

マーコは仲間たちのもとを離れ、奥の入口に向かった。その部屋のなかは暗くてよく見えなかったが、低い呼吸音が聞こえた。背後で、ほかの兵士たちが黙りこみ、カートのなかの異形の赤ん坊たちを残してマーコのあとを追った。

「ポエット、どこへ行くんだ？」アディがたずねた。

マーコは答えなかった。鼓動が速くなり、喉がからからに乾いていた。入口を抜けて第二の部屋に入った。

しばらくのあいだ、その場に立ちつくしてうるんだ目で見つめた。

十数台の金属製の台で部屋はいっぱいだった。そして台の上には粘液のしたたる肉の巻きひげで、またも生き物たちが縛られていた。

今回、兵士たちは声を発さなかった。動かなかった。見つめるばかりだった。

血の気がなくて禿頭で肥満体の男の脚は、ぴくぴく動いているムカデの細長い体につながっていた。ふたりの女性はつなぎあわされて病気の結合双生児のようになっている。女性たちは目をしばたたき、口を動かしているが、言葉は発せられていない。継ぎ目から腐《ふ》汁《じゅう》がしたたっている。ぶるぶる震えている小さな生き物は、頭が大顎を噛み鳴らしているムカデだが、損傷している体は人間の子供だ。うめきをあげ、すすり泣いている男の胴体からは、十数本の腕がのびている。失敗した実験の結果に思えるものたちもいる。ふくれあがり、腫れ物だらけで、判別不能なほど体がねじくれ、肉のひだから突きだしている手足はすべて曲がり、顎はゆがんだまま固定され、よだれがだらだら垂れている。一面の壁に並んでいるフックに生きたまま皮をはがれて吊るされている子供たちの肋骨から下はムカデになっている。石の台には、セイウチほどもある、特徴がまったくない脈動している大きな肉の玉が置かれている。

「殺して……くれ……」ねばつく膜で台に縛られている男が小さな声で懇願した。その男の胴体からは、手足の代わりに四四のムカデが生えている。「殺して……くれ……」

アディがマーコの横に立った。涙が頬を伝っていた。無言でマーコを見た。見開いた目は熱で浮かされているかのようだ。

「マ……ー……コ……」

その声は部屋の奥から聞こえていた。マーコは台のあいだを通って声がするほうをめざした。そして目にした。

動きを止め、目に涙を浮かべた。

ケミだ。

ケミは金属製の台に横たわり、濡れた膜で縛られている。まだ人間のままだが、ぴくぴく動いているムカデの体節が、不気味なモビールのように彼女の上にフックで吊るされている。スカムはケミを裸にし、手術前の形成外科医のように、腹と胸と関節と首にしるしをつけていた。点滴バッグのように棒から下がっているいくつもの皮袋からのびているチューブが血管につながれている。肉塊からのびている別のチューブはケミの口から喉へと通っている。

台の陰から生きているムカデが上体を起こし、シューッとうなりながら脚をのばした。脚の先は、鉤爪ではなく、メスやのこぎりやハンマーや針などの手術道具になっている。装具ではない、身の毛のよだつ作業のために進化したか、または形成された生身の器官だ。

怪物はかん高く鳴いた。マーコは一発の銃弾をエイリアンの頭部に撃ちこんだ。スカムは煙をあげながら倒れ、死んだ。

「マ……ー……コ……」ケミがささやいて、チューブのせいで喉を詰まらせた。

「ぼくはここだよ、ケミ」マーコはケミの髪に触れた。「ここにいるよ。もうだいじょうぶだ」

「スカムが来たぞ！」アディが大声で警告して銃を撃った。一匹のスカムがかん高く鳴いた。台上の生き物たちが悲鳴をあげた。

「数えきれないほどいる！」エルヴィスが叫んで入口をねらって撃った。スタンピー軍曹が吠えながら部屋のなかを駆けまわった。

ほかの兵士たちも発砲した。一方、マーコはナイフを抜いた。ケミを台に縛りつけている、ねばつく厚い膜を切断した。へその緒を切っているような感触だった。ケミの口からチューブを抜くと、彼女は咳きこんでえずき、薄黄色い液体を吐いた。ふたりでケミの体につけられているチューブを抜いた。マーコは背嚢から毛布を出してケミをくるんだ。

スカムが奥のトンネルから部屋に入りこんできた。マーコは銃を構えて弾をまき散らした。トンネルで見つけた拳銃をケミに返した。ケミは銃を装塡《そうてん》し、死を呼ぶ強烈なイオン化レーザーを発射してスカムを焼き殺した。ひとりの兵士が三匹のスカムに飛びかかられて悲鳴をあげた。兵士がもうひとり倒れた。銃声が鳴り響き、怪物どもを倒した。

「爆発するぞ！」アディが叫んだ。スカムが続々と侵入してくるトンネルのそばまで走っていって手榴弾を投げた。

兵士たちはひざまずいた。爆発が鉱山を揺るがした。

「爆発するぞ！」ビーストとエルヴィスが叫んで、さらに二発の手榴弾を投擲《とうてき》した。スカムのかけらが飛び散った。鉤爪が勢いよく宙を飛んだ。トンネルが崩落し、多くのエイリアンが生き埋めになった。

戦闘が終わった。兵士たちは全員、荒い息をついて立っていた。

マーコはぐるりと見まわした。弾の破片、ジュージューいっている肉片、そしてスカムの死体がラボに散乱していた。一本のトンネルは崩れていたが、あと二カ所の入口は無事だった。ひとつは赤ん坊がいる新生児室に、もうひとつは鉱山の奥へ通じている。ぴくぴく痙攣《けいれん》しているスカムのあいだに、ふたりの兵士の死体があった。

生き残っている兵士はほんのひと握りになっていた。ベン-アリ中尉は、プラズマ銃を片手にはあはあと息を切らしている。暗い目をしているシン軍曹の顎ひげには血が飛び散っている。もみあげを長くのばしている細身の若者とスキンヘッドの巨漢というふたり組のエルヴィスとビーストは、背中あわせに立っている。小柄なレイラニは殺気をむきだしにしている。アディは顔が汗まみれで、ブロンドの髪が頬に張りついている。マーコ。ケミ。それにアンドロイドのオシリス。コーパスには、二百名からなる一個大隊が着陸したのだが、いまやそれしか残っていなかった。

それとおまえだな、スタンピー、とマーコは考えてみすぼらしいボストンテリアを見おろした。

「さっさとここを出よう」アディがいって、地下深くへと続いているトンネルのほうを向いた。「もっと深くへ行こう」

マーコはケミのほうを向いた。ケミは、拳銃を持ち、毛布にくるまってマーコの横に立っていた。目に涙が浮かんでいた。

「だいじょうぶかい？」マーコはたずねた。

「だいじょうぶじゃない」ケミはそうささやくと、マーコに抱きつき、腕に力をこめて泣きだした。

マーコは長いあいだケミを抱き、髪をなでた。

「助かったんだよ、ケミ」マーコはケミをやさしく揺すった。「終わったんだ。もう終わったんだ」

ケミは、まばたきで涙を払いながらマーコを見た。「マーコ……チューブをつながれてたあいだ、わたし……わたしはほかの人たちとつながってたの。ここの患者たちと。いえ、患者じゃないわね。実験対象にされた人たちと、彼らを支配するスカムと。彼らの感情を感じた。彼らがなにを考えているかがわかった。彼らの痛みを感じた。彼らの怒りが伝わってきた。彼らの人類への憎悪が。彼らの邪悪さが。彼らはひどい苦痛を感じてるのよ、マーコ。彼らはすごく怒ってる。彼らは憎しみに満ちてる。楽にしてあげなきゃならないのよ。眠らせてあげなきゃ」

「ケミ」マーコはケミの両手を握った。「助けられるかもしれない。きみを自由にしたみたいに、自由にするんだ。たとえば――」

ケミはマーコの手をもぎ離すなり、プラズマピストルを構えた。涙を流しながら拳銃を発射し、台上の生き物たちを焼いた。

「ケミ！」マーコは叫んだ。

ケミはマーコを見た。涙で頬を濡らしながら、また撃った。どなった。泣いた。プラズマを発射した。声が枯れるほど絶叫した。震えながら台上の生き物たちを焼いた。部屋が燃えあがった。ケミは泣きじゃくり、わめきたてながら炎のなかを走って赤ん坊がいる部屋に入った。ケミが銃から怒りを放つと、赤ん坊たちも燃えた。絶叫し、身をよじりながら焼け死んだ。

全員が焼死すると、ケミはがっくりと膝をついて銃を落とし、むせび泣いた。

「マーコ、ケミをここから連れだせ！」アディがいった。「ここは火に包まれてる！」

生き残った兵士たちは、崩れていないトンネルをめざして走った。マーコはケミの横に膝をついて立ちあがらせた。

「こうするしかなかったの」ケミはささやいた。「こうするしか。どうしようもなかったの。あなたにはわからない。あなたは感じなかったんだから。彼らとつながってなかったんだから。彼らは残忍なの。こうするしかなかったの。こうするしか」

マーコはうなずきながらケミを抱いた。「さあ、行こう」

ケミはよろめいてマーコにもたれ、ふたりは炎をあげているハイブリッドのあいだを通ってトンネルに入った。ふたりは燃える実験室をあとに、闇へと向かった。マーコの脳裏ではレイラニの言葉がこだましつづけていた。

あたしたちは地獄にいるんだ……地獄にいるんだ……

18

一行は鉱山の奥で寝棚が並んでいる小部屋を見つけた。そこでは二匹のスカムが交尾していた。

「この畜生どもめ」アディはそう叫びながらエイリアンに銃弾を浴びせた。

兵士たちは死体をひきずりだしてドアを閉め、寝棚に腰かけた。兵士は九人だった。九人は地下数キロで何千匹ものスカムに囲まれていた。

「残弾を確認しろ」とシン軍曹が命じると、兵士たちは全員、弾倉と手榴弾の数をたしかめた。残りは多くなかった。アディは、まさにこの部屋で最後の弾倉を撃ちつくし、エルヴィスから弾倉を分けてもらわなければならなかった。レイラニは、賢明にも途中で戦死した兵士たちの弾倉を回収していた。いま、レイラニはそれらを背嚢《はいのう》から出してみんなに配った。それ以上に心配なのが、ベン‐アリ中尉とケミが使っているプラズマ銃だった。どちらも、あと数発しか撃てなかった。

「懐中電灯も、もう長くは持たない」マーコはいった。「この懐中電灯は、三日間、連続で使用できるようになってる。そろそろ三日だ」

「電力が復旧すれば、懐中電灯とプラズマ銃を充電できる」とベン‐アリ。「それとも、まだ動く発電機を地下で見つけるかすれば。だが、いよいよとなったらどっちもなしでやるしかない」すわっていた寝棚から立ちあがった。「行くぞ。探しつづけよう」

「中尉どの」とマーコ。「お言葉ですが、休憩が必要だと思います。食事をとる必要が。睡眠をとる必要が。特にケミには。負傷している者も何人かいます」

ベン‐アリ中尉はドアを見つめた。「一瞬でも早く地下から脱出したいのはやまやまだ。だが、たぶんおまえのいうとおりだろう。鉱山はさらに地下深くまで広がっていそうだしな」うなずいた。「六時間休憩とする。それで決まりだ。今回も、ペアを組んで見張りをしろ——ドアを閉じたままで」

ひと晩じゅう、スカムは外でかん高く鳴いたり叫んだり、足音をたてたりしていた。ドアの下の隙間で影が踊り、鉤爪が石をひっかいた。ムカデがドアを叩いたことも何度かあったが、結局、去っていった。スタンピーは夜通し、ドアのそばでうなってみんなを守りつづけた。マーコは基礎訓練中に見せられたプロパガンダ映画を思いだした。スカムは、匂いを感知するためには触覚で対象物に触れなければならない。ドアを閉めていれば安全だったが、外では恐怖が待ち受けていた。ムカデがたてるカタカタという足音のあいまに、人間の悲鳴が頻繁に聞こえた。ここにはまだ入植者がいるのだ。たぶん実験の対象にされているのだろう。拷問されて死にかけているのかもしれない。

ケミは見張りを免除された。まだ震えていたし、ショック状態から回復していなかったからだ。アディがほとんどひと晩じゅう、ケミに寄り添って、抱きしめ、髪をなで、耳元でなぐさめの言葉をささやいていた。アディが見張りをしているあいだは、マーコがケミのかたわらにすわって、うつらうつらしている彼女の手を握ってやっていた。

ぜんぶぼくのせいなんだ、とマーコは寝ているケミを見ながら考えた。きみはぼくと会うためにここへやってきた。そして傷ついた。たぶん、完全には元どおりにならないほどひどく。

マーコは、ケミと若き恋人同士だったころのことを、戦時中にもかかわらず楽しかった日々を思いだした。エルヴィスがいったとおりなのかもしれなかった。これから先、喜びなど感じないのかもしれなかった。若者には戻れないのかもしれなかった。マーコとここにいる友人たちはまだ十八歳だ。まだまだ子供だ。だが、マーコは年老いた気分になっていた。この闇のなかで何十年も過ごしたかのように憔悴《しょうすい》していた。もう二度と若者には戻れない気分だった。

ケミが深く眠ってアディが彼女の横に戻ってくると、マーコはレイラニの隣で横になった。レイラニは寝ておらず、マットレスの上で丸くなりながらマーコを見た。レイラニは片手を十センチほどのばし、マーコも手をのばしたので、ふたりの指先が触れあった。レイラニがマーコの目を見つめつづけた。言葉はいらなかった。マーコはレイラニのまなざしから言葉を読みとった。

いいんだよ、マーコ。わかってる。理解してる。それでもあたしはあんたを愛してる。ケミは——過去の恋人で、若き日々のぬくもりで、故郷の思い出だった。レイラニは——ここで見つけた新しい恋人で、闇のなかの新たな光で、炎と雨の道を歩むマーコを導いてくれている光だった。マーコはようやく眠りについた。指先がレイラニの腿をかすめた。それで充分だった。その感触がレイラニとの、長続きするとわかっている、マーコを癒やしてくれるきずなのあかしだった。

時計が朝を示したので、一行は冷たい戦闘糧食で朝食をとった。糧食も残りすくなくなっていた。残っているのは、ツナ缶がいくつか、スパムの缶詰が二個、エナジーバーが何本か、それにマスタードの小袋がいくつかだけだった。ケミは、アディの背嚢に入っていたスウェットパンツとTシャツを着、毛布を体に巻いてすわっていたが、食べ物にほとんど手をつけなかった。目はまだ落ちくぼみ、熱に浮かされているように見えた。

「わたしがあそこで……つながれていたチューブは」ケミがいった。「栄養を補給してただけじゃなかった。わたしはスカムにつながれてたの。スカムの巣に。わたしもスカムの意識の一部になってたのよ」身震いして、食べていないツナ缶を握りしめた。声が小さくなった。「スコロペンドラ・チタニアの個体には知性がないの。一匹一匹には昆虫と同程度の知能しかない。だけど、全体としてネットワークを、巨大な共同頭脳を構成してる。みんな、それにつながれてたのよ。わたしも。あの部屋にいたほかの患者たちも。スカムは、わたしたちを……彼らの巣の一部にすると同時に、人間の独立性も、個別の知性も維持させようとしてた」

「な?」アディがマーコにいった。「スカムに科学者なんていないんだ。スカム自体は昆虫並みに馬鹿なんだ」

ケミは聞こえなかったかのように話を続けた。「スカムのネットワークに――あれはネットワークとしかいえないものだったわ――つながっていたあいだ、わたしはスカムが嗅いだ匂いを嗅ぎ、聞いた音を聞き、這っている場所を体感してたの。わたしはわたしだった。ケミだっていうことに変わりはなかったけど、同時に巣全体でもあった。何千匹ものスカムでもあって、巣が知覚しているもののすべてを知覚してた。で、地の底でどくどくと脈打っている青い心臓を見たの。それがどこにあるかがわかった。道がわかるの」

ベン-アリは寝棚から立ちあがった。「アゾスの心臓か!」

「だと思います」とケミ。「巣のなかだと、見るといっても実際の映像が見えるわけじゃないんです。感じるというか、感知するというか、連想するというか。日差しを浴びて暑いビーチをイメージしたり、暗い家のなかでだれかに見られてるような気がして身震いしたりするときのような感じというか。でも、考えれば考えるほど、青く脈打つように輝くものを見たという確信が深まります」ため息をついた。「うまく説明できなくてじれったくなります。スカムは人間のようには考えません。言葉やイメージを使って考えないんです。スカムは言葉を、ちゃんとした言語を持っていません。概念や、匂いや、感覚や、味や、視覚しか使わないんです」身震いした。「もう二度と、あんな体験をしたくありません」

「心臓があるところまで道案内できるのか？」ベン-アリがたずねた。

ケミは身震いして自分の体を抱きしめた。アディがケミの横に駆けつけて彼女の体に腕をまわした。

「道はわかります」とケミ。「でも、そこには邪悪がいます。巨大な邪悪が心臓を守ってるんです。これまでに見たなかで最悪のやつが。一瞬ですがそれを感じたんです。それの恐怖を。それの大きさを。それ以上はわかりません。でも、わたしはそれに近づきたくありません。わたしのなかのすべてが、それからできるだけ遠くへ逃げろと叫んでいるんです」

「その心臓が必要なんだ」ベン-アリがおだやかにいった。「それに、すこしでも多くの戦力が必要だ。探しつづけるほかはない。道案内をしてくれ。アゾスの心臓を手に入れられなければ、この星から脱出できないんだ」

ケミは中尉の両腕をつかんだ。息が荒くなっていた。「約束してください、中尉どの。

そこへ行ったら、その邪悪と直面したら……それがどんな見た目でも、なにをいっても、それを殺してください。必ず殺すと約束してください」

「ああ、必ず殺す」ベン－アリはそういうと、ほかの兵士たちのほうを向いた。「準備しろ。出発するぞ」

一行は鉱山のなかを進んだ。拳銃を構えたケミが先頭に立ち、分岐点にさしかかるたび、目をつぶって体を震わせてから道を選んで前進した。ほかの兵士たちは、小銃を構えてケミに続き、襲ってきたスカムを撃った。

一行はさらに深くへと進んだ。石と土を満載したトロッコや、大きな金属製のふるいや、石の壁ぞいに置きっぱなしにされている戦車並みの大きさのドリルなどに出くわした。鉱山作業員たちはここで新たなトンネルを掘っていたのだが、彼らの姿はなかったし、ドリルはさび、こなごなになった石はふるいにかけられていなかった。兵士たちは何度か、トロッコに入っているアゾスの原石を見かけた。かすかに青く輝くごつごつした石の塊は、まだカットされた結晶になっていないので、恒星船《スターシップ》の動力にはならない。別の部屋では、停止した組み立てラインに土が入っているバケツが並んでいたし、アゾス原石の塊がガラス瓶のなかで、とらえられた青いホタルのように光っていた。

原石加工士が一年がかりで加工しなければ、それらの鉱石はなんの役にも立たない。石の内部で時空が曲がるようにするためには、宝石を削って、原子ひとつの狂いもないほどの精度で角度を調節しなければならない。兵士たちが探しあてなければならないのは、精密な金属の心臓におさめられた、磨きあげられ、カットされた宝石だ。ダイヤモンドが光を曲げるように時空を曲げられるのはそのような結晶だけだからだ。スターシップが銀河系を飛びまわれるのは、アゾスの心臓——たんなる燃料ではない匠《たくみ》の技の成果——があればこそなのだ。だが、カットされたアゾスの結晶も永遠には持たない。ほんの数回の飛行で使えなくなることもしばしばある。角度が狂ってしまうのだ——原子がひとつ摩耗しても、結晶を丸ごと交換しなければならない。だが、いまはひとつ見つけるだけでいい——それだけで《ミヤリ》は軌道に上昇できる。スターシップはナイトウォールへ行くことも、地球に戻ることもできるようになる。

　くだり勾配が急なトンネルを線路にそって二キロ歩いて素掘りの入口に着いたのでのぞくと、なかはオレンジ色に光っていて、影がちらちら動いていた。なかの部屋からはカタカタ、カチャカチャ、シューシューという大きな音が聞こえていた。そして多くのスカムがいた。何十匹も、いや何百匹もが湾曲した壁を走りまわっていた。エイリアンの悪臭が漂ってきていた。甘ったるくて湿っぽい、胸が悪くなる臭いだ。兵士たちはトンネルの壁に張りついた。怪物だらけの広間に突入する気にはならなかった。

「このなかには畜生どもが百万匹もいるぞ」アディが、背嚢に入っていた小さな鏡を使って部屋のなかをのぞきながらささやいた。

マーコはそろそろと首をのばし、さっと頭をひっこめた。部屋のなかをちらりと見られた――映画館ほどの大きさの広間の壁と天井は這いまわるスカムで埋めつくされていた。

「別のルートを探そう」

「ここ以外にルートはないわ」ケミがいった。「わたしはこの迷宮を、一万匹の怪物の頭のなかに入って一万回も通ったの。ここを抜けるしかないのよ。この部屋を通り抜けてその先のトンネルに入るしか」

「それなら途中にあった削岩機を使おう」とビースト。「でっかいドリルを。ロシア製じゃないが使えそうだ。あれでトンネルを掘ろう」

「周囲一キロ以内にいるスカムというスカムが振動に気づくぞ」顔色の悪いエルヴィスがいった。

「ジョークで緊張がやわらぐんじゃありませんか?」とオシリス。「わたしのデータベースには、あと数百個のジョークがありますよ」

シン軍曹がT57アサルトライフルに銃剣をとりつけて構えた。「おれが道を切り開く。残弾はすくないが、銃剣で戦える。おれが最初に行く。みんな、ついてこい」

ベン-アリ中尉が首を振った。「だめだ、軍曹。いまも小隊長はわたしだ。それはわたしの役割だ。わたしが先頭に立つ」

マーコは納得した。もっとも危険なのは部屋に最初に突っこむ者だ。ベン-アリは、部下を守るためにスカムの怒りの矢面《やおもて》に立とうとしていた。そんなことをする将校がめったにいないことをマーコは知っていた。ほとんどの将校は、いちばん低い階級の兵士を最初に突っこませて敵の餌食にするが、ベン-アリは、後方から指揮をとることをよしとせず、部隊の先頭に立ってひっぱることをモットーにしているのだ。中尉はプラズマ小銃を構え、部下たちのほうを向いた。

「おまえたちはわたしの部下だ」ベン-アリはいった。「おまえたちのほとんどをわたし自身が訓練した。おまえたちはわたしの友だ。わたしの家族だ。おまえたちはみな戦士だ。おまえたちのおかげで、人間でいることに誇りが持てる。モーセ隊形をとれ。準備はいいか？」

兵士たちは武器を構えた。声をそろえた。「はい」

喚声《かんせい》をあげながら、ベン-アリがエイリアンの広間に突撃した。

マーコをはじめとする兵士たちも叫びながら続いた。

円形で、広さが教会の身廊《しんろう》ほどのその部屋は、かん高く鳴きながら這いまわっている怪物だらけだった。ここにいるのは新種のスコロペンドラ・チタニアだった。体長三メートルほどの体が外骨格で守られ、鉤爪がずらりと並んでいるのはおなじだが、皮の翼をはばたいて飛んでいた。天井からは、ビーンバッグチェアほどの大きさにまでふくれあがって液体をしたたらせている皮の袋がいくつも下がっていた。皮は半透明で、赤褐色の液体が詰まっているのが見えている。数匹のスカムがそれらの大きな皮袋の下でハチドリのようにホバリングし、袋の真ん中にある穴から液体を飲んでいた。マーコは袋をじっと見て吐き気を催し、気を失いかけた。栄養物の容器は人間だった。手足を天井に貼りつけられているその人たちの口からは悲鳴がほとばしりつづけていた。スカムは、ぞっとするほどふくらんだその人たちの腹のへそから蜜を飲んでいた。その人たちはミツボアリのように腹に蜜を詰めこまれ、天井に固定されて、生ける食料貯蔵庫となって、激痛に苦しみながらスカムの飢えを満たしているのだ。

地獄だ、とマーコは考えた。ここは地獄だ。地獄なんだ。

先頭を走っているベン‐アリ中尉はプラズマ銃を撃って道を切り開いていた。そのうしろで、ほかの者たち——七名の兵士たちと一体のアンドロイド——は、基礎訓練で学んだモーセ隊形をとって銃を撃っていた、四名の兵士が左を、残り四名が右を撃ちながら、敵の海を切り裂いていた。みな、叫びながら撃っていた。泣きながら撃っていた。まさに地獄絵図だった。全員が震えていた。憎んでいた。恐れていた。全員が殺していた。

「皆殺しにしてやる！」アディは涙で頬を濡らしながらわめいた。「化け物どもめ！皆殺しにしてやる！」

弾がビュンビュン音をたてた。スカムが襲いかかってきて墜落し、ばらばらになった。頭上で液体をためている袋が弾けて天井にとらわれていた人々が死に、蜜が降り注いだ。

スカムが壁からどんどん飛びたった。地面の穴からあらわれた。何十匹もが。何百匹もが。部屋のなかを飛びまわりながら鉤爪を振るった。シン軍曹が脚を鉤爪で切り裂かれて悲鳴をあげた。銃をフルオートで撃ち、脚をひきずりながら進んだ。おびただしい数のスカムが前方に見えている入口をふさいでいた。一匹がビーストの脇腹を裂いた。巨漢兵士は絶叫して倒れたが、すぐに立ちあがった。マーコは腕を切られた。その傷は毒でジュージューいった。マーコは苦痛の涙を浮かべてうめきながら走りつづけた。

「多すぎる！」エルヴィスが叫んだ。

「ケミ、わたしと並べ！」ベン゠アリがどなった。「プラズマで前方を撃ってトンネルへの道を切り開くぞ！」

　二挺のプラズマ銃――一挺は細い光線を発射する拳銃で、もう一挺は怒りの奔流をほとばしらせる小銃――が、修羅場に道をつくった。将校と士官候補生に続いて徴募兵たちも走った。スタンピー軍曹も激しく吠えながら続いた。兵士たちはトンネルに駆けこみはじめたが、スカムが彼らにいっせいにとびかかった。マーコはくるりと振り向き、銃を撃ちながらあとずさってトンネルに入った。

「追ってくるぞ！」マーコは叫んだ。「急げ！」

　エルヴィスとレイラニがマーコに続いてトンネルに駆けこんだ。部屋に残っているのはビーストだけになった。大男は足をひきずっていた。また倒れ、また脇腹をえぐられた。

立ちあがり、足をひきずりながら進んだが、スカムに囲まれて突かれた。

「ビースト、がんばれ！」マーコがトンネルの入口から叫んだ。ロシア人の頭ごしに撃った弾がスカムに命中した。

ビーストは血と汗にまみれていたしふらついていたが、四方に発砲しながらトンネルをめざして歩いた。入口にたどり着いたところで足を止めてマーコの目を見つめた。

「行け、友よ」ビーストはいった。「走れ」

「ビースト、早く来い！」マーコはいった。「トンネルに入れ！」

ところが、大男は向きを変えてマーコたちに背を向けた。入口で仁王立ちになり、みずからの巨体でトンネルをふさいだ。部屋のスカムがビーストめがけて飛んでくると、彼は叫びながら銃を撃って弾倉を空にし、弾倉を交換してまた弾をまき散らした。スカムがビーストを引き裂いた。血がほとばしった。

「ビースト！」トンネル内のマーコのうしろに立っていたエルヴィスが叫んだ。目を見開いていた。

「ビースト、さっさとトンネルに入れ！」アディが叫んだ。「なにやってるんだ」

「スカムを阻止してるんだ」マーコが目に涙をためながらいった。「ぼくたちを無事に逃がそうとしてるんだ」

「みんな、急げ！」ベン-アリがトンネルの先のほうから叫んだ。「ついてこい、さあ！」

だが、どうして先へ進める？　どうして友を見捨てられる？　ビーストはまだ、入口に立って銃を撃っていた。彼の前でスカムが落ち、彼を切り、彼に嚙みついていた。

「行け！」ビーストがどなった。「走るんだ、友たちよ！」苦痛のわめき声をあげた。血が飛び散った。「ボリスのために！　ロシアのために！　地球のために！」

ビーストが両脚を砕かれて膝をついた。銃を落とした。大男はベルトから二発の手榴弾をはずした。

「ビースト！」エルヴィスが叫んだ。

マーコは走った。エルヴィスをつかんでひっぱった。アディは泣きながらビーストのほうに手をのばしたが、マーコたちと一緒に走りだした。そして——

手榴弾が爆発し、トンネルが揺れた。天井に亀裂が入り、岩の塊が落ちた。さらに手榴弾が破裂し、洞窟が崩落してスカムが悲鳴をあげながら生き埋めになった。埃《ほこり》が湧きあがった。兵士たちが走りつづけているあいだも鉱山は揺れつづけ、埃が彼らを包んだ。スカムたちは息絶え、ようやく振動がやんだ。

マーコが振りかえると、トンネルは岩の塊でふさがっていた。部屋いっぱいのスカムは消えていた。

エルヴィスはがっくりと膝をついた。

「ビースト！」そう叫ぶと、大岩をひっぱって広間に戻れるようにしようとした。「ビースト！」

「ビーストはもう死んだんだ、エルヴィス」マーコは喉を詰まらせながらいった。「もう死んだんだよ」

エルヴィスはうなだれた。体を震わせてむせび泣いた。マーコはエルヴィスを抱いた。ほかのみんなも、涙を浮かべながらふたりを囲んで立った。

「こんなところ、大っ嫌いだ」エルヴィスがいった。声が震えていたし、目が真っ赤だった。「こんなくそ衛星、大っ嫌いだ。こんな戦争、大っ嫌いだ。スカムなんか、大っ嫌いだ。なにもかも、大っ嫌いだ」大岩を叩いた。はじめはこぶしから出血するほど強く。だが、どんどん力が弱くなった。「ビースト……おれの友達……」

「行こう、エルヴィス」マーコがエルヴィスをやさしく立ちあがらせた。「進まなきゃならないんだ」

兵士たちが無言で歩きつづけると、二匹のスカムが、ねっとりした液体が入っている大きな容器をかきまぜている部屋に行きあたった。エルヴィスは荒い息をつきながら銃を構え、フルオートで撃った。数秒で全弾を撃ちつくすと、弾倉を替えて撃ちつくし、また弾倉を替えて撃ちつくした。弾がなくなっても、スカムが死んでしまっても引き金をひきつづけた。

「死ね！」エルヴィスは叫んだ。「死ね！　死ね！」

「レイ二等兵！」ベン‐アリがエルヴィスに歩みよった。「レイ二等兵、やめろ！　わたしを見ろ。わたしを見るんだ！」

エルヴィスが上官のほうを向いた。青ざめた顔で震えていた。ようやく銃をおろした。

「スカムが嫌いなんです」声がうわずっていた。「大っ嫌いなんです。地球に帰りたいんです。仲間が死ぬのを見たくないんです。なんで、みんな死ななきゃならないんですか？　なんでいつもおれが生き残るんですか？　おれは地球に帰りたいんです、中尉どの。地球に帰りたいだけなんです」

マーコは、ベン‐アリが二等兵をたしなめるだろうと思った。平手打ちをし、しっかりしろとどなりつけるだろうと。ところが、ベン‐アリはエルヴィスをハグした。ぎゅっと抱きしめた。エルヴィスはまだ十八歳だったし、ベン‐アリは二歳しか年上ではなかったが、わが子をなぐさめる母親のようにエルヴィスをなぐさめた。

「わたしがおまえたちを地球へ連れて帰る」ベン‐アリはいった。「約束する」エルヴィスの肩越しに部下たちを見た。「おまえたちをこの任務に選んだのはわたしだ。わたしがここへ連れてきたんだ。だから約束する。約束は守る。おまえたちを地球へ連れて帰るためならなんでもする」

「ビーストだってそう考えてたんです」エルヴィスはうなだれた。「ディアス伍長どのだってそう考えてたんです。みんなそう考えてたんです。みんなで地球に帰るって。だけど帰れっこないんだ。希望なんかないんだ」

「いつだって希望はある」とベン‐アリ。「わたしは、わたしの一族から、祖国から、わたしの部下たちからそれを学んだんだ。生きてさえいれば、まだ希望はあるんだ」

エルヴィスはうつむいた。「ビーストは友達だったんです。親友だったんです」

マーコは歩みよってエルヴィスを抱きしめた。アディが抱擁に加わった。そしてレイラニが、残りの全員が加わった。兵士たちは、生き残っている八人は、その小部屋で抱きあった。ぼくたちがもっと強ければいいのに、とマーコは思った。古いアクション映画の戦士みたいに、タフでクールで、泣いたり感情的になったりせずに戦えて、気のきいた台詞を口にしながら敵を殺せたらいいのにと願った。だが、マーコも、ほかのみんなもそんな戦士ではなかった。アディでさえ、ベン‐アリでさえ。そんな戦士はこの軍隊にひとりもいないのだろう。マーコたちは若者だった。まだ子供だった。故郷に家族がいる子供だった。闇が怖い子供には、この戦争は苛酷すぎた。子供たちが、家から引き離され、徴兵され、恐怖がはびこっている宇宙の深淵に放りこまれたのだ。

「ぼくたちはまだ子供だ」マーコがおだやかにいった。「こんなところにいるべきじゃないんだ。ぼくたちは勇敢じゃない。強くない。家から遠く離れたところにいるただの子供なんだ。だけど、昔からそれが兵士というものだった。どの戦争でも。戦士が強くて恐れ知らずで、眉ひとつ動かさずに殺したり友を失ったり苦痛に耐えたりすることなんかないんだ。戦争で戦うのは昔から子供たちだった——家からはるか遠くへ連れていかれた子供たちだった。たとえば第二次世界大戦では、いちばん若いと十三歳だった、何百万人もの少年が戦ったんだ。その千年前には、少年たちが十字軍として送りだされた。そして五十年前、スカムがはじめて襲ってきたとき、地球は十五歳以上の全員を徴兵して死地に送りこんだ。ぼくたちは途方に暮れてる。怖がってる。ぼくたちは若すぎる。こんなことをするには弱すぎる。ぼくたちは兵士だ。昔からずっと、これが兵士なんだ」

　全員が、頬を濡らしながらマーコを見ていた。マーコは震えながら息をした。

「だけど、その兵士たちはみんながんばってる。戦友をあとに残して、汚泥《おでい》と死をかきわけながら進んでる。なぜなら、世界をまたすばらしくできると信じてるからだ。自分たちは、いま、魂を削りながら戦ってる兵士たちはその世界を楽しめないかもしれない。だけど、あとの世代は楽しめるかもしれないからだ。ぼくたちは光年単位で地球から離れてる。地下に閉じこめられてる。ぼくたちの船がまた飛べるかどうかはわからない。朝まで生きのびられるかどうかもわからない。だけどぼくは、世界を、この宇宙を、またすばらしくできると信じてる。だから戦いつづけるんだ。命を落とした者たちのために。まだ生きている者たちのために」

　ほかのみんながうなずいた。アディは泣きながらほほえんでマーコの手をとった。一行は鉱山のなかを進んだ。ベン＝アリ。シン。オシリス。レイラニ。ケミ。アディ。エルヴィス。マーコ。ひとりの友人をあとに残し、八人の友人たち、八人の兵士たちは。

19

トンネルを歩いているとき、スタンピー軍曹が匂いを嗅ぎはじめた。

「見ろ」アディがボストンテリアを指さした。「こいつの鼻を見ろよ！　なにかを嗅ぎつけたんだ」

「そいつはいつだってなにかの匂いを嗅いでるじゃないか」エルヴィスがいった。「ここは臭いんだ。だからおれたちはガスマスクをつけなきゃならないんだ」

深いところのトンネルは、より狭く、より暗く、より寒かった。しばらく前に通ったトンネルに、地下十キロ――マンハッタン島の長さの約半分――という標識があったが、兵士たちはそれからもくだりつづけていた。そこが、人がつくったトンネルなのか、自然の洞窟なのか、スカムが掘ったトンネルなのかの区別がつかないこともしばしばあった。壁はスカムが分泌する粘着物でおおわれていたし、あたりには怪物の悪臭がたちこめていた。エルヴィスのいうとおりだった。ここは臭いし、スタンピー軍曹はいつだってくんくんとなにかの匂いを嗅いでいた。

「こいつを見ろ」アディはボストンテリアを見おろした。「こんなふうに嗅ぐのははじめてだ。なにかを探してるんだ。鼻の動きかたを見ろよ。顔からちぎれそうじゃないか」片膝をついて犬をなでた。「おい、なんの匂いがするんだ？」

スタンピー軍曹はつけねしかない尻尾を振って走りだした。兵士たちはあとを追った。

「こっちじゃないのに」ケミは、毛布を体に巻きつけて歩きながらつぶやいた。「心臓があるのはもっと深いところなのに」

だが、犬はどんどん走っていき、アディは駆け足で追った。ほかの兵士たちも、しぶしぶあとに続いた。スタンピーは一行を線路から分岐しているトンネルにいざなって、ドアの前で止まった。そこで、ドアをひっかき、ドアの下をくんくん嗅いだ。隙間を這って通ろうとしているかのように前足で地面をかいた。

マーコとエルヴィスが銃を構え、いつでも部屋のなかを撃てるようにすると、アディがドアを蹴りあけた。彼らは部屋に飛びこんで……凍りついた。

「たまげたな」アディはつぶやいた。「うわあ。うわあ」

エルヴィスは腰を抜かしてへたりこみ、目をうるませた。声が震えていた。「なんてこった」

マーコはしばらく絶句していた。「これは……すごいな」

そこは厨房だった。厨房には食べ物が貯蔵されていた。本物の食べ物が。スパムの缶詰ではなかった。戦闘糧食ではなかった。粉を水でといた灰色のどろどろではなかった。棚には、コーン、グリーンピース、サヤインゲン、マッシュルームの缶詰が並んでいた。ほかの棚には瓶詰めのジャムもあった――ブルーベリー、イチゴ、リンゴ。冷凍庫には、解けきっていなくてまだ食べられる本物の肉――ステーキ肉、牛ひき肉、鶏手羽肉――があった。小麦粉、乾燥パスタ、パン粉、米の袋詰めもあった。ここにあるのは地球の食べ物だった。数カ月前に人類防衛軍《HDF》に入隊して以来、口にしたどの食べ物よりもおいしそうだった。

　マーコは、鉱山内を移動しつづけて心臓を探しだし、この星を脱出したかったが、腹が鳴った。三日前に地下にもぐってから、戦闘糧食しか食べていなかった。兵士全員がベン‐アリのほうを向いた。

「中尉どの」アディがいった。「スタンピーには絶対に休憩が必要です」

「おれはコーンが食いたいんです！」エルヴィスは、缶詰をちらちら見ながらよだれを垂らしていた。

「箱入りマカロニチーズがあるみたいだぞ！」とアディ。

「クラッカーにジャムをつけて食べたい！」レイラニが舌なめずりをした。

　ベン‐アリ中尉が返事をする前に、シン軍曹が戸棚に歩みより、兵士たちのほうに向きを変えて腕を組んだ。「だれにもコーンの缶詰や箱入りマカロニチーズやジャムをつけたクラッカーなんか食わせないぞ」ターバンを巻いた戦士はにらんだ。

「でも、でも――」全員が懇願しはじめた。

「黙れ！」顎ひげの軍曹は一喝した。ベルトに下げている、シーク教徒戦士の湾曲したナイフを抜いた。「おまえたちにそんなものは食わせられない。なぜなら、おれが料理をつくるからだ」

兵士たちは歓声をあげ、ベン-アリ中尉はため息をついた。

「よし！」将校はいった。「ただし、つねに二名で入口を見張れ。スタンピーは勘定に入れないでだぞ」

ドアの外では、地獄から抜けだしてきたような恐怖が、異星の怪物の大群がうろついていた。ゆがみ、ねじくれた化け物が。ここは死と邪悪がはびこる悪夢の領域だった。だが兵士たちは、この小部屋で、ほんのつかのま、安らぎに満たされていた。レイラニが戸棚で見つけたロウソクを厨房のいたるところに立てて懐中電灯を消せるようにした。脚をのばして椅子にすわっているエルヴィスがロカビリー・メドレーを歌いだし、すぐにアディも加わった。シン軍曹も料理しながら鼻歌を口ずさんだ。軍曹は湯を沸かし、鶏肉を解凍し、パン粉と小麦粉をまぶしてガス缶式のこんろで揚げた。トマトとグリーンピースとひよこ豆の缶詰をあけ、スパイスを加え、味見をし、うなずき、スパイスを足した。鍋で米を炊き、粉ミルクでといた小麦粉に油と粉末チョコレートと砂糖を加えて焼いたケーキにブルーベリージャムを塗ってデザートまでつくった。厨房にはいい香りがたちこめていた。シンは興奮したスタンピーに何度もおやつを投げてやらなければならなかった。

　ついにパーティーの準備がととのった。シンは料理をテーブルに並べ、全員が席についた——埃《ほこり》と血にまみれ、切り傷とあざだらけで、ヘルメットをかぶり、銃を持ったままだし、魂は砕けていたが、みな飢えていた。食べ物にも飢えていたが、日常に、仲間との触れあいに、恐怖と悲嘆と喪失をひと休みすることのほうにもっと飢えていた。

「おいしそうですね、軍曹どの」マーコがシンにいった。

「あたしも手伝ったんだ」アディがにっこり笑った。

　シンはほほえんだ。軍曹はヘルメットを脱いで緑の軍用ターバンをあらわにしていた。シーク教のシンボルである諸刃《カンダ》の剣の魔除けが胸元で光っていた。「食べる前に祈りを捧げてもかまわないか？」

「こういうところでは祈りが必要だ」ベン-アリがおだやかにいった。

　テーブルを囲んでいる全員が手をつないだ——食べる必要のないオシリスまで一緒にすわっていた。シンは頭《こうべ》を垂れて目をつぶり、外国語で低く祈りを詠唱した。意味はわからなかったが、平和を、悪からの救いを、闇のなかの神聖さを求める祈りなのだろうとマーコは思った。

　とうとう祈りが終わると、ベン-アリがいった。「わたしも祈ってかまわないか？」

中尉はシャツからダビデの星の魔除けを出して外国語で祈った。マーコはその意味もわからなかったが、心が安らいだ。それらの言葉には善がこもっていた。希望と愛がこもっていた。マーコは宗教を信じていなかったし、なにかしらの神が聞いているかどうかもわからなかったが、わかっていることはあった——それはシンの、ベン‐アリの内には善が存在していることだった。

「あたしもいいかな？」続いてレイラニがいい、目をつぶり、十字を切ってうなずくと、彼女も祈った。目に涙を浮かべていた。泣いているのはレイラニだけではなかった。全員が、神聖さとまでは行かずとも、仲間意識を感じ、畏怖に打たれているようだった。この地獄でも心の平安を得られていた。

アディがおだやかな声でいった。「シン軍曹どのはシーク教の祈りを捧げた。ベン‐アリ中尉どのはユダヤ教の祈りを、レイラニはカトリックの祈りを捧げた。あたしも聖なる言葉を唱えてかまわないかな？」アディは立ちあがって咳払いをした。「神さまあんがと、いたらきます！」

全員がうめき、エルヴィスが空き缶を投げつけた。

「まじめに祈れ！」エルヴィスがいった。「いいか、これがちゃんとした食前の祈りだ。いいパン、いい肉、いい神さま、さあ、食おう！」

さらに大きなうめき声があがった。

「食べよう」マーコが同意した。

兵士たちは食事をはじめた。

料理はすばらしかった。鉱山の冷凍庫で解けかけていた食材を使ったにもかかわらず、ソースは濃厚かつクリーミーで、びっくりするほどおいしかった。外――ドアのすぐ向こう側――には恐怖の領域が広がっていて、食事中も、カチャカチャというスカムの這う音が聞こえていた。兵士たちは、その音をかき消せるだけの大きさで話し、笑った。オシリスがひどいジョークを披露しても兵士たちは笑い、気をよくしたアンドロイドがさらにジョークを連発した。

「軍曹どの」マーコがシンを見ながらたずねた。「いったいどこで料理を覚えたんですか？」

「家でだ」シンが答えた。「妻と娘にふるまってたんだ」

「ほんとなら写真を見せてくださいよ」エルヴィスがいった。

シンは財布からぼろぼろの写真を出した。サリーを着て幼児を抱きながらほほえんでいる女性の写真だった。

「すてきな写真ですね」マーコはそういってから顔をしかめた。「でも、軍曹どの……よく時間がありましたね。十八歳で徴兵されるっていうのに。十代で結婚したんですか？お国にはそういう習慣があるんですか？」

　シンは笑顔で首を振った。「十代で結婚したわけじゃない。結婚したのは二十三歳のときで、軍には二十六歳で入隊したのさ。いまは三十歳だ」

「二十六歳で入隊しただって！」アディは驚きの声をあげた。「十八歳になってから八年間も、どうやってこの肥だめに放りこまれずにすんでたんですか？」ひゅうと口笛を吹いた。「軍曹どのはきっと、隠れるのが得意だったんでしょうね」

　シンの笑顔が悲しげになった。「病院のベッドで寝ているのが隠れることになるんだったらな」それを聞いた兵士たちが黙りこんでいるなか、シンは低い声で続けた。「徴兵の何カ月か前に癌になったんだ。十七歳だったから、死ぬんじゃないかと思って怖くなったよ。治るまでに二年かかった。完治すると、そのときには、おれは……リストからはずれてた。ＨＤＦに入隊する必要はないといわれたんだ。そこでおれは、しばらくのあいだ、食肉工場に勤めて、パストラミとホットドッグ――それに、そうともスパム――の包装作業をしてた。そして結婚した。子供が生まれた。あれは娘が三歳になったときだから――四年前だな――おれはもよりの軍事基地に出向いて、入隊したいと申し出たんだ」

「なんですって？」エルヴィスはぽかんと口をあけ、気絶しそうな顔になった。料理を喉に詰まらせ、アディが背中を平手で叩いてつかえをとってやらなければならなかった。

「エルヴィスが驚くのも無理ありませんよ」とマーコ。「せっかくリストからはずれて入隊しなくてよくなったんじゃありませんか、軍曹。いまもご家族のために料理をつくっていられたんですよ」

シンはほほえんだ。「たったいま、家族のために料理をつくったところさ」

「へえ、あたしたちをどなってないときの軍曹どのはすごくやさしいんだな」とアディ。

「おれは、だれかをどなるのが好きってわけじゃないんだ」とシン。「あれは、フォート・ジェミラでのおれの仕事の一部だったのさ。おまえたちを鍛えることが。おまえたちに戦いの準備をさせることが。わかるだろう？ おれは地球で多くの友人を失った。死を多く見過ぎた。娘にはそんな世界で、スカムにおびやかされている世界で育ってほしくなかったんだ。おれは、自分の責任をはたすべきだと考えた。だから志願したんだ。戦ったんだ。訓練したんだ。いま、おれはまた戦っている。新しい家族とともに。おれはもう、四年間、軍で服務してる。だから、あと一年で、美しい妻とかわいい娘が待つわが家へ帰れるんだ。そのときには、おれは妻と娘のために、世界をほんのちょっぴり安全にしたと誇れるはずなんだ」

「なるほど」とエルヴィス。「でも、おれはやっぱり、軍曹どのはイカれてると思いますね」

シンはうなずいた。「かもしれんな。だが、この軍隊にイカれてないやつなんているか？」

志願か。マーコも納得できなかった。マーコは徴兵された。拒否していたら、何年も独房で過ごすはめになっていた。マーコは軍隊が嫌いだった。いやでたまらなかった。軍の基地にみずからおもむいてあの身体検査を受け、すべてを――家族との暮らしを――なげうって戦いに身を投じるなんて、とても考えられなかった。

「軍曹どのは」とマーコ。「肝っ玉がでかいんですね」

アディが息を呑《の》んだ。「ポエットが卑猥なことをいいやがった！　キンタマっていいやがった！」

「肝っ玉っていったんだよ」とマーコ。

「いいや、キンタマといったね！」アディは椅子にすわったまま体を上下に弾ませた。

「ああ、なんてこった、マーコがとうとう、軍隊に染まって堕落しちまった」

「あたしも志願したんだ」レイラニが静かにいった。

全員がレイラニのほうを向いた。エルヴィスは小柄な兵士にスプーンを突きつけた。

「イカれてる。完全にイカれてる」

レイラニは首を振った。「違う、そうじゃない。まあ、イカれてはいるのかもしれない。だけどそれは、軍に志願入隊したからじゃない。その前のあたしの暮らしは……」うつむいた。「暮らしといえるようなもんじゃなかった。ここのトンネルよりたいしてましじゃなかった。マニラのスラムの線路脇で寝るときは、片目をあけて泥棒とレイプ野郎を警戒してた。売春宿の裏で寝たときは、夜、男に体をさわられるたびに目を覚ましたもんだ。

ファストフード店の裏の路地で、ごみ箱をあさってチキンの骨を探したこともあった。骨にちょっぴり残ってる肉を集めて揚げて、目をつぶって呑みこんだんだ。肉が悪くなって て、あとでぜんぶ吐いちまったことが何度もあった」料理を見つめた。「こういう料理なんか食ったことがなかったよ。基礎訓練で食ってたスパムだって、あたしにとっちゃごちそうだったんだ」シンを見た。「娘さんはついてますよ、軍曹どの。あたしの母親は少女売春婦で、あたしが十歳のときに飢え死にしたんです。あたしは父親がだれかも知りません。アメリカ人兵士だっていう話を聞いたけど、母親をドラッグで買った宿なしの飲んだくれだったのかもしれない。だから、たしかに、ちょっとおかしいんだろうね。あたしは軍隊が好きだ。大好きなんだ。食い物がある。屋根があるところで寝られる。それに、もっとうれしいことに、ここには家族がいるんだ」みんなを見渡した。「あたしが愛してる人たちがいるんだ」

　隣にすわっていたマーコはレイラニの肩に手を置いた。レイラニをはさんですわっていたアディは、レイラニにハグして彼女の頬にキスをした。

「あたしたちもあんたを愛してるぞ、タイニー」アディはいった。

　マーコは向きを変えてケミを見た。マーコの横にすわっていたケミは、やさしい目で彼を見た。マーコはテーブルの下で手をのばしてケミの手を握った。ケミは振り払わなかった。ケミは頬をマーコの肩に近づけた。ケミの巻き毛がマーコの頬をくすぐった。

シンはケーキをカットして全員に配った。みんな、すぐに食べはじめた。エルヴィス以外は。エルヴィスはうつむいてデザートを見つめた。

「ほかのみんなも一緒に食べられたらよかったのにな」エルヴィスはいった。「家族のほかのみんなも。ビースト。ケイブマン。シェリフ。ディアス。くそっ、ピンキーとチワワだっていたらよかったのに。大勢が死にすぎた。空っぽになった気分だよ」

兵士たちは食べるのをやめた。シンが席を立って戸棚からグレープジュースをとってくると、発泡スチロールのコップに注いで全員に配った。

「亡くした家族に」軍曹はそういいながらコップを掲げた。

「ビーストに！」とエルヴィス。「ケイブマンに。シェリフに。ディアス伍長どのに。ペティ大尉どのに。死んだ全員に。おれたちは彼らのことを忘れない。これからずっと、彼らのために戦いつづける」

兵士たちはコップを傾けた。そしてマーコは、甘いジュースが喉を滑り落ちるのを感じながら、この戦争で、あと何人の友人を失うことになるんだろうと考えた——そして、ぼくはあとどれだけ生きていられるんだろうと。

続いてベン-アリがコップを掲げ、「命に！」といった。

「命に！」全員が唱和した。この死の巣で。虐殺の最後の生き残りたちが、ここ、この燃えさかる宇宙で。人類は荒廃からよみがえって——ふたたび命を得るのだ！

コップが空になると、兵士たちはドアを見つめた。会話が途絶えると、怪物どもが鉱山のなかを動きまわる音が聞こえるようになった。

「ここから近いわ」ケミが目をつぶっていった。「何度も見てるの。感じる。脈動してる。わたしたちを呼んでる。心臓が」

マーコはドアのほうに歩きだした。「じゃあ、とりに行こう」

この聖域を離れたがっている者はひとりもいなかった。こんなにすぐに悪夢へ戻るのではなく、眠り、笑い、思い出を語り、次の食事をとりたがっていた。

さっさと片づけちまおう、とマーコは考えた。この死に満ちた場所にはもううんざりだ。命へ戻ろう。命へ。

マーコはドアをあけ、一行は迷宮に戻った。

20

トンネルはどんどん狭くなって、一行はかがんで歩かなければならなくなり、やがて這わなければならなくなった。曲がりくねりながらくだっている穴は臭かった。ケミが先頭を進み、マーコがそのあとに続いていた。背負っている銃が天井にあたった。身をよじって抜けなければならないほど狭いところが何カ所もあった。八人の兵士は這い進んだ。マーコは自分がスカムに、穴を掘る昆虫になって巣のなかを移動しているような気分になった。ときどき、トンネルは分岐したが、ケミはいつもどちらを選ぶべきかを知っていた。ここにはもう線路はなかった。人類の痕跡はなかった。このあたりのトンネルを掘ったのは鉱山作業員ではなかった。

スカムのトンネルなんだ、とマーコは考えた。

「ケミ、この道で間違いないんだね？」マーコはたずねた。

前を這っているケミが振り向いた。「このあたりのトンネルを見たことがある。ぜんぶのトンネルを。わたしの心に焼きついてるのよ。この道を、一万匹もの怪物の体のなかで、一万回も通ったの。道はわかってる」前進を再開した。
トンネルはどんどん深くなった。あまりに勾配が急なため、滑り落ちて前を行くケミにぶつからないように、壁に手足をつっぱらなければならなくなったことが何度もあった。トンネルにはスカムの悪臭がたちこめていたし、鉤爪の痕が壁についていた。分岐しているトンネルの先が、悪臭を放つスカムの排泄物や、ふくらんだ蜜袋でいっぱいな部屋だったりした。生物の群れがスカムの死骸をじわじわと解体している部屋まであった。どの部屋にもそれぞれの目的があった――スカムの便所、スカムの食料貯蔵庫、スカムの墓場。深いところにいるスカムは兵隊タイプではなかった。多くが犬ほどの大きさしかない、長い鉤と触角を持つ節足動物だった。鉤爪を持つものもいたが、その用途は戦闘ではなく掘削だった。このあたりでは、働きスカムや奉仕スカムや奴隷スカムが、トンネルや部屋を掘り、幼虫の世話をし、老いたスカムを処理していた。

　兵士たちは、節足動物を避け、弾を節約しながら這って進んだ。マーコはあと弾倉一個――たった六十発――と手榴弾三個しか持っていなかった。何人かの戦友の弾は二、三十発しか残っていない。それがつきたら銃剣で戦うほかなかった――生きているやつどころか、棒にとりつけられたスカムの死体が相手でも心もとない武器だ。さらに悪いことに、懐中電灯の電池も切れかかっていた。時間を追うごとに光は弱くなっていたし、マーコの懐中電灯はまもなくちらつきはじめ、消えないようにするために、しょっちゅう叩かなければならなくなった。

「まだなのか？」マーコのうしろを這っているアディがたずねた。そして手をのばしてマーコのズボンの尻をつかんでひっぱった。「まだなの、まだなの、まだ――」

マーコはアディの肩を蹴った。「おとなしくしてないと〈チャッキーチーズ〉（子供向けゲームセンターが併設されているピザレストランチェーン）に晩ごはんを食べに連れていってやらないぞ」

アディはマーコの足首をつかんだ。「お願い、パパ、お願いお願いお願いお願い――」

前方から歯擦音《しさつおん》のような音が聞こえた。

アディは足首を放し、マーコはナイフに手をのばした。

「ケミ？」マーコはささやいた。

ケミはマーコの前で止まっていた。「スカムよ！」とささやいた。「待って。違う。小さい。こっちに来る」腹這いになった。「伏せて！」

マーコの懐中電灯の光が、トンネルのなかを近づいてくるやつらをとらえた。ひげがある細長い灰色の生物は、ムカデというよりもシミに似ていた。マーコは、祖父と一緒によくつかまえていたナマズを思いだした。よつんばいになっていたマーコはうつ伏せになった。生物の群れが天井を這って迫ってきた。羽毛のような無数の長い脚がマーコの背中をかすめた。生物の体長はマーコとおなじくらいで、薄べったい体はやわらかく、綿毛状のものでおおわれている。百匹かそれ以上が、人間のささやきに似たシューシューいう声で鳴きつづけながら頭上を通りすぎた。マーコには、その生物の巣における役割は見当がつかなかったが、ありがたいことに、そのまま通りすぎてたちまち見えなくなった。

「虫けらめ」アディは、首をねじって背後に消えてゆく最後の一匹を見ながらいった。

「きっとスカムの世界の痩せっぽちのオタクなんだろうな。なあ、マーコ、やつらも小説を書いてるかもしれないぞ！」

「オシリスのジョークに負けず劣らずおもしろいね」マーコはそういうと、ケミに続いてまた這いはじめた。

一行はどんどん下へと這いつづけた。窓のような半透明のシートに守られている部屋があった。マーコがその窓からなかをのぞくと、スカムのうじ虫が大量にうごめいていた。おとなのスカム——鋭い鉤爪を持たない幼虫の世話係——がより深いところにある部屋から糞の玉を転がしてきては、その汚物の球体を割って、塊をうじ虫に与えていた。小さな怪物たちは、親の排泄物をがつがつむさぼった。

「うげっ、うんちを食ってやがる！」アディが半透明のカーテンをのぞきながらいった。

「地球にもそういう動物がいるよ」マーコはいった。「たとえばハダカデバネズミがそうだね」

「じゃあ、スカムを駆除したら、ハダカデバネズミも駆除したほうがいいな」とアディ。

マーコはあたりを見まわして指の爪で天井をひっかいた。「どうやら、しっくいみたいなものでこのトンネルを固めてるみたいだぞ、アディ。赤ちゃんスカムが食べてたものとそっくりに見えるな」

アディは青ざめた。「ガスマスクをつけようかな」

「ねえ、みんな」ケミが振り向いて告げた。「急ぐからついてきて。近い。すごく近いの。あとちょっとで着く」

マーコは、かすかな望みをいだいた。悲惨なハイブリッドを別にすれば、地下ではひとりの生存者も発見できなかったが、もうすぐアゾスの心臓が見つかるのだ。もうすぐ《ミヤリ》を修理できるのだ。もうすぐこの衛星を飛びたって、軌道からこの忌まわしい星を核攻撃できるのだ。

闇のなかを這っているうちに、マーコの懐中電灯がちらついて、とうとう消えた。ケミの懐中電灯はまだついているので、マーコはそのやわらかな光についていった。マーコのうしろでは、アディの懐中電灯も最後のちらつきを放っていた。アディの背後に目を凝らすと、ほかの仲間――ベン-アリ、シン、オシリスを見分けられた。その先はただの影だった。彼らの懐中電灯の光も弱くなっていた。一行は、這う速度を増して前進した。鉱山を脱出できるだけの光と弾が残っているかどうか、マーコにはわからなかったが――なにしろ、ここまでもぐるのに何日もかかったのだ――それについて考えるのはあとでよかった。

空気が温かくなり、暑くなり、汗をかくほどになった。蜜と血の甘ったるい悪臭がたちこめた。熟れすぎたフルーツと太陽のもとに置きっぱなしにされたごちそうの腐った肉の臭いだった。オレンジ色の輝きがトンネルを満たした。トンネルを進むにつれてどんどん明るくなり、光が黄色くなった。空気が脈動しはじめ、濡れた波がマーコを洗っているようだったし、床の埃《ほこり》がぶるぶる震えていた。マーコは、脈打つ心臓をめざして動物の血管のなかを這い進んでいる寄生虫になったような気分だった。

しばらく這い進んでいると、トンネルが大きくなり、兵士たちはまた立って歩けるようになった。

前方で光が輝き、甘ったるい臭いが強くなってマーコはめまいを覚えた。全員がガスマスクを着用した。全員が汗だくだった。一行は、琥珀《こはく》に映る暖炉の火のようなオレンジ色の輝きのなかを歩いた。そして、ガスマスクをつけているにもかかわらず、マーコは匂いを感じた。血の、内臓の、肉の、セックスの、誕生の、蜜の、酢の、節足動物の、人間の、腐敗の、生命の匂いがした。

言語なんだ、とマーコは気づいた。スカムは匂いを言語として使ってるんだ。

前方に入口があらわれた。なかの脈動している部屋の、液がしたたり波打っている壁が見えた。いや、入口ではなかった。子宮頸部《けいぶ》を思わせる有機的で肉質の開口部が、ふるふる震えながら、内に秘めている生命についてささやいていた。細い割れ目がかすかに見分けられた。半透明で筋が走っているカーテンが閉じているように見えた。

兵士たちは立ちどまって顔を見合わせた。

「ここよ」ケミがささやいた。目を見開いていたし、指が震えていた。「このドアの向こうにある。でも邪悪がいる。邪悪が心臓を守ってる」ケミはアディから借りたスウェットパンツにシャツという格好のままだったし、髪に汚れがついていた。手に持った銃まで震えている。「女がわたしを呼んでる。女は怖がってる。すごく怖がってる。残忍な女が」

ケミは震えていた。マーコはケミに歩みよって腰に手をあてた。

「だいじょうぶだよ、ケミ。ぼくたちがいる。ぼくたちはここまで生きのびてきたんだ。なかになにがいたって、ぼくたちがなんとかする」ほかのみんなを見た。「ぼくは覚悟ができてる」

みんながマーコを見つめかえした。ヘルメットからブロンドのポニーテールをのぞかせているベン-アリ中尉は、スカムの血がついているくすんだ色の戦闘服を着てプラズマ銃を構えていた。中尉よりも背が高く、中尉の銃よりも長い銃を構えているアディは、目を細め、両手に力をこめていた。戦う準備ができている、かつて自分の倍も大きい相手をぶちのめしていたアイスホッケー選手は――いつもそばにいてくれるマーコの親友だった。細身で背が低いエルヴィスは大切な人々――兄、婚約者、友人たち――を何人も失っていた。歌い、踊りながら軍務についたエルヴィスは、闇のなかで成長したが、光を、声を失っていた。ヘルメットの下にターバンを巻いているアマル・シン軍曹は、湾曲したナイフをベルトに下げ、首に輝くペンダントをかけていた――かつての強面《こわもて》の訓練教官は、マーコにとっての師に、友に、そしてこの小隊にとっての大黒柱になっていた。目に奇妙な光を宿し、唇に奇妙な笑みを浮かべているオシリスは、突如として、飢えた危険な女狩人に見えた。つねにたくらみをめぐらせている、子供の心を持つ機械に見えた。

　最後に、マーコはレイラニを見た。そしてわずかに残っていた恐怖が消えた。レイラニ。ぼくの小さな兵士。内側が壊れてる女の子。傷ついてる、心に闇をかかえてる、ぼくが知るだれよりも苦しんでる女の子。怒りと悲しみと絶望をかかえてる女の子。両手首に傷痕がある女の子。戦闘中に死ぬためにこの軍隊に入った女の子。ぼくと一緒に戦争を生き抜いてきた女の子。そのレイラニは、アーモンド形の黒い目でマーコを見つめていた。マーコは、レイラニと出会ったときのことを、男の子と間違えたことを、テントのなかで愛しあったことを、レイラニを抱きながら寝たことを思いだした。マーコはレイラニを愛していた。レイラニは激しく傷ついていた。レイラニが完全にマーコのものになることはないだろうが、それでもマーコはレイラニを愛していた。レイラニを守り、レイラニを癒やし、レイラニを幸せにするためなら、マーコはいつだって戦うつもりだった――ふたりの前にどんな闇が待ちかまえていても。

「こわいわ」ケミがささやいた。

マーコはケミを見た。みんなを見た。おだやかにいった。「ぼくは地球を思いだしてる。こういう闇のなかだと、思いだすのが難しいこともある。地球がまだほんとうに存在していると考えるのが難しいことも。だけど、図書館のロウソクを、ページをめくる音を、紙にペンを走らせる音を、紅茶ととうさんのウイスキーの味を思いだしてるんだ。浜辺を歩いたことを、カエデの林に吹いた風を、春の花を、冬に降った雪を、コーヒーの味を思いだしてるんだ。コーヒーが恋しい。とうさんが恋しい。だけど、きみたちはぼくの新しい家族だ――きみたち全員が。これから闇のなかでなにがぼくたちを待ち受けていようが、きみたちよりも一緒にいたいと思う人たちはいない。さあ、心臓を探しに行こう」

エルヴィスは目を真っ赤にしていた。そしてベン=アリ中尉が、ほほえみながらうなずいた。

アディがマーコの髪をくしゃくしゃにして、「馬鹿な詩人《ポエット》だな」といった。

「ぼくは戦士っていうよりも詩人なんだ」マーコは応じた。

アディは首を振った。「いいや。詩人なのとおなじくらい戦士さ。さあ、行こう！ やってやろうぜ」

兵士たちは子宮頸部を思わせる肉質の入口に歩みよった。マーコがベン=アリのほうを向いた。「先頭に立たせていただいてよろしいですか、中尉どの？」

中尉はうなずいた。「わたしがおまえのあとに続くからな、マーコ」

マーコは入口に手をのばし、肉質のカーテンを開きはじめた。

次の瞬間、スカムが飛びだしてきた。

マーコはあとずさり、あお向けに倒れながら銃を撃った。

怪物が部屋から続々と出てきた。マーコがこれまでに見たどのスカムとも違っていた。胴体はムカデだが、頭部は、歯がナイフのようで、脳天から提灯《ちょうちん》のような光る突起がのびている深海の肉食魚、チョウチンアンコウに似ていた。どの怪物も、征服のおぞましい記念品である、人間の赤ん坊の腐った腕でつくったネックレスをかけていたし、人間の骨と頭蓋骨と細長く切って乾かした皮でできているものを鎧のように身にまとっていた。

「道具を使用している！」オシリスがいった。「おもしろい。スコロペンドラ・チタニアが道具を使えるとは知りませんでした。人類防衛軍《HDF》の百科事典データベースを更新しなければ！」

だが、ほかの兵士たちは、銃を撃つのに忙しくておもしろがっていられなかった。マーコは一匹の怪物に弾を命中させて歯を砕いた。エイリアンは骨と皮のスーツを鳴らしながらマーコに飛びかかってきた。鉤爪がマーコの脚を裂いた。マーコは絶叫し、怪物の歯が砕けている口に銃口を突っこんで引き金をひいた。頭が爆発し、スカムが倒れた。骨と頭蓋骨のスーツがばらばらになった。

周囲でほかの兵士たちが戦っていた。シンは頬をざっくり裂かれ、絶叫しながら、円を描くように銃を振って二匹のスカムを切った。レイラニは壁を背に、絶叫しながら撃ちつづけていた。ベン‐アリとケミは背中あわせに立ち、空気をパチパチと鳴らしながらスカムをプラズマで焼いていた。

　カタカタ鳴る骨スーツをまとっているスカムがどんどんあらわれ、かん高く鳴きながら噛みつこうとしてきた。歯がベン‐アリのヘルメットをかすめた。オシリスは腕にがっちり噛みつかれ、皮膚をひきちぎられて内部の回路があらわになった。前方の部屋から、スカムが続々と出てきた。体長三メートルなかば以上と見上げるばかりで、鉤爪という鉤爪、牙という牙から毒液をしたたらせている。オシリスが倒れ、ベン‐アリも倒れた。シンが強打されて壁に叩きつけられた。

「死と名誉のために！」レイラニはそう叫んで銃を撃ったが、やはり一撃をくらって倒れた。

「いやだ」エルヴィスが叫んだ。「いやだ！」最後の弾倉を装着した。「いやだ！　もう死なせない。死なせるもんか！」

　エルヴィスは絶叫しながら小銃をフルオートにセットして引き金をひいた。弾がまき散らされた。骨のかけらが飛んだ。スカムが倒れた。

「いやだ！」エルヴィスがまた叫んだ。ブーツに手を突っこんで新しい弾倉を抜きだした。

「もうだれも死なせない」撃ちつづけ、スカムを倒しつづけた。弾が切れた。銃剣をとりつけると、目をぎらつかせながら叫びつづけた。「仲間が死にすぎた。たくさんだ！　もうたくさんだ！」

スカムに突進して銃剣を振るい、一匹の頭を裂いた。ふたたび剣を振り、怪物の腹を裂いた。エルヴィスはシンに手をのばした。シンを助け起こすのかと思いきや、軍曹の銃をつかみとった。撃った。さらにもう一匹、スカムを倒した。エルヴィスの前で、スカムたちが息絶えた。最後の一匹がよろめいてばったり倒れた。エルヴィスは銃剣をそいつの頭に叩きこんだ。

エイリアンは全滅し、あたりには煙が漂っていた。

エルヴィスは吐き捨てた。「くそスカムめ」

そして泣きだした。

「たまげたな」アディがつぶやいた。「エルヴィスは凶暴だったんだな」

マーコは泣いている青年に歩みよって彼の体に腕をまわした。「だいじょうぶか？」

エルヴィスはうなずいた。「スカムが嫌いなんだ。大嫌いなんだ。やつらがひどいことをしたからだ。ビーストに。おれたちに。世界に」

マーコはエルヴィスの救急キットをあさってみんなの傷を手当てした。全員、かすり傷や切り傷を負っていたので、解毒剤を注射し、厚い絆創膏を貼らなければならなかった。だが、全員が立っていられた。まだ戦えた。全員が怪物たちが出てきた肉質の開口部のほうを向いた。

マーコは深々と息を吸うと、膜を通り抜けて部屋に入った。ほかのみんなも続いた。

21

その部屋に入るのは子宮に入るようなものだった。壁は曲線的で、ねばつく赤い膜でおおわれていた。天井から数多くの白い管がのびて彼女に栄養を与えていた。部屋の中央に横たわっている彼女は、脈打ち、まるまると太り、空気を求めて息を弾ませていた。威風堂々としている。神聖だ。あがめられている。

「スカムの女王だ」マーコはいった。

兵士たちは立ちどまって見つめた。

ここ、巣の深奥《しんおう》に女王はいた。大きすぎて動けないのだ。女王の体はクジラ並みの巨大さだ。クリーム色の体は、うねがあってやわらかくてぷるぷる震えている。一回脈打つたびに、女王はスカムの幼虫がなかで動いている卵をまたひとつ生んだ。悪臭がする泡立つ黄色い粘液が床にしたたっていた。卵がひとつ生み落とされるたび、小さくてやわらかい、シミに似たスカムがその宝物を母親のもとから拾いあげて、天井にあいている穴へと消えていった。

「こいつはなんて臭いんだ」アディがいった。「ガスマスクをしてるってのに臭うぞ」銃を構えた。「さっさとこのビッチを焼いちまおう」

マーコは、幼虫を殺すことには反対したが、目《ま》のあたりにしている、このまるまると太った震えている怪物には哀れみを感じなかった。こいつは、スカムの――マーコの友人たちを殺した――軍団を生みだしているエイリアンだった。その軍団は地球を荒廃させ、大勢の人を殺し、マーコの母親を殺した。マーコも、うなずいて銃を構えた。女王の前だと、猫の死体のそばに置かれたおもちゃの兵隊のように小さく見えるほかの兵士たちも銃を構えた。

そして引き金に指をかけたとき、マーコは声を聞いた。

「助け……て……」

女性の声だ。弱々しい。おびえている。

マーコは銃をおろした。また声が聞こえた。

「たす……けて……」

女王の陰から聞こえたようだった。マーコは小銃を構え、顔をしかめながら歩いていった。ほかのみんなも続いた。兵士たちは女王のクリーム色の体にそって進んだ。女王は、一回脈動するたびに卵を生んでいた。女王の体からしたたっている粘液が、兵士たちの足にまとわりついた。

「助け……」

マーコは女王の巨大な腹部の端にたどり着き、最後の体節をまわりこんだ。

息が止まった。

目の前が暗くなった。

パニックになりかけて汗が噴きだした。めまいがして指が震えた。

スカムの女王には上半身があった。腕が、女性の頭があった。

その女性が、涙に濡れた目で兵士たちを見つめた。女性の体は、脇腹の下が広がって、部屋を満たしている巨大な腹部につながっていた。

「助けて」女性がささやいた。「やつらは夫を傷つけたんです。子供たちを傷つけたんです。みんな死んでしまったと思います。助けて。助けてください」涙が頬を伝った。「わたしはどうなってるんですか？」

マーコは、女性のシャツに、〝カーラ・レイスン、在庫管理課〟という名札がまだついていることに気づいた。

「だいじょうぶ」ベン-アリが、女性のかたわらでしゃがんでささやき、女性の髪をなでた。「もうだいじょうぶですよ、カーラさん。安心してください。わたしたちが来たんですから。いま助けます」

「子供たち」カーラはつぶやいた。「子供たちを見ませんでしたか？　わたしは、娘を殺してしまったらしいんです。抱いていた娘を静かにさせようとして。モンスターに追われていたんです。娘を窒息させてしまったと思うんです。娘を見ませんでしたか？　わたしの娘を見ませんでしたか？」

ベン‐アリ中尉は涙を流した。「だいじょうぶです」とささやきながらカーラの手を握った。「娘さんはだいじょうぶですよ。みんな、もうだいじょうぶです」

「わたしはここに、どれくらいいるんですか？」カーラはたずねた。「動けないんです。どうして動けないんですか？」自分からのびて部屋を満たしている、震えている巨体を見た。

「わたしはどうなってるんですか？」

「スカムがここへ来たときからずっとここにいるんでしょうね」とマーコはいった。オシリスのほうを向いた。「オシリス、《ミヤリ》で救難信号を受信したときのことを覚えてるか？　通信は宇宙空間を光速でしか伝わらないし、この星系は光年単位で離れてる。あの信号は何年前に発信されたんだ？」

「メモリバンクをチェックします……」アンドロイドがしばし考えこんだ。「四地球年二カ月四日と七時間です、ご主人さま」

「四年もここにいるのか」マーコはゆっくりと息を吐いた。この苦悶がそんなに長く続いているなんて、想像を絶していた。「そんな、まさか。ありえない」ぶるっと首を振った。

「この四年以内に、宇宙船がここへ来たはずだ。補給品を運んでくる宇宙船が。アゾスをとりに来た宇宙船が。こんな状態が四年以上続くはずはないんだ」

　兵士たちはしばらく黙りこんだ。

　とうとう、ベン‐アリ中尉がささやいた。「知ってたんだ」

　兵士たちは全員が彼女のほうを向いた。

「中尉どの？」マーコはいった。

「知ってたんだ」ベン‐アリは青ざめながらくりかえした。「練金《クリソペイア》社は。ひょっとしたら、人類防衛軍《HDF》の上層部も。ここがどうなってるかを知ってたんだ。知っていながら放置してたんだ。四年間も気づかれずにいるなんてありえない。わたしたちはここで、知るべきではないことを知ってしまったんだ」中尉は女王を、そして兵士たちを見た。「ここで……いったいなにが起きてるんだ？」

　いちばんうしろに立っていたレイラニが走ってきた。マーコの腕をつかんで「マーコ！」といった。「マーコ、見てくれ」やや離れたところまでマーコをひっぱっていって女王の体のてっぺんを指さした。「見えるか？」

　マーコは見上げた。たしかに見えた。青い輝きが。

「アゾスの色だ」とマーコはいった。

「肩に乗せてくれ」レイラニはいった。マーコが膝をつくと、彼の肩にまたがった。レイラニを肩車したままマーコが立ちあがると、彼女はうなずいた。「見えるよ、マーコ！

皮膚を透かしてちかちか光ってる。あそこにあるんだ。アゾスの心臓が。鉱山に電力を供給してた機械は――いまは女王の体に埋めこまれて第二の心臓になってるんだ」

レイラニはマーコの肩から飛びおりると、女王のふくれあがった腹部をよじのぼりはじめた。滑り落ちてはまたのぼり、とうとうてっぺんに到達した。レイラニの足元で、腹部はぶるぶる震え、粘液を分泌していた。マーコはレイラニが差しだした手をつかんだ。マーコは、レイラニの手を借りてのぼりながら、まるで空気でふくらませた遊具で遊んでる子供だな、と思った。そして、こんな、怪物だらけの鉱山のなかのおぞましい部屋にいるというのに、マーコは自分が笑っていることに気づいた――目に涙を浮かべながら、苦痛に満ちた暗い笑い声をあげていることに。ぞっとする責め苦に直面したら、笑う以外になにができる？

マーコはレイラニがいるてっぺんに到達した。一方にのびている、はっきりしない体節に区切られている腹部からは、いまも卵が生みだされていた。そしてマーコは、足元に、誕生を待っている膨大な数の卵を感じた。反対側を見ると、腹部はしぼんでカーラの人間の胸部につながっていた。そしてここ、マーコとレイラニのあいだに青い輝きがあった――皮膚のすぐ下に。機械仕掛けの心臓の形をぼんやりと見てとれた。

「薄青いエンジンです！」マーコは下にいるベン‐アリ中尉に報告した。「ここにあります、中尉どの。体のなかに埋めこまれてるんです。スカムのしわざに違いありません」

「どうしてスカムは心臓をここに埋めたんだろう？」レイラニがたずねた。

「アゾスが女王に力を与えて卵がたくさん生まれると思ったんじゃないかな」マーコは答えた。「人類の古代部族が宝石を崇拝してたみたいに、スカムは輝きを崇拝してるのかもね。切りだせそうだな」ベン‐アリを見おろした。「中尉どの？」

中尉はまだカーラのかたわらでしゃがんで女性の手を握っていた。ほかの兵士たちは中尉を囲んで立っていた。涙ぐんでいるベン‐アリがうなずいた。「切りだしてくれ」ベン‐アリはカーラの手をぎゅっと握った。「ちょっと痛いかもしれませんよ」

マーコはナイフを抜いた。皮膚の下で脈打っている、薄い青と黒の心臓を見おろした。大きさも人間の心臓と同程度だった。

これは夢だ、とマーコは考えた。ただの熱に浮かされた夢だ。ぼくはフォート・ジェミラで負傷したんだ。いまは寝てるんだ。熱を出してるんだ。夢を見てるんだ。

マーコは皮膚にナイフを突き刺した。

カーラが悲鳴をあげた。

ふくらんだ腹部が震えた。マーコは手早く作業した。切開して裂け目をつくり、手を差し入れた。卵の上に心臓があった。金属製の機械のなかにあるアゾス結晶の輝きがレンズを通して見えている。金属製のパイプではなく肉質の管が心臓のバルブに接続していた。

マーコは管を切断して両手で心臓をつかみ、ひっぱりだした。

「とりだしました！」と報告して、マーコは心臓を背嚢《はいのう》におさめた。「絆創膏で手当てします」

マーコは救急キットを開いた。カーラの日々が苦痛に満ちていることはわかっていたが、殺すわけにはいかなかった。カーラの命を奪うわけにはいかなかった。絆創膏の包装を破っているうちに、腹部が激しく震え、しぼみはじめた。マーコはぐらついた。レイラニがマーコをつかんだ。女王はどんどんしぼんだ。マーコとレイラニは床に滑り落ちた。心臓を失った女王の体は見る見る小さくなった。最後の卵を放出してすっかり萎縮し、人間の体から分離した。

マーコはカーラのもとへ歩いていった。カーラはベン-アリに手を握られて横たわっていた。カーラの体は胸から下が空の袋になっていた。生気のない目でマーコを見上げた。

「ありがとう」カーラはささやいた。

目を閉じた。

息が絶えた。

兵士たちは集合していた。血にまみれているし、絆創膏だらけだし、疲れきっているが——探していたものを得ていた。

さようなら、カーラ・レイスンさん、とマーコは考えた。助けてあげられなくて残念です。すみませんでした。

「出口はわかってる」ケミがいって、部屋からのびているトンネルを指さした。「このトンネルから二キロ上がるだけで別の縦坑に行ける。そこにもエレベーターがあるの。コーパスシティに戻って《ミヤリ》に帰れば……この呪われた場所からはるか遠くへ行ける」

シン軍曹はうなずいた。「こんどはわたしが先頭に立とう。わたしの懐中電灯はまだ電池切れになっていないし、銃にもいくらか弾が残っている」銃を持ちあげた。「ここを出よう。さっさと帰ろう」

兵士たちは卵をまわりこんでトンネルに向かった。

終わった、とマーコは軍曹のうしろを歩きながら考えた。終わったんだ。

「裏切者どもめ！」という金切り声が響いた。

シン軍曹がトンネルの入口で立ちどまった。

軍曹の背中が血で染まった。

「アマル！」ベン-アリが叫んだ。

鉤爪が軍曹を高々と持ちあげた。軍曹は体を裂かれ、内臓をひっぱりだされて放り捨てられた。軍曹のばらばらになった死体が地面に落ちた。軍曹は、悲鳴をあげる暇もないまま死んだ。

ほかの兵士たちは全員、銃を構えて前を見た。

トンネルの入口に、コリーン・ペティ大尉が、中隊長がいた。彼女の人間の体は、いまや脇腹で終わっていて、その下は、鉤爪がずらりと生えている大ムカデになっていた。ペティは攻撃姿勢をとっているコブラのように上体を起こしており、新たにつながれた下半身をあわせて体長は三メートルなかばを超えていた。

「おまえらはみんな裏切者だ！」怪物はかん高くわめいた。「おまえらのせいでわたしの艦が落ちたんだ！　おまえらのせいでわたしがスカムにつかまったんだ！　おまえらのせいでわたしはこんな怪物になったんだ！」

ハイブリッドは飛びかかってきて鉤爪をふるった。

兵士たちは発砲した。

弾がペティ大尉——というか、元はペティだった怪物——にあたった。ムカデの体も人間の体も穴だらけになったが、それでもペティは、鉤爪を振りまわし、砕けた顎から叫びをほとばしらせながら前進した。

「裏切者！　裏切者！　裏切——」

ベン－アリ中尉が最後のプラズマビームを放った。ペティ大尉が地獄の業火《ごうか》で焼かれた。怪物は悲鳴をあげながら燃え、溶け、丸まった。ペティが床に倒れた。炎のなかから見上げた。突然、おびえているように、ひどく傷ついているように見えた。

「助けてくれ」ペティはささやいた。「助けてくれ。自分がどうなってるかわからないんだ。助けてくれ、ベン－アリ。頼む……」

炎がペティを焼きつくし、骨まで燃えた。

背後の、マーコたちが這って進んだトンネルから、多数の怪物のかん高い鳴き声が聞こえてきた。

「スカムの群れが来ます、ご主人さまがた！」とオシリスがいった。

「正面のトンネルに駆けこむぞ！」とベン‐アリは命じた。「ケミ、案内してくれ！　走れ！」

22

ケミはトンネルに駆けこみ、シンの無惨な死体を残してほかの兵士たちが続いた。しんがりになったマーコがちらりと振り向くと、スカムの群れが女王の間《ま》に入ってきていた――おびただしい数だった。手榴弾をベルトからはずしてうしろへ転がし、背骨に衝撃を感じた。もう一発、手榴弾を広間へ放ると、背後でトンネルが崩落した。兵士たちは走りつづけた。

「こっちよ！」ケミが叫んだ。「二、三キロ離れたところにもエレベーターのかごがあるの！」

銃を撃って追ってくる――スカムもハイブリッドもいる――怪物どもを倒しながら、彼らは走った。のぼり坂のトンネルを走った。金属鉱山を走り抜けた。線路ぞいに走った。宇宙のありとあらゆる恐怖から、死から、悪夢から、苦痛から、二度と忘れられないとわかっている光景から、死ぬまでかかえつづけるはずだとわかっているトラウマからのがれようと。レイラニのいう地獄から逃げだそうとしていた。縦坑に着くまで走りつづけた。

あった！　それがマーコの目に映った。エレベーターのかごだ！

マーコたちはかごに駆けこんだ。かごを上昇させはじめたが、スカムが縦坑の下で、かん高く鳴きながら跳躍しはじめた。

アディとエルヴィスがウインチをまわしているあいだに、マーコは手榴弾を縦坑に落とした。爆発が鉱山を、かごを揺らした。炎が噴きあがった。破片がエレベーターのかごの床に点々と小さな穴をあけた。下を見ると、スカムが大きな鳴き声をあげながら、奔流の勢いで縦坑をのぼってきていたので、マーコはさらに何発も手榴弾を落とした。轟音《ごうおん》とともに炎があがり、石と金属が飛んだ。

マーコは最後の手榴弾を落としたが、縦坑はまだ三十メートル残っていた。

スカムはなおも下でかん高く鳴き、縦坑の壁を這いのぼってきていた。

「だれか、弾が残ってるか？」マーコは叫んだ。

「弾倉が二個残っているが、艦へ駆けていくときに必要になるんだ！」ベン‐アリ中尉が答えた。

アディは悪態《あくたい》をついて銃剣を装着した。「剣の時間ってわけか」

マーコも銃剣をとりつけた。レイラニとエルヴィスも続いた。ケミは銃剣を持っていないので、アディからコンバットナイフを借りた。

スカムが下から飛びついてかごのバーをつかんだ。兵士たちは、なかの肉を刺すため、硬い外骨格の体節と体節のあいだをねらって銃剣を突いた。頭部の下を刺された一匹のムカデが転げ落ちていったが、マーコはあやうく小銃を持っていかれそうになった。一匹のスカムがかごのバーを曲げてなかに入ってきたが、レイラニとアディが銃剣で外骨格を貫いた。

ようやくエレベーターが地上に着いた。兵士たちはかごから走りでて廃墟と化した街に戻った。周囲に、放棄された高層建築が、暗くぎざぎざにそびえていた。インドラニの赤い表面がほぼ全天をおおっていた。いたるところにスカムがいた。壁や屋根を這っていた。通りを走っていた。下水道からあらわれた。

「走れ！」ベン‐アリ中尉が叫んだ。

いわれるまでもなく、兵士たちは走った。残りすくない弾でスカムを撃ちながら走った。廃墟が揺れた。壁が崩れた。高層建築が折れて倒れ、近くの建物を巻き添えにして埃《ほこり》を巻きあげた。女王が死んだいま、無数のムカデが地下から出てきて街を埋めた。コーパスは崩壊しつつあった。

煉瓦《れんが》のかけらが兵士たちに降りそそぎ、ヘルメットにあたり、肩にぶつかった。煉瓦があたったレイラニが悲鳴をあげて倒れ、スカムが彼女の脚をつかんだ。マーコはその怪物を突き刺し、レイラニを肩にかついだ。ほかの兵士たちのあとを追って走った。左右で崩壊している建物の瓦礫《がれき》が降ってきた。通りに亀裂が走り、なかにいる怪物どもが見える。

マーコは亀裂を跳び越した。生死が不明のレイラニをかついだまま、ひたすら走りつづけた。

丘の上にのぼったときには、兵士たちは弾を撃ちつくしていた。スカムの群れが、黒い土の上を走って追ってきていた。

前方に――《HDFSミヤリ》が見えた。

エンジンケースは元どおりにとりつけられているが、あいかわらず、暗く冷えきっている。マーコの背嚢《はいのう》に入っているアゾスの心臓がなければ、その宇宙船はどこへも行けなかった。

《ミヤリ》の開いたままだった後部ハッチから斜路《ランプ》が地面におろされた。グレネードランチャーを構えたムワラブ少佐が入口に立っていた。少佐の部下がふたり、あらわれて、やはりグレネードランチャーを構えた。三人が擲弾《てきだん》を発射した。擲弾は弧を描いて兵士たちの頭上を越え、追ってくるスカムの群れに着弾した。爆発で丘陵地帯が揺れる。外骨格のかけらが飛び散る。マーコは、熱く鋭い破片に背中を切られて悲鳴をあげた。倒れかけたが、レイラニをかついだまま走りつづけた。背後から、膨大な数のスカムのかん高い鳴き声が聞こえていた。スタンピー軍曹が、脇腹の傷から血を流しながらマーコの横を走っていた。

「急げ、急げ！」ムワラブが、マーコに手を振りながら叫んだ。

最初に宇宙船に到着したベン－アリ中尉が、ムワラブ少佐から拳銃を受けとるなり、片膝をついてスカムを撃ちはじめた。一発がマーコの耳をかすめた。マーコが悲鳴をあげて耳を押さえると血の感触があった。マーコは走りつづけてランプに到達し、宇宙船の格納庫に入った。レイラニを床におろした。レイラニは、数カ所の傷から出血していたが、生きていた。この作戦のほかの生存者たち——ケミ、アディ、オシリス、エルヴィス——もランプを駆けあがっていた。最後にスタンピー軍曹が、吠えながら入ってきた。

ランプが上がりはじめた。スカムが数匹、へりをつかんで格納庫に入りこんだが、ランプが閉まった。ムワラブ少佐が銃を撃って怪物を何匹か殺したが、一匹のスカムがムワラブに飛びかかって彼の胸に鉤爪を突き立てた。スカムに心臓をえぐりだされた《ミヤリ》艦長の少佐は、悲鳴をあげながら倒れた。ほかのスカムが少佐の部下たちを襲い、切り裂いた。格納庫内に血が飛び散った。マーコとほかの兵士たちが格納庫に入りこんだスカムを撃った。怪物のかけらが飛散した。スカムが《ミヤリ》に飛びかかって船体をへこませはじめた——最初は数えるほどだったが、へこみはどんどん増えた。《ミヤリ》が揺れた。

「くそっ、この船に置いてった負傷者は、みんなスカムにやられちまったらしい！」通路から格納庫に戻ってきたアディが叫んだ。「あたしたちがいないあいだ、こっちでもずっとスカムと戦ってたんだ」

「操縦士がいないじゃないか！」マーコは、ムワラブ少佐と彼の部下たちの死体を見ながら叫んだ。

「わたしが操縦できます、ご主人さま」とオシリス。「アゾスの心臓を渡していただけますか？」

マーコはうなずき、背嚢から心臓を出したところでためらった。一瞬、オシリスが元の心臓を壊した破壊工作者かもしれないじゃないか、と思ったのだ。そして、ベン-アリ中佐が女王の間で口にした言葉を思いだした。

上層部はここのことを知ってたんだ。何年もこんなありさまだったら気づかないはずはない。上層部は放置してたんだ。スカムのせいだけじゃなかったんだ。オシリスは、なにかを隠してないんだろうか？

だが、いまはアンドロイドを信用せざるをえなかった。ほかにどうしようもないじゃないか。マーコはオシリスに心臓を渡した。

「オシリス、エンジンを修理してこの衛星を脱出しろ」ベン-アリが命じた。「急いでくれ。船体はそんなに長く持たない。ほかのみんなは、わたしと一緒に回転砲塔へ行くぞ。オシリスが作業を終えるまで、わたしたちでスカムを阻止するんだ」

兵士たちは格納庫を走りでた。レイラニも、マーコに肩を貸してもらい、足をひきずりながら走った。スタンピーがあとからついてきた。オシリスは心臓を持って下の機関室をめざして急ぎ、ベン-アリとほかの戦士たちは上へ向かった。彼らが暗い通路を走っているあいだも《ミヤリ》は揺れつづけ、外からスカムのかん高い鳴き声が聞こえつづけた。エイリアンの体当たりのせいで、船体にへこみが生じていた。

「このはしごをのぼったところで分かれるぞ」ベン‐アリがいった。「《ミヤリ》の上部には目のように半球状に盛りあがっている回転砲塔が六基、設置されている」

　回転砲塔は六基。生き残っている兵士も六人。兵士たちがはしごをのぼって宇宙船の最上層に出ると、透明なトンネルが六本、枝つき燭台のようにのびていた。ベン‐アリとケミとレイラニは左側、マーコとエルヴィスとアディは右側のトンネルに駆けこんだ。

《ミヤリ》が地鳴りにも似た音を発しはじめた。電力が復旧し、トンネルの照明がちらつきながらついた。エンジンが咳きこむような音をたて、うなりだした。

　マーコは船体から半球状に飛びだしている透明な石英ガラスドームに着いた。ドームから突きだしている大砲には二股になっているハンドルがついていた。マーコはそのハンドルを握ると、力をこめて右へ振り、下から駆けあがってくるスカムに大砲を向けた。石英ガラス越しに、アディとエルヴィスがそれぞれの砲塔にあらわれたのが見えた。そこいらじゅう、スカムだらけだった。沈没する船から逃げだすネズミの群れのように、おびただしい数のスカムが廃墟と化した街から出てきていた。

《ミヤリ》が振動しはじめたのを感じつつ、マーコは大砲を撃ちつづけた。

　プラズマが噴出して地面にあたった。スカムが飛び散り、鉤爪が船体にばらばらとあたってへこませた。船体のあちこちで大砲が轟《とどろ》き、コーパスに穴をあけ、怪物どもを吹き飛ばした。だがスカムはどんどんやってきては船体によじのぼった。何匹かが砲塔まで上がってきて鉤爪を石英ガラスに叩きつけた。マーコの目の前に細いひびが入った。

エンジンのうなりが大きくなった。

宇宙船が上昇しはじめ、埃と煙を吹きあげた。

炎が輝いた。

《ミヤリ》は上昇した。

噴射音が響き、埃まじりの空気が砲塔の上を流れた。スカムたちは転がりながら落ちていった。船体のいたるところでエイリアンが滑り落ちていた。鉤爪を立ててむなしい抵抗をしたが、結局は衛星へと転落していった。

宇宙船は振動しながらどんどん上昇した。砲塔のコックピットに生じた細いひびがのびた。上空からだと、廃墟はちっぽけに見えた。高層建築は針のようだし、スカムの大群は水たまりのようだった。とうとう、《ミヤリ》は大気圏を突破して宇宙へ出た。岩石衛星コーパスと、渦を巻いている赤い巨大ガス惑星インドラニが視野のほとんどを占めていたが、彼方にごく細長く、暗黒のなかで星々が輝いている部分が見えた。マーコは安堵の息を漏らした。

ぼくは生きてる。アディは生きてる。レイラニは生きてる。ケミは生きてる。マーコは、自分が震えていることに気づいた。部隊の一部は脱出に成功したんだ。ぼくたちは生きのびたんだ。

砲塔から出ようとしたとき、艦内各所のスピーカーからオシリスの声が響いた。

「問題発生です、ご主人さまがた！」とアンドロイド。「敵艦がいたるところから迫っています」

くそっ。

マーコにも見えた。紫色で肉質の球体が衛星から上昇してきていた。金属ではなく、スカムが硬質な有機物質を使って設計し、製造した宇宙船だ。人類が合成化学の名人だとしたら、スコロペンドラ・チタニアは生物工学の王で、恒星船《スターシップ》にいたるまで、肉と硬質の骨と殻でつくってしまう。生きていて筋があり、脈動している宇宙船は炎に包まれていた。

マーコは引き金をひいた。大砲が轟音とともにプラズマを発射した。前方のスカム船がばらばらになった。マーコは大砲をぐいと横に振り、銃口を上げてまた撃った。プラズマがほとばしり、奔流となってのびるとコックピットが揺れ、ハンドルを握っている両手に振動を感じた。スカム船がのがれようとしたが、炎につかまった。スカム船はふくらみ、ひび割れた。そして、さらにプラズマを食らって吹き飛んだ。ムカデどもが宇宙空間にまき散らされた。《ミヤリ》が船体を傾けながら旋回すると、さらに十数機のスカム船が襲いかかってくるのが見えた。大砲から放たれたプラズマビームが宇宙空間にのび、敵船をとらえた。スカムの外骨格と宇宙船の破片が飛び散り、《ミヤリ》に降りそそいだ。遠くから、アディがあげている勝利の歓声が聞こえた。

　さらに多くのスカム船がぐんぐん迫ってきた。大砲がプラズマを噴いた。一機の敵ポッドが機敏にプラズマをよけて《ミヤリ》に体当たりした。スターシップが激しく揺れ、マーコは倒れそうになった。割れたポッドからスカムがあらわれ、鉤爪を船体に振りおろした。マーコは大砲を可能なかぎり低くしてプラズマを浴びせ、怪物どもを焼いた。また一機のスカム船に体当たりされて《ミヤリ》が揺れた。《ミヤリ》が煙と炎に包まれた。マーコは撃ちつづけ、迫ってくるポッドを破壊しつづけた。またしても船体が揺れた。

　残りのスカム船は三機だった。アディの大砲が一機を片づけた。残り二機はプラズマをよけながら迫ってきた。《ミヤリ》は急上昇し、急下降し、反転した。いまはコーパスの地表がマーコの頭上に広がり、インドラニの赤い嵐が下で渦巻いていた。二機のスカム船が迫ってきた。

　マーコは撃った。一機のスカム船が爆発し、その破片がもう一機のポッドに降りそそいだ。三門の大砲からビームがのびている最中に《ミヤリ》が方向転換したので、プラズマが宇宙空間に炎の輪を描いた。最後のスカムポッドが、《ミヤリ》を襲おうとしてそのプラズマに突っこみ、溶けた。無数の熱い破片が《ミヤリ》の船体にあたった。

《ミヤリ》は宇宙空間を航行していた。

その周囲に浮かんでいた最後のムカデたちが、コーパスへと落ちていった。

マーコはほっとして息を吐いた。

砲塔を離れてはしごをおり、白い通路で戦友たちと合流した。彼らがマーコを見た。友人たちが。生存者たちが。血まみれで、絆創膏だらけで、汚れきっていて、制服がぼろぼろだった。六人――下のブリッジにいるオシリスを入れれば七人――の生存者だ。マーコは戦友たちに歩みよった。そして全員が抱きあった。笑い、泣きながら、長いあいだ抱きしめあった。彼らはもはや、中尉とその部下の兵士たちではなかった。ただの兵士たちだった。人間だった。彼らは生きていた。二百人が命を落としたが、彼らは生きのびたのだ。

ベン-アリ中尉が、深々と息を吸ってから、「われわれはどの人類防衛軍《HDF》司令部からも光年単位で離れている」といった。「本艦における最高位の軍人として、コーパスシティにおける採鉱事業を休止とする。つまり、われわれはこれより、あのくそったれな場所を核攻撃する。オシリス、聞いていたか？」

「はい、中尉どの」アンドロイドがスピーカー越しに答えた。

マーコと友人たちはよろよろと通路を進み、窓を見つけた。彼らは固まって立って、《ミヤリ》から発せられた何本もの光の流れが宇宙空間を進んでコーパスの地表に到達するさまを眺めた。廃墟と化した街の上空で光が広がった。雲のなかの稲妻のよう、スイカの筋のようだった。上から見ると、美しいといっていいほどだった。一発。また一発。三発め。十発め。ひとつ、またひとつと、脈打つ光が衛星を照らしてから暗くなった。街が消えていた。スカムが一掃された。衛星上の苦痛が、モンスターどもが、邪悪が——消えた。

だけど、ぼくたちの心のなかにあるものは消えないんだ、とマーコは考えながらその光景に背を向けた。悪夢は。記憶は。それらはずっと残るんだ。

マーコはまた友人たちを抱きしめた。彼らは、破壊の跡の上空に浮かんでいる《ミヤリ》の通路で、抱きあって立っていた。

23

彼らは医務室で横になっていた。六人の戦士、六人の生存者——中隊で生き残ったのは彼らだけだった。中隊の衛生兵は、二百人近くのほかの兵士たちとともにコーパスの地表で死亡したので、この六人の生存者は自分で応急手当てをした。傷を洗い、絆創膏を貼り、深い切り傷の縫合までした。二百人の内の六人だった。生きのびた六人だった。

ブロンドの髪に血がついているベン-アリ中尉は暗い目をしていた。ベニー・〝エルヴィス〟・レイ二等兵は歌わなくなっていた。ずっと毛布を巻いたままのケミ・アバシ士官候補生の体の、スカムがチューブをつけたところがあざになっていた。いつもがさつで声が大きいアディ・〝メープル〟・リンデンが、うつむき、目を赤くしていた。レイラニ・〝ちび《タイニー》〟・デラローザは、ひとつの地獄を切り抜けたと思ったら別の地獄を生きのびるはめになった。

それにぼくだ、とマーコは考えた。二百人のなかで、このぼく——図書館員の息子が生存者のひとりなんだ。大勢が死んだっていうのに、どうしてぼくが生き残ったんだろう?

絆創膏を貼ると、マーコは医務室の窓の外に目をやった。《ＨＤＦＳミヤリ》は、ハイパードライブエンジンが温まるのを待つあいだ、巨大ガス惑星インドラニをめぐっていた。外では、インドラニのオレンジ色と黄色がまじった赤い嵐が渦巻いていた——木星の倍の大きさがあるこの惑星には固体の表面がない。赤い神だ。ここからだと、黒いビー玉ほどの大きさでしかない衛星コーパスが、赤い宙景のなかを気怠げに移動している。

この場所はぼくの脳裏に焼きつくんだろうな、とマーコは考えた。ぼくたちは、ここで起きたことを忘れられないんだ。ここで見た光景を。ここで死んだ仲間たちを。

オシリスの声が宇宙船のスピーカーから響いて医務室の静寂を破った。「超空間ジャンプまであと一時間です。辺境のナイトウォール前哨基地に到着するのは十八日と三時間後と推定されます」

医務室のベッドに腰かけているエルヴィスが窓の外を見た。「やれやれ、こんな最低のところには、とっとと永遠におさらばしたいもんだ」

「絶対に戻ってくるもんか」アディがいった。

オシリスがスピーカーを通じて一分ごとにカウントダウンしているなか、ケミがベッドから立ちあがった。毛布を巻いたまま、窓に歩みよって片手を石英ガラスにあて、嵐が続いている巨大ガス惑星を凝視した。惑星がケミの顔を赤く染めた。ケミがゆっくりと振りかえって兵士たちのほうを向いた。ケミの目は異世界を見つめていた。

「まだ行けない」ケミはささやいた。

「なんだって?」エルヴィスがベッドから弾かれたように立った。「まだ行けないって、いったいどういう意味なんだ?」

ケミの頬で涙が光った。「ここでのわたしたちの戦争は、まだ終わってない。彼が待ってる」声が小さくなって震えるささやきになった。「彼が見てる」

マーコはケミに歩みよった。ケミは気が気でない様子だった。

「彼ってだれなんだい、ケミ?」マーコはいった。「だれがぼくたちを見てるんだい?」

ケミは窓に向きなおった。「彼は嵐のなかにひそんでる。巨大ガス惑星インドラニに。夢の世界にとらわれて巣につながれてたときに彼を見たの。わたしは彼の子供たちの心のなかを漂ってた。そして彼はわたしたちを見張ってたのよ。いまも見張ってる」両手をのばしてマーコの両腕をつかんだ。爪が食いこむほど力をこめた。「わたしたちは彼の子供たちを殺したのよ、マーコ。彼の花嫁を殺したのよ。彼はいま、世界に対する復讐をたくらんでる。わたしたちが阻止しなかったら、彼は宇宙に邪悪を、地獄を解き放ってしまう」

「彼ってだれなんだい、ケミ?」マーコはささやくようにたずねた。背筋を悪寒が走った。

ケミは混乱した笑みをかすかに浮かべた。「スカムの巣には女王以上の存在がいるの。王がいるのよ」外の巨大ガス惑星を指さした。「そして、その王が復讐をたくらみながらひそんでいるのは、あの嵐のなかなのよ」声がうわずり、目に恐怖があふれた。「王は存在自体が邪悪なの。純然たる悪意の塊なの。王を殺さなきゃ」声に力がこもった。「王が生きてるうちは、ここを離れられない。王を殺さないかぎり、わたしたちは永遠にねらわれつづける」

兵士たちはみな、顔を見合わせながら、長いあいだ黙っていた。集合的な寒けが医務室を通りすぎたように感じた。ベン-アリ中尉まで動揺した表情になった。

とうとう、エルヴィスが咳払いをした。「わかった！　うん。うん、問題ない。じゃあ、もうちょっとインドラニに接近して、スカムの王が飛びまわってるのを見つけたら、そのくそ野郎を核攻撃しよう。一時間もかからないよな？　そうしたら飛びたとう。また鉱山にもぐる必要はないんだよな？」

ベン-アリ中尉が士官候補生に歩みよった。中尉の制服はぼろぼろだった。手足に絆創膏を貼ってプラズマ銃を背負っていた。「ケミ、われわれはここへ、救助隊として来たんだ。救難信号を受信したから来たんだ。だが、手遅れだった。多くの隊員を失った。スカムの王との対決はわれわれの任務ではない」窓のほうを向いて、巨大ガス惑星を背景に浮かんでいる衛星コーパスを見やった。苦悩に満ちた声で続けた。「おまえたちをここへ連れてくるべきじゃなかったんだ」

「エイナフ」ケミがおだやかにいった。中尉をファーストネームで呼ぶのは軍律違反だった。「わたしたちに任務はひとつしかありませんよ。どこでだろうとスカムと対決するという任務しか。どこでだろうとスカムを殺すという任務しか」ケミは両のこぶしを握りしめた。声が震えた。「あなたは、ほかならぬあなたは、スカムがどんなに邪悪かを知ってるはずじゃありませんか。スカムの脳には邪悪が詰まってるんです。邪悪を呼吸してるんです。うじ虫を育てるように邪悪を育ててるんです――スカムは純然たる邪悪だし、他者を傷つけることを唯一の目的として生きてるんです」爪が皮膚を破ってしまい、両手のてのひらから血がしたたった。「この惑星にいる怪物は……皇帝じゃない。スカム帝国の最高指導者じゃない。だけど、わたしたちが破壊した巣の王だったし、計り知れないほどの怒りをいだいてる。彼を残していったら、みずからの肉体から新しい花嫁を生みだし、軍団を再建して、地球に復讐しようとする。だけど、いま、彼は弱ってる。いまなら彼を殺せる」

「それなら、戦力をととのえて戻ってくればいい」ベン-アリがいった。「百隻の戦艦で――」

「それじゃ遅いんです」とケミ。「彼はもう、花嫁を生む準備をはじめてる。すぐに殺さなきゃだめなんです。いま殺すしかないんです。いま殺すしか」がっくりと膝をついた。「彼の残酷さは想像を絶してます。わたしの心にどう語りかけ、どうあざ笑い、どうわたしを苦しめたかは、説明のしようがないんです。いまでもぶつぶつつぶやいてるんです」

耳を押さえた。「このつぶやきを止めなきゃならないんです」

兵士たちは全員が赤い惑星を見つめた。その表面の嵐は、地球の何倍もの大きさだった。

アディはため息をついた。「ああ、くそっ。あと一匹、虫をつぶしてやろうじゃないか」

レイラニは銃に手をかけた。「あたしはやるよ」

「おまえら、みんなイカれてるよ」エルヴィスがいった。「だけど、上等だ！ 辺境で最後の狩りをやってやろうじゃないか。ところで、そのスカムの王とやらはどうやって見つけるんだ？」

「王は嵐のなかを飛んでる」とケミ。「わたしが案内するわ」目に力がこもった。「見つけたら、この艦の大砲を撃ちまくって焼きつくしてやる」

兵士たちは《ミヤリ》のブリッジに立っていた。その半円形の部屋の床から天井までの窓からインドラニの嵐を見渡せた。《ミヤリ》はいま、その激しい大渦巻の、ほんの千キロ上空を飛行していた。

「みんな、聞いてくれ」ベン-アリ中尉がいった。「核兵器はすべてコーパスの鉱山に使ってしまったが、《ミヤリ》にはまだプラズマ砲がある。オシリスはケミの指示に従って《ミヤリ》を嵐のなかで飛ばしてスカムの王に接近する。ふたり以外の者は大砲を操作する。王を発見したら焼き殺す。わかったか？」

「はい、中尉どの！」と兵士たちは唱和した。基礎訓練に、本物の軍隊に戻ったような気分になった。ふだんどおりの気分になった。コントロールできている気分になった。おかげでマーコは緊張がやわらいだ。

「中尉どの？」エルヴィスがいった。「スカムの王がどんな姿なのか、だれかわかってるんですか？　嵐のなかを飛んでるでっかい虫みたいなもんなんですか？」

全員がケミのほうを向いた。士官候補生はアディの予備の制服を着ていた。徴募兵用のくすんだ色の戦闘服で、士官候補生の白い制服ではなかったが、それまでのスウェットパンツと毛布よりはましだった。

「スカムの巣に接続されてたときのわたしは、目で見るんじゃなくて感じてたの」とケミは説明した。「人間にはない感覚を通じて感じてたのよ。スカムはフェロモンを使って考えや概念や感情を伝えるし、すごい数のスカムが同時にしゃべる。いろいろな匂いが漂ってる森のなかにいるみたいな感じね。だけど、ほかのなによりも強烈に、彼を感じた。王を。王は見張り、支配し、命令していた。インドラニは巨大ガス惑星よ。降り立てる固体の表面はない。どこまで行っても渦巻く雲しかない。宇宙空間に浮かぶ巨大な嵐にすぎないのよ。そしてその嵐のなかに、わたしは巨大な怪物を感じた。とてつもない圧倒的な大きさで、嵐のなかにいて、嵐を意のままにできる、外骨格をまとった意識だった。だから

「……ええ、嵐のなかを飛んでるでっかい虫っていうのは、あたらずといえども遠からずね」

「なるほど」とエルヴィス。「なら、おれたちはその虫をつぶすフロントガラスになってやろうじゃないか」

ベン‐アリはうなずいた。「よし、みんな。降下を開始するぞ。あの嵐に入ったら揺れるはずだ。大砲につけ！　砲塔からなら視界がいい。通信機を通じてつねに連絡をとりあえ」真剣な表情になった。「地球の戦士たちよ、無事で戻れ」

兵士たちは敬礼し、《ミヤリ》を操縦するオシリスとケミを残してブリッジを出た。兵士たちは艦内を進んではしごをのぼり、船体から突きだしている六基の回転砲塔に戻った。マーコは前回とおなじ大砲を担当した。どんどん近くなるインドラニの嵐をコックピット越しに見つめた。溶岩をたたえた地獄の窯《かま》に向かって飛んでいるかのようだった。マーコが立っている場所からは四方を見渡せた。ほかの砲塔のなかで大砲を操作している戦友たちが見えた。巨大惑星に降下している《ミヤリ》のエンジンが薄青く輝いていた。

マーコは目を細めてモンスターを探した。こんなところに生物がいるんだろうか？　この惑星は、太陽系の全惑星をあわせたよりも大きい。激しく渦巻く赤と黄色と白の嵐のひとつが地球よりも大きい。渦を巻く赤褐色と深紅色の巨大な帯が惑星のまわりを激流のように流れている。どんどん降下して大気圏の最上層に達すると、《ミヤリ》は揺れはじめた。コックピットのひびは液体石英で補修してあったが、またひびが入るのではないかとマーコは不安になりはじめた。《ミヤリ》が震えた。大砲のハンドルが手からはずれそうになった。

嵐に突入したのだ。赤とオレンジ色の渦が周囲を流れた。雲に打たれて、《ミヤリ》はがたがた振動した。ほかのコックピットをかろうじて見分けられた。ねっとりした大気がコックピットの周囲を流れていた。赤と黄色の塗料を満たしたタンクのなかを飛んでいるかのようだった。

イヤホンからケミの声が聞こえた。

「王はまだ遠い。もっと深くにいる」

「がんばれ、ケミ」マーコがヘルメットのマイクにいった。「ぼくたちがそのくそ野郎を始末してやる」

続いて、アディの声が雑音とともにイヤホンから聞こえた。「ポエットがまた汚い言葉を使った！」

「無駄口を叩くな」ベン-アリがたしなめた。

《ミヤリ》は嵐のなかをどんどん降下した。突風が叩きつけてきた。アパートメントビル並みの大きさがある《ミヤリ》が、突風に翻弄され、三回転してやっと姿勢を戻してからふたたび前進した。マーコは敵を探して嵐の大気圏を見まわしつづけた。突風が渦を巻き、空に色を散らした。突風が吹くたび、マーコはスカムを見たように思ったが、いつも結局、影か漂う黒い雲だった。

「感じるわ」ケミが緊張した声でささやいた。「わたしを見張ってる。わたしがここにいることを知ってる。マーコ……」

「ここにいるよ、ケミ」マーコはいったが、実際には百メートル離れている砲塔にいた。「ぼくはここで、そのくそ野郎を吹き飛ばす準備ができてる。気をしっかり持て。ぼくはここにいる」

「あたしたちはみんなここにいる」とレイラニがいった。マーコは、五十メートル離れた別の回転砲塔にいるレイラニがこっちを見ていることに気づいた。「あたしたちはみんな、あんたと一緒にいるからな、ケミ」

　マーコは、通信機を通じてではなく、ケミのそばにいられたら、抱きしめられたら、実際になぐさめられたらと願った。だがいま、マーコにはもっと大切な――スカムのくそ王を焼くという――役目があった。マーコは身を乗りだし、目を細めて探した。コックピットの厚い石英ガラスを通して嵐の音が聞こえていた。嵐は生き物のように吠え、うなり、ささやき、うめいていた。突然、マーコは、惑星が生きているのではないか、復讐に燃える神なのではないか、ぼくたちを呑《の》みこみ、消化しようとしているのではないかという奇妙な感情に襲われた。《ミヤリ》は降下しつづけ、嵐はどんどん強くなり、あたりが暗くなった。《ミヤリ》のヘッドライトが点灯し、深紅色の嵐雲のなかに光条がのびた。

「ここにいる」ケミが震える声でいった。「ああ。ああ。彼がここにいる。ここにいるわ。彼はわたしの名前を知ってる」

マーコは見渡した。なにも見えなかった。

「ケミ、どこに――」

マーコは絶句した。

嵐のなかを黒い尾が流れ、深紅色の雲の陰に消えた。

マーコははっとした。遠かったので比較対象がなかったが、確信した――直感した。あの尾は大きかった。バス並みの大きさがあった。《ミヤリ》が急降下してあとを追った。雷鳴が鳴り響いている嵐をヘッドライトが貫いた。やがて《ミヤリ》は水平飛行に移行した。雲がエンジンの青い輝きに染まった。怪物は見つからなかった。《ミヤリ》は飛びつづけた。周囲で赤い渦が流れていたが、それだけだった。目に映るのは嵐だけだ。

「いなくなったのか？」マーコはいった。「逃げたのか？　もう――」

硬質な黒。

鳴り響く雷鳴。

《ミヤリ》が傾き、マーコは倒れそうになって大砲にしがみついた。

「体当たりされました！」スピーカーからオシリスの声が響いた。

「どこにいるんだ?」ベン-アリが叫んだ。「オシリス、敵のほうに艦を向けろ!」

《ミヤリ》はぐるぐる回転していた。青い炎を噴射してどうにか姿勢を戻した。大きく旋回し、急降下し、上昇して——

恒星船《スターシップ》を上まわる大きさのものが舞い降りてきた。動きが速すぎて、マーコにはかすかに光る黒いなにかがちらっと見えただけだった。またしても、巨大ななにかが《ミヤリ》に激突して船体がへこみ、宇宙船は嵐のなか、風に舞う木の葉のように飛ばされた。アディとレイラニが大砲を撃ったが、プラズマは嵐のなかをむなしくのびただけだった。

「オシリス、さっさと艦を敵に向けろ!」ベン-アリが回転砲塔から叫んだ。

「無理なんです、中尉どの。すばしっこすぎます!」アンドロイドがブリッジから答えた。

「艦を敵に向けろってんだ、このガラクタ! さもないとやられちまう!」エルヴィスが叫んだ。

《ミヤリ》は急上昇した。マーコが見おろすと、鉤爪を備えた巨大な黒いものが雲のなかからあらわれた。マーコは愕然とした。その鉤爪は、《ミヤリ》を握りつぶせそうなほど大きいように見えた。《ミヤリ》はさらに上昇してから反転し、下の怪物と向かいあった。

エイリアンが嵐から姿をあらわした。

マーコは息を呑んだ。

「ちくしょうめ」アディがつぶやいた。

スカムの王は巨大だった――《ミヤリ》より大きかった。そいつと比べたら、スカムの女王などゴキブリと比べたときのアリだ。子供と違ってムカデそっくりではなかった。巨大な深海生物に似ていた。黒くてかすかに光っていて、鉤爪が生えている六本の脚があり、刺《とげ》のある尾を巻いたり鞭《むち》のように振りまわしたりしている。ごつい頭部は装甲板でおおわれていて、口のなかには列柱のような歯がずらりと並んでいる。そいつがかん高く鳴いた。その声の大きさに、マーコはぎくりとし、大砲から手を放して耳をふさごうとしかけた。艦内スピーカーから小さな声が聞こえた。ほとんどつぶやきの、かろうじて人間とわかる声で、マーコにはなんといっているのかわからなかった。「ご主人さま……」

「撃て！」ベン‐アリが叫んだ。「殺せ！」

マーコは大砲の引き金をひいた。

大砲がカチッという音をたてた。

プラズマは発射されなかった。

ほかの砲塔もおなじだった。

「プラズマが出ないぞ！」アディが叫んだ。

オシリスの声がスピーカーから響いた。「プラズマの供給がオフになっています！　第四デッキで――」

アンドロイドがいいおえる前に、スカムの王が巨大な手で《ミヤリ》を一撃した。

山がぶつかってきたかのようだった。マーコは大砲から飛ばされ、頭をコックピットにぶつけた。腰を床に強打した。周囲では猛烈な嵐が吹き荒れていた。スカムの王がまた上昇した。鞭のように振られた尾が見えた。尾は神の怒りのごとく《ミヤリ》を打った。

「第三デッキの気密が破れました！」とオシリス。「空気が漏れています！」

「オシリス、プラズマが必要なんだ！」ベン-アリ中尉が叫んだ。

マーコはなんとか立ちあがると、大砲をつかんでまた引き金をひいた。なにも起こらない。

「中尉どの、プラズマの供給が絶たれているのです！」とオシリス。「何者かがオフにしたのです。第四デッキB区画に人影を感知しました。機関室のなかです」

「エメリー、レイ、聞いているか？」ベン-アリがいった。「機関室へ行ってプラズマが流れるようにしてくれ！」

「はい、中尉どの！」マーコとエルヴィスが応答した。ふたりは回転砲塔を出て急いではしごをおり、通路を走った。《ミヤリ》がまた一撃を食らい、ふたりは倒れた。立ちあがってまた走った。火花が飛んだ。照明が消え、ふたりは闇のなかを走った。

「《ミヤリ》がばらばらになっちまう！」通信機からアディが叫ぶ声が聞こえた。「プラズマが必要なんだ！」

「オシリス、退却だ。ここを離れろ！」ベン‐アリが命じた。

「撤退できません、中尉どの」アンドロイドが応答した。「がっちりつかまれているんです！」

マーコとエルヴィスは走った。ふらつき、倒れた。階段を走ってはしごをおりた。

「オシリス、なにを探せばいいんだ？」マーコは機関室をめざして走りながらヘルメットの通信機に叫んだ。

アンドロイドの声がヘッドセットから聞こえた。「大きなタンクから赤い配管が二本出ています。こちらで得られる情報によれば、その配管のバルブが閉まっています。バルブをまわしてあげれば、大砲へのプラズマの供給が回復するはずです」

「バルブが閉まってる？」マーコはいった。「じゃあ、損傷があるわけじゃ――」

またも《ミヤリ》が揺れ、マーコは吹き飛んで壁に激突した。声が聞こえた。王が外で吠えている声が聞こえた。鉤爪が叩きつけられた箇所がへこんだ。マーコからわずかしか離れていなかった。

「データによれば、タンクにも配管にも問題はありません、ご主人さま」とオシリス。

「バルブをあけるだけで復旧するはずです。急がれたほうがよろしいかと思います、ご主人さま」

バルブが――閉められてる。破壊工作だ。

マーコは悪態《あくたい》をついて走った。エルヴィスもそのすぐうしろを走った。

「くそスカムが艦内にいるんだ」とエルヴィス。「きっとそうだ。弾で穴だらけにしてやる」

ふたりは機関室のドアの前に着いた。ドアは円形の青い金属製で、ふたりの背よりも高かった。

「ビルボ（ビルボ・バギンズ――J・R・R・トールキンの小説『ホビットの冒険』の主人公で『指輪物語』の登場人物）の掩蔽壕《えんぺいごう》みたいな家のドアにそっくりだな」マーコはいった。

「ビルなんとかってだれだ？」エルヴィスがたずねた。

「なんでもない」マーコはドアから突きでている円形のハンドルをつかんだ。「手伝ってくれ」

ふたりが力をあわせてハンドルをまわすと、重くて青いドアが開いた。ふたりは機関室に入った。広い部屋いっぱいに、配管や銀色に輝くエンジンや人よりも大きなピストンや、中心から多数のケーブルが広がっていて回転している車輪状の装置などが詰めこまれていた。そこいらじゅうに操作パネルがあった。照明がちらついて消えた。すぐについたがまた消えた。予備電源が作動して薄暗い照明がついた。

「赤い配管はどこだ？」エルヴィスがいった。

ふたりは機械のあいだを進んだ。周囲では銀色のピストンが一定の間隔で上下している。

自動車ほどの大きさで青く光っているタービンエンジンが三基見えてきた。機関室が揺れ、エンジンがつかのま停止し、また動きだした。

「空中分解するぞ！」通信機からベン‐アリが叫ぶ声が聞こえた。「プラズマが必要なんだ！」

「あれだ！」エルヴィスが指さした。「赤い配管だ」

ふたりはピストンのあいだを走って止まり、棒状の部分のあいだで火花が散っている電子機器が詰まっている峡谷を飛び越えた。そこでそれが——エンジンと電子機器の点滅するランプの光に浮かびあがっていた。二本の赤い配管がその装置から天井へとのびている。

マーコは、配管とタンクの接合部分にバルブがあることに気づいた。

「あったぞ」マーコはエルヴィスとともにプラズマ発生機に駆けよった。「いまバルブを——」

陰から人影があらわれてふたりの前に立ちはだかった。

「だめだ」

マーコとエルヴィスが急停止した。

ふたりとプラズマ発生機のあいだに立っているのはレイラニだった。

エルヴィスはふうっと安堵の息を吐いた。「なんだよ、デラローザ、びびったじゃないか。そいつを戻すのを手伝ってくれ」

レイラニは動かなかった。重々しい声を発した。低かった。太かった。しわがれていた。

「いったいどうしたんだ？」エルヴィスはそういいながらレイラニをまわりこもうとした。

レイラニがほほえんだ。

「だめだ」

手を前に突きだした。

指先から鉤爪がのびてエルヴィスの体に刺さった。レイラニの手がエルヴィスの背中から突きだした。血がしたたる心臓をつかんでいた。

マーコは目を見開いて立ちつくした。

ああ、そんな、ああ、そんな、ああ、そんな。

首をきしませながら、レイラニが頭をマーコに向けた。ほほえみがにやにや笑いになった。レイラニがエルヴィスの心臓を放して手を引き抜いた。ピチャッという音をたてて心臓が床に落ちた。続いてエルヴィスの死体が倒れた。

「やあ、マーコ」レイラニがいった。

そんな。そんな。これはきっと悪夢だ。こんなことが現実なもんか。これはきっと夢なんだ。

《ミヤリ》が揺れた。ベン‐アリが通信機を通じてなにやら叫んでいた。打撃によって船体がへこみ、タービンエンジンの一基が止まった。マーコはがっくりと膝をついてエルヴィスを見おろした。天井を見上げている友の目はうつろだった。

マーコはレイラニに視線を戻した。頭がくらくらしていた。息をするのが、言葉を発するのが困難だった。

「おまえはだれだ？」マーコはささやいた。

レイラニは鉤爪についている血をなめた。鉤爪は短剣ほどの長さがあった。「おまえはわれらを知っているはずだ」その声は、ありえないほど太くてまがまがしかった。「おまえは砂漠でわれらを殺した。鉱山でわれらの子らと妻らをあやめた。いま、おまえはわれらをあがめる。いま、おまえはわれらに加わる。われらは〈支配者〉だ。われらは〈古き者〉だ。われらは栄える者だ」

「スカムか」マーコは、血だまりのなかでレイラニを見上げながらささやいた。立ちあがって銃を構えた。「レイラニを放せ！　レイラニの体から出ていけ！」声はかすれ、目には涙が浮かんでいた。「ぼくが身代わりになる。レイラニを自由にしろ！」

レイラニは笑った。太くて重々しい、小柄な少女が出せるとは思えない笑い声だった。

「自由にしろだと？　レイラニは、はなからわれらの一員だったのだ。われらはつねに彼女のなかにいた。われらが母親の娼婦に彼女を受胎させたのだ。われらが、彼女が成長するあいだ、ずっとなかにひそんでいて、彼女の虚弱な肉体を生かしていたのだ。われらが彼女の魂を壊したのだ。われらが、彼女が手首を切ろうとするのを止め、何度も命を救い、何度も死からよみがえらせたのだ。彼女はフォート・ジェミラの砂漠で、重荷につぶされて死んだのだが、われらが新たな命を吹きこんだのだ」レイラニのなかの怪物がまた笑った。「彼女は最初からわれらの奴隷だった。最初から、〈支配者〉の魂を内に秘めて、命令を……われらの兵士になるときを待っていた。そしていま、この兵士が殺すのだ」

　マーコは愕然として見つめた。エルヴィスの死を悲しんだ。レイラニの運命を悲しんだ。耳のなかで、ドンドンと叩くような音、悲鳴のような音、鐘が鳴るような音が、ジェットエンジンの推進音並みの大きさで響いていた。心臓が肋骨にぶつかるほどの動悸がしていた。マーコは、世界が崩壊するのを感じながら見つめた。

「おまえだったんだな」マーコはささやいた。「破壊工作をしたのは。エンジンのネジをはずしてアゾスの心臓を砕いたのも。エレベーターのかごを落としたのも。プラズマを止めたのも」

　レイラニは手をのばして鉤爪でマーコの頬をなでた。鉤爪は、剃刀のようにマーコの無精ひげをそった。「わが愛しい恋人よ」芝居がかった口調でそういうと、レイラニの犬歯がのびて牙になり、目が赤く光った。「この人間の体はおまえとの性交を楽しんだ。これからおまえと節足動物らしくつがう。そしておまえはわれらの一員となる。さあ、巣に加われ」

　レイラニはマーコの喉をつかみ、信じられないほどの強さでマーコの膝を蹴った。骨が砕ける音が聞こえた。一万個の灼熱の太陽にあぶられているような痛みが生じた。マーコは叫ぼうとしたが、喉をつかまれているので声を出せなかった。レイラニが手を下げたのでマーコはひざまずいた。砕けた膝が床にあたったとたん、視界が真っ白になり、涙があふれて頬を流れた。レイラニは、かすかなほほえみを浮かべて首を絞めながら、マーコを見おろした。鉤爪につけられた傷から出た血が首を伝った。

「マーコ！」マーコの通信機からベン-アリの声が響いた。「マーコ、いったい――」

レイラニはマーコのヘルメットをむしりとって放り投げた。通信機の声が聞こえなくなった。レイラニはあいているほうの手で操作パネルを叩いた。機関室の丸くて青いドアが閉まり、ハンドルが回転してロックされた。レイラニは、マーコの喉をつかんだまま、彼に視線を戻した。

「この贈り物を授けてやろう」レイラニはそうささやくと、マーコのほうにかがんだ。レイラニの力はすさまじかった。「フェロモンという贈り物を。わがご主人さまがたの。わが巣の。われらに加われ。われらに加われ。さあ、つがうぞ。われらが巣をつくるのだ」

レイラニはさらに顔を近づけ、キスをしようとしているかのように口を開いた。唾液が牙から垂れ落ちた。

マーコは横を向き、鉤爪をもぎ離そう、しゃべろうとした。鉤爪をつかんだ指が切れた。

「レイラニ」しゃがれ声でささやいた。「レイラニ、これはきみじゃない。戦え。やつらと戦うんだ」

レイラニはせせら笑い、マーコの喉を握っている手に力をこめてしゃべれなくした。目がぎらついた。「わたしはずっとわたしだったのだ！　馬鹿め。わたしはずっと巣の一員だったのだ。わたしと性交したとき、おまえはスカムの子と性交していたのだ」レイラニは笑った。「哀れな人間め。わたしはずっとここに、おまえのそばにいたのに、おまえはまったく疑わなかったのだ。おまえは――」

「違う！」マーコはどうにか一本の鉤爪を持ちあげて多少の空気を吸った。マーコの指を血が濡らした。「それが事実だとしても、スカムはきみのなかに埋めこまれてる一部にすぎないんだ。きみという部分がずっと支配してたんだ。いまもきみという部分が支配できるはずだ。きみは人間なんだ、レイラニ！」マーコの声はかろうじて聞きとれるしゃがれ声だった。「ぼくと一緒にスカムと戦ったとき、きみは人間だった。ぼくがきみを抱いたとき、キスしたとき、きみは人間だった。きみを愛したときは。愛してるよ、レイラニ。愛してる。きみは人間だ。やつらに従う必要はないんだ」

機関室のドアをこぶしで叩く音が響き、マーコはベン‐アリ中尉が自分の名前を呼んでいることに気づいた。《ミヤリ》が激しく揺れた。巨大な鉤爪が、いまも船体に叩きつけられていた。三基のタービンエンジンのうち二基めが停止した。マーコはあいかわらずひざまずいていたし、レイラニに喉をつかまれていた。レイラニの頬を涙が伝った。

「あたしは最初から人間じゃなかったんだ」レイラニがささやいたが、その声はいつもの彼女に戻っていた。高い声だ。やわらかい声だ。おびえている声だ。「あたしは最初から壊れてたんだ。知らなかった。どうしてあたしがみんなと違ってるかを知らなかったんだ。マーコ。あたしのなかにやつらがいるのを感じる。あたしは……」声が太くなり、また目が赤くなった。またかがみこんでマーコにキスしようとした。口から唾液が垂れた。「これからおまえを感染させてやるぞ、人間。すぐにわれらは永久《とわ》に一体となる。巣でつがいとなるのだ」

マーコは白目をむきはじめた。息ができなかった。レイラニはマーコにキスをした。唾液がマーコの口に流れこんだ。焼けるように熱く、ねばついていて甘い、巣のエッセンスが詰まった唾液だ。巣がマーコの前に開けた。見えた。おびただしい数のスカムが。ネットワーク上に広がっているトンネルは幼虫だらけだ。それが巣というおおいなる知性なのだ。そしてすべてに君臨している彼が、支配者が、大王が、マーコに呼びかけていた。歓迎していた。そしてマーコは闇のなかをすばやく這いまわって――

マーコは咳きこみ、むかつく液体を吐きだした。レイラニはあとずさった。舌打ちをした。激怒していた。あいているほうの手でマーコの胸倉をつかんだ。鉤爪が肌に刺さり筋肉に食いこんで、マーコは悲鳴をあげた。

「レイラニ」マーコは、気が遠くなりかけているのを感じながらささやいた。マーコはほとんどレイラニが見えなかった。目の前が暗くなりかけていた。「あいちてるよ」

鉤爪がマーコを放した。マーコはあお向けに倒れ、空気を求めてあえいだ。息を吸うたび、喉をのこぎりで挽《ひ》かれているように感じた。闇が薄らいだ。両肘をついて上体を起こし、片膝をついた。レイラニは目の前に立っていた。涙を流して震えていた。《ミヤリ》は揺れていた。船体にひびが入っていた。スカムの王が外で笑った。生ける雷のような低く轟く笑い声だった。

「怖い」レイラニがいった。「助けて。助けて、マーコ。助けて」マーコに手をのばした。

「あいちてる」泣き笑いをした。「痛いんだ。すごく痛いんだ。怖くてたまらないんだ」

マーコは体をひきずってレイラニに近づいた。レイラニの手を、鉤爪で手が切れるのにもかまわずつかんだ。

「レイラニ、テントで一緒に過ごしたときのことを覚えてるかい？　夜、抱きあいながら寝たことを？　あれはほんとだった。ほんとだったんだよ、レイラニ。あれがほんとのきみなんだ」

「あたしは病気なんだ」レイラニは、涙を流しながらささやいた。「あたしの父親は兵隊じゃなかった。スカムがあたしをつくったんだ。あたしはモンスターなんだ」

「そんなことどうだっていい」マーコはいった。「きみはレイラニだ。ぼくが愛してる女の子だ」

マーコはレイラニを抱きよせた。レイラニはあらがった。悲鳴をあげた。マーコの皮膚を裂いた。のけぞった。吠えた。牙から唾液がしたたった。唾液が飛び散った。レイラニは痙攣《けいれん》した。脅しをわめき散らした。マーコを壊してやると、人間性を打ち砕いてやると、鉱山にいたハイブリッドのようにしてやるとどなった。だが、それでもマーコはレイラニを抱きつづけた。それでもレイラニの耳元でささやきつづけた。愛してる。愛してる。

レイラニの体から力が抜けた。震えながらマーコに体を預けた。

「助けて」レイラニはささやいた。「あたしを行かせないで」

マーコはレイラニを抱きながら、血まみれの手で彼女の髪をなでた。レイラニの鉤爪がひっこんだ。牙が歯ぐきのなかに戻った。レイラニは目を閉じ、マーコの腕のなかで意識を失った。

マーコはレイラニをエルヴィスの死体に並べて寝かせた。レイラニは眠っていた。胸が上下に動いていたし、鉤爪は消えていた。マーコは体をひきずるようにして進んだ。《ミヤリ》ががくんと揺れた。マーコは転倒し、砕けた膝をまた打った。気絶しないようにがんばった。這った。すこし離れたところに転がっているヘルメットから、「ばらばらになっちまう！」というアディの叫び声が聞こえた。

マーコはプラズマ発生機に、そびえたつ金属製タンクにたどり着いた。タンクに手をかけた。両手の傷から血を流しながら体をひっぱりあげた。バルブをつかんで血で汚した。

そして顔をゆがめながらハンドルをまわした。発生機のランプがついた。赤い配管が光って重々しい音が響き、炎が勢いよく流れはじめた。

「なおった！」ヘルメットからアディの声がした。「炎を食らいやがれ！」

炎が轟音《ごうおん》をあげた。発生機の温度が上がってマーコを焼き、手を、制服を焦がした。マーコはあお向けに倒れた。床に体を打ちつけた。外で、スカムの王が吠える声が聞こえた。

遠くの壁にある舷窓に似た丸い窓から、プラズマの流れが見えた。プラズマは惑星の嵐のように渦を巻き、黒い姿を包んだ。真っ暗になった。光が点々と漂った。マーコは手をのばしてレイラニの手を探り、見つけて握った。マーコはレイラニと並んで横たわっていた。

そして目をつぶった。《ミヤリ》はふたりを揺すった。ふたりは暗い海を漂う生き残りだった。無数の星が頭上で輝いていた。

24

マーコは海を漂っていた。

星空の下、えんえんと波に揺られていた。

冷たい浜に打ちあげられた。そして夜、雪のなかを怪物に追われて走った。彗星の群れが空から落ちてきた。母親のもとにたどり着いたが、昆虫たちが母親を食ってしまった。迷宮のなかを、出口を探して這った。そのあいだずっと、周囲から笑い声が聞こえていたし、千もの目に見つめられていた。

「レイラニ」マーコは夢のなかで、トンネルのなかで、レイラニを探しながら呼んだ。レイラニが苦痛に満ちた叫び声で応じた。レイラニは笑った。レイラニは泣いた。マーコはまばゆい広間でレイラニを見つけた。レイラニは恒星船《スターシップ》並みの大きさにふくれあがっていて、彼女の濡れた裸の体から卵が生みだされていた。そしてレイラニはマーコにキスをした。

「あいちてる」レイラニはそうつぶやきながらマーコを切り裂いた。何匹もの昆虫がレイラニの周囲を這いまわっていた。「あたしたちの子供たちを見て」

　マーコは目を開いた。

　白い天井が見えた。耳鳴りがしていたが、その耳鳴りよりも大きく、ブーンという低いエンジンが聞こえた。全身が痛かったが、その痛みは埋もれているように、散らされているように感じた。目の焦点をあわせようとしながら頭の向きを変えた。

　マーコがいるのは《ミヤリ》の医務室だった。モニターが、点滴が見えた。すぐ横には小さなテーブルがあった。そして窓の向こうには、超空間の星々の流れが見えていた。インドラニから脱出できたんだ、とマーコは考えた。ぼくは生きてる。だれかは生きのびたんだ。

　さらに頭の向きを変えると、横にオシリスが立っていた。かすかにほほえんでいる。マーコはぎょっとし、ベッドから飛びあがりそうになった。

「こんにちは、ご主人さま」アンドロイドがいった。

　マーコは胸がどきどきした。「やあ、オシリス。きみがいるとは知らなかったんだ」

「《ミヤリ》は自動操縦で航行しているのです、ご主人さま。わたしは航行中、操縦士などのほかに、衛生兵の職務も引き受けているのです」アンドロイドは首をかしげた。「あなたは負傷されています。ベン-アリ中尉どのがあなたを発見したとき、あなたの体は傷つき、片方の膝は砕けていました。片方の耳の鼓膜が破れ、そちらの耳の骨が折れていることにはお気づきですか？」

耳鳴りがしていたので、マーコは驚かなかった。手榴弾が何発も爆発したり、弾が飛びかったりしていた戦闘を生きのびたのだから、耳に損傷を受けていても不思議ではなかった。体を見おろすと、あちこちに絆創膏が貼られていた。左耳も絆創膏でおおわれていた。

「わたしのメモリバンクには多数の医学書が収録されています」とオシリス。「あなたの膝は硬化石英の人工膝で代替されています。傷は縫合されています。折れた耳の骨も合成骨で置き換えましたし、鼓膜も極小のツールで縫合ずみです。しばらくのあいだ痛むでしょうが、完治するはずです。あなたが眠っているあいだ、わたしは定期的に鎮痛剤を投与し――」

「ぼくはどれくらい眠ってたんだい？」マーコはベッドの上で体を起こした。「レイラニはどこにいるんだい？　ほかのみんなは？」

記憶がよみがえって胃が縮こまった。レイラニの手から鉤爪がのびたんだ。ぼくを刺したんだ。レイラニは――半分しか人間じゃなかったんだ。スカムが、スパイにするべく、レイラニの母親の子宮に胚を着床させたんだ。レイラニが――エルヴィスを殺したんだ。

マーコはいっそうのめまいに襲われた。

「営倉にいらっしゃいます、ご主人さま」とオシリス。「監視カメラの記録映像を見たベン‐アリ中尉どのが、十八日後に目的地に到着するまでのあいだ、監禁しておくように命じられたのです。ほかのふたつの質問に対する答えは、あなたは十五時間眠っていた、と、ほかのみなさんはブリッジにいらっしゃいます、です」アンドロイドの表情が真剣になった。「もうひとつお話があります」

マーコはいやな予感を覚えながら、「なんだい？」とたずねた。胃が縮こまった。

「馬がバーに入りました。バーテンは馬に、どうしてそんなに顔が長いんだとたずねました。どうしておもしろいかというと、馬はバーに入ったりしないからです。馬は飼い葉桶から水を飲むのです」

「オシリス」マーコは手をのばしてオシリスの冷たい手に触れた。「ごめん。はじめて会ったとき、ぼくはきみを信用しなかったんだ。きみにもっと親切にすればよかったよ」

「あなたはいつもとてもやさしかったですよ、ご主人さま。わたしにはバグがあるのです。それは承知しています。製造されてから数カ月しかたっていないので、まだしょっちゅうミスを犯すのです。でも、学んでいます。向上しています。もうひとつジョークをお聞かせしましょうか？」

「友人たちに会いたいんだ」マーコはおだやかにいった。「それからレイラニに会いたいんだ」

マーコは点滴をはずしてベッドからおりた。脚がふらついた。ボクサーパンツしか身につけていなかったし、制服は見あたらなかった。ベッドから毛布を拝借して体に巻きつけ、医務室を出た。《ミヤリ》の通路を歩いた。艦内はしんと静まりかえっていて、裸足の足音が大きく響いているように感じた。マーコがはじめて《ミヤリ》に乗艦したとき、艦内には兵士が何百人もいた。いまは艦内に人気《ひとけ》はなく、どの寝棚部屋も空っぽだった。食堂は無人だった。礼拝堂はがらんとしていた。マーコはブリッジにたどり着いた。船首に位置する半円形の部屋の窓から超空間のパノラマが見えていた。

友人たちはそこにいた。

ぼくの家族だ。

コーパスの生存者たちは、並んで立って闇を見つめていた。ベン‐アリ中尉は、あいかわらず古い制服を着て、プラズマ銃を背負っていた。その横に、すり傷とあざだらけの背が高いアディが立っていた。アディの隣には、黒い巻き毛を背中に垂らしているケミがいた。三人は無言だった。

ぼくたちだけなんだ、とマーコは考えた。生きてるのはぼくたちだけなんだ。そして、友人たち――ジャッカス、ケイブマン、シェリフ、シン、ディアス、ビースト、エルヴィス、そのほかのみんな――の死がずっしりと重くのしかかった。

こんな戦争はくそだ、とマーコは思った。鼻の奥がつんとした。くそだ。くそだ。くそだ。

足音に気づいたらしく、前にいる三人の兵士が振り向いた。マーコに気づいて駆けよってきた。

三人はマーコを抱きしめた。四人は無言で抱きあった。

「終わったのよ」ケミはささやいた。「終わったの。終わったのよ」

だがマーコは、そうではないことを知っていた。終わってなどいなかった。あの地下迷宮はマーコのなかから消えない。友人たちは死んでしまったのだ。これからずっと悪夢に悩まされるはずだった。マーコがコーパスを去っても、コーパスはマーコから去ってくれないだろう。この戦いはマーコのなかで永遠に続くのだ。みんなのなかで。

ぼくの体の傷はいつか癒えるだろう、とマーコは考えた。いつの日か、モンスターどもを打ち破れるかもしれない。だけど、ぼくのなかの傷とモンスターどもは——決して癒えないし、決して殺せないんだ。

「マーコ」ベン-アリ中尉がマーコの頬に触れた。目はおだやかだったが声はしゃがれていた。「すまない。ほんとうにすまない。おまえをこの任務に選んだのはわたしだ。あの鉱山に連れていったのはわたしだ。ほんとうにすまない」

マーコは首を振った。「中尉どのについてここへ来たことを、自分は誇りに思っています。いまもついていられることを。中尉どのは自分たちを勇敢に指揮されました。中尉どのの部下でいられることを、中尉どのから学べることを、中尉どのとともに戦えることを光栄に思っています」

「あたしたちはやつらをやっつける」アディはいった。「くそスカムをやっつける。あたしたちは大勢を失った。だけど、勝つのはあたしたちだ」

だが、そうなったとしても、マーコには勝利と思えなかった。エルヴィスがいないからだ。ディアス、シン、ビースト、それにほかのみんながいないからだ。ケミがこんなに傷ついているからだ。レイラニが営倉に閉じこめられているからだ。ぼくたちがこんなありさまだからだ。

もしかしたら、戦争に勝利なんかないのかもしれないな、とマーコは考えた。戦いには勝っても、魂を失ってしまうのかもしれない。死体袋に入って戦争から帰還する者もいる。戦勝パレードで迎えられる者もいる。だけど、全員が死んで故郷に戻るんだ。

「これからどうするんですか、中尉どの？」マーコはたずねた。

ベン-アリはブリッジを囲んでいる窓のほうを向いた。超空間に目を向けた。「わたしたちの戦争はまだ終わっていない。わたしたちはまだ辺境に到着していない。だから任務を続行する。前線に、人類のスカムとの戦争の最前線におもむく。ひとつの戦いは終わった。ひとつの巣は壊滅させた。一匹のスカムのリーダーは殺した。だが、何百もの巣がいまも宇宙に広がっている。それにスカムの皇帝はいまもそのすべてを支配している」中尉は部下たちに向きなおった。「スカムの母星を陥落させるまで、この戦争は終わらないのだ」

マーコは、コーパスでわかったことを思いだした。コーパスがスカムに侵略されてから四年以上がたっていたのだ。練金《クリソペイア》社——それに人類防衛軍《HDF》上層部——のだれかがそれを知っていたはずだ。コーパスを占領されたままにしていたのだ。それを秘密にしていたのだ。

知ってたんだ、とベン-アリ中尉は鉱山のなかでいった。

マーコはぞくっと身震いした。ひょっとしたら、辺境には、昆虫以外にも敵がいるのかもしれない。

マーコは宇宙を見やった。辺境を。辺境は、まだ何光年も先だった。あの闇のどこかで、マーコにとっての最大の戦いが待っているのだ。はるか彼方で、敵の本拠の惑星が待っている。前線が。宇宙を焼きつくしかねない戦争が。

「それなら、立ち向かいましょう」マーコはいった。「敵を打ち負かしましょう。たとえ、そのための戦いで命を落とすとしても」

なぜなら、ぼくはもう地球で新たな人生をはじめることはできないからだ、とマーコは無言で付け加えた。なぜなら、ぼくはもう死んでいるからだ。

彼らは並んで立ちつづけた。四人の兵士たちは。窓の外の闇を見つめつづけた。

ベン-アリ中尉は、ひとり、ベッドに腰かけてうつむいていた。膝に置いた展示ケースをなでながら、なかの勲章を眺めていた。

それらの勲章は先祖たちが授与されたものだ。二百年前の恐怖の第二次世界大戦にいたるまで何世代もさかのぼる、一族の全将校のものだ。ベン‐アリが負わなければならない重荷だ。誇りにしてくびきだ。永遠につきまとう期待だ。

「あなたたちはどうしてたんですか？」ベン‐アリはつぶやいてケースのガラスに涙を落とした。「大きな喪失のあと、指揮していた部下たち——戦友たち——が戦死したあと、どうやって生きつづけたんですか？」

話ができればいいのに、とベン‐アリは願った。家族全員を失いながらナチと戦った先祖と。暑い砂漠で戦ったその息子と孫と。〈激変〉に見舞われ、世界が焼かれたときにスカムと戦った祖父と。彼らの意見が、助言が聞きたかった。指揮官であるにもかかわらず、ベン‐アリは孤独で、迷っていて、指導者を必要としているからだ。だが、一族の幽霊たちは語りかけてくれなかった。

強くならなくちゃ、とベン‐アリは思った。マーコのために。アディのために。ケミのために。レイラニのために。

勲章か。十以上もの戦争の勲章。ベン‐アリは、こういう人生を選んだわけではなかった。軍の基地で生まれただけだった。故郷を、祖国を持たない一族に生まれただけだった。将校になって戦場で兵士を指揮するべく生まれついたのだ。喪失を味わうべく。殺すべく。

死ぬべく。そしてベン-アリは、自分はこの戦争で死ぬだろうと覚悟していた。かろうじて死をまぬがれた回数がすでに多くなりすぎていることを承知していた。家族を愛したり、母となって子供を愛したり、安らかに暮らしたりすることは、自分には無理なのだとあきらめていた。

「あなたがたがわたしを、わたしの一族を誇りに思ってくれていますように」ベン-アリは、そうつぶやきながら窓の外に目をやった。「わたしはいま、誇りを持てていないんです。怖いんです。さびしいんです。家に帰りたいんです。だけど、家がどこにあるのか、戦場以外に家があるのかどうか、わからないんです」

ベン-アリはベッドに横になった。この、あちこちがへこんだ、がらんとしているスターシップの、おなじ寝棚部屋にいる部下の兵士たちには話し相手がいた。だが、将校であるベン-アリは、部下たちと距離を置かなければならない。ベン-アリは、闇のなかでひとり、天井を見上げた。眠れなかった。

「マーコ」とケミがいった。「ナイトウォール前哨基地に着いたら、わたしは地球に帰るわ」

ふたりは《ミヤリ》のラウンジに立っていた。埃《ほこり》だらけの大佐《カーネル》コーヒーと、マーコたちがポーカーをしたテーブルがある部屋だ。狭くて乱雑な部屋だったが、いまは、思い出が詰まっているのにがらんとしているように感じた。「わかるよ」マーコはいった。「もともと、ずっと同行する予定じゃなかったしね」

ケミは窓の外の宇宙を眺めた。しばらく黙っていた。やっと口を開いた。おだやかな口調だった。「わたしは馬鹿だった。冒険に出かけるつもりだったの。だけど、実際は恐怖でしかなかった。闇のなかにはすさまじい邪悪が存在するのよ。すさまじい苦痛が」

マーコはケミを抱きしめた。「ケミ、ごめんよ」

ケミは目に涙をためた。「わたしは、あなたと前とおなじ関係でいられると思ってたの。だけどそれは間違いだったわ、マーコ。わたしたちの関係は変わってしまったのよ」また外を見た。「前のわたしたちは恋する若者だった……そのふたりはコーパスで死んだの。肉体は生きのびたかもしれない。だけど、昔のわたしたちはあの衛星で死んだのよ」

「そうだね」とマーコ。

ケミは涙をぬぐっておずおずとほほえんだ。「いつか、わたしはまた宇宙に戻るかもしれない。あなたのもとへ行くかもしれない。だけどいまは無理。軍学校に戻らなきゃ。勉強しなきゃ。それに、癒やさなきゃ。傷を。こんどのことで受けたいろいろな傷を。あなたとのことで受けた傷を」

「愛してるよ、ケミ」マーコはいった。「これからもずっと。たとえ別れても。この先、一緒になることがなくても。きみを愛してる」

ケミはマーコを強く抱きしめた。ふたりは窓辺に立って、筋になって流れている星々を眺めた。

「わたしも愛してるわ」ケミはささやいた。「さようなら。こんどはほんとのお別れね」

「おいおい、ナイトウォールに着いてきみが地球に帰るまで、あと十七日もあるじゃないか」マーコはほほえんで、ケミの肩をふざけて軽く叩いた。「まだお別れじゃないさ」

だが、ケミは涙を流しつづけた。「ほんとのお別れなのよ。だって、彼女があなたを待ってるじゃないの。彼女のところへ行ってあげて、マーコ。彼女はあなたを必要としてる。これからずっと、あなたを必要としてるの。さようなら」マーコの唇にキスをした。「さようなら」

ケミはマーコを残してラウンジを出ていった。マーコは、ケミのことを、死んだ友人たちのことを考えながら、しばらくその狭い部屋にとどまった。こんなに孤独だと、どこにも出口がないと、闇のなかで迷っているようだと感じるのははじめてだった。ようやくラウンジを出た。艦内を、この暗い迷宮を歩いた。そして彼女のもとを訪れた。

営倉は狭い。ラウンジよりもっと狭い。ロックされたその部屋を、アディが武装して護衛していた。アディはマーコを見ると、無言でうなずき、ドアをあけてなかに入れてくれた。アディはドアを閉めた。

マーコは細長くて真っ白な部屋のなかで立ってレイラニを見おろした。

レイラニはベッドに縛りつけられて眠っていた。安らかに眠っているように見えた。若く見えた。か弱く見えた。マーコは、この数週間で丸刈りがのびたレイラニの黒髪を、頬をなでた。そして腕をのばしてレイラニの手を握った。レイラニは眠ったままもごもごつぶやいてから、目を細くあけた。黒い瞳が見えた。マーコがよく、驚嘆しながら何時間も見つめた瞳が。

「マーコ？」レイラニはささやいた。

「ここにいるよ、レイラニ」

「体に力が入らない。注射を打たれたんだ。あれはきっと鎮静剤だったんだろうな」レイラニはまばたきをして動こうとしたが、動けなかった。両腕も、両脚も、腰も――ベッドに縛りつけられていた。「動けない」

マーコはうなずいた。喉が締めつけられた。「きみの安全のためだよ」

「マーコ……」レイラニはストラップをひっぱった。「マーコ、助けて」

この狭苦しい真っ白な部屋で取り乱し、拘束されてあがいているレイラニを見ていると、胸がつぶれそうになった。拘禁されているレイラニを見ていると。

「なにがあったのか、覚えてるかい？」マーコはたずねた。

レイラニは困惑の表情でマーコを見上げ、うなずいた。涙が頬を伝った。「覚えてる。怖いよ、マーコ。あれはいまもあたしのなかにいるの？」

　マーコはうなずいた。我慢しきれなくなって、マーコも涙を流した。レイラニの手を握っている手に力をこめた。「きっとなんとかなる。きっと治せる。辺境に着いたら、宇宙で最高の医者たちが治療にあたるはずだよ。医者たちは、きみのなかにいるのがなんであれ、そいつをとりだしてくれるはずだ。きっと治してくれるはずだよ、レイラニ」

　レイラニは目をつぶった。「治せないよ。そいつはあたしの一部なんだ、マーコ。あたしは馬鹿だった。ほんとに馬鹿だった」泣いた。「あたしはモンスターなんだ」

「違う」マーコは首を振って、レイラニの髪をなでた。「違うよ、レイラニ」

「あたしはあんたを傷つけた。エルヴィスを殺した」レイラニは震えた。「恥ずかしいよ。怖くてたまらないよ」

「やつらがやらせたんだ」マーコはいった。「スカムが」

「スカムがあたしの父親なんだ」レイラニはささやいて、まぶたをまたあけた。目に涙がたまっていた。「助けて、マーコ。お願い、助けて。あれを取り除いて。いまもあれの声が聞こえるんだ」

　ベッドは、マーコがどうにかレイラニと一緒に寝られるだけの大きさだった。マーコはレイラニと並んで横たわり、彼女の目を見つめながら頬をなでた。

「基礎訓練中にエルヴィスが食堂からジャムのパックをいくつも持ちだして、有刺鉄線の下をくぐってる最中にそれが破れたことを覚えてるかい？　それを見たシン軍曹どのが、エルヴィスは有刺鉄線で半死半生の大怪我をしたと勘違いしたことを？」

レイラニはうなずいた。「覚えてるよ」

「アディとぼくが自動販売機を見つけて、その夜、ごちそうを食べたことは覚えてるかい？　まったく。アディは自販機の半分は食べちゃったと思うな。なのに、きみはほんのちょっとしか食べなかった」

「お腹がいっぱいだったんだ」レイラニはいった。「それに、食べるのが遅いんだ」

「だけどギリシャであのおばあちゃんが食べさせてくれた料理は絶品だったな。覚えてるかい？　救助訓練中に、みんなでおばあちゃんの家の庭に忍びこんで用を足したっていうのに、あのおばあちゃんは、ぼくたちを追いだすどころか、ピーマンに米とトマトと牛肉を詰めた料理をふるまってくれたんだ」

レイラニの唇に、ようやくかすかなほほえみが浮かんだ。「あれはいい日だったな。最高の日だったよ。あたしの人生で最高の日だった」

「ほかのみんなが外でサッカーをしてるあいだ、ぼくたちふたりだけテントに残って、一日じゅう、裸で抱きあってたフォート・ジェミラの日曜日よりもよかったのかい？」

それを聞いて、ほほえんでいたレイラニは歯が見えるほどの笑顔になった。「そうだね、あの日曜日のほうがもっとよかったよ」

マーコはレイラニの体に腕をまわして彼女の頬にキスをした。「これからふたりで、もっといい日を過ごそう。あれがほんとのぼくたちなんだ。日曜になるたびにあのテントで抱きあってたあのふたりが。ピーマンの詰め物を頬張ってたあのふたりが。あれがぼくたちなんだ。ずっとあんなふうに過ごそう」

ぼくたちは二度と友を失わないようにしよう、とマーコは心のなかで付け加えた。自分たちが何者かを決して忘れないようにしよう。

レイラニはうなずくと、頭をマーコにもたせかけた。マーコがレイラニと並んで、手をつなぎながら横になっているあいだ、外では星々が筋になって流れていた。《ミヤリ》は、マーコたちの悪夢をはるかうしろに置き去りにし、辺境をめざして宇宙空間を飛んでいた。

訳者略歴　1958年生，早稲田大学政治経済学部中退，翻訳家　訳書『シンギュラリティ・トラップ』〈われらはレギオン〉テイラー，『物体E』キャシディ＆ロジャーズ，『火星無期懲役』モーデン（以上早川書房刊）他多数

HM=Hayakawa Mystery
SF=Science Fiction
JA=Japanese Author
NV=Novel
NF=Nonfiction
FT=Fantasy

地球防衛戦線《ちきゅうぼうえいせんせん》2
アゾス鉱山救出作戦

〈SF2286〉

二〇二〇年六月　二十　日　印刷
二〇二〇年六月二十五日　発行
（定価はカバーに表示してあります）

著者　ダニエル・アレンソン
訳者　金《かね》子《こ》浩《ひろし》
発行者　早川浩
発行所　株式会社　早川書房
郵便番号　一〇一 - 〇〇四六
東京都千代田区神田多町二ノ二
電話　〇三 - 三二五二 - 三一一一
振替　〇〇一六〇 - 三 - 四七七九九
https://www.hayakawa-online.co.jp

乱丁・落丁本は小社制作部宛お送り下さい。
送料小社負担にてお取りかえいたします。

印刷・株式会社亨有堂印刷所　製本・株式会社フォーネット社
Printed and bound in Japan
ISBN978-4-15-012286-7 C0197

本書は活字が大きく読みやすい〈トールサイズ〉です。